in memoriam Marjorie

Regina Schreiner

Die Keksdose

Roman

Magie-Verlag Puchheim

Regina Schreiner: Die Keksdose
© 2003 Magie-Verlag Puchheim
Herstellung: Books on Demand GmbH
Umschlaggestaltung: Christine Niessen
ISBN:3-936583-03-X

Magie-Verlag Puchheim, Franziska Steinkamm
Gröbenbachweg 13, 82178 Puchheim
Tel.: 089 / 80 18 31 - Fax: 089 / 80 31 74
e-mail: franzi@steinkamm.com
www.buchverlag-steinkamm.de

Prolog

Aus der Nähe sah ich sie zum ersten Mal, als sie uns schon nicht mehr gehörte. Die Keksdose hatte jahrelang im Hängeschränkchen mit den Glasschiebetüren über der Couch im Wohnzimmer gestanden, zusammen mit Porzellanfiguren, verschiedenen Sammelgedecken, Moccatassen und Vasen.

Nun hatte meine Mutter beschlossen, sie einer gewissen Miss Maureen Maunders zu schenken, einer Lehrerin an der Grammar School in Otley nahe Leeds, Mittelengland.

Anfang Februar des Jahres 1948 stand ich, gerade zwölf Jahre alt, kurz vor der Abreise nach England, wo ich bei dieser mir unbekannten Lehrerin ein halbes Jahr leben sollte. Die Keksdose war als Gastgeschenk für Miss Maunders gedacht, denn sie war das einzige Wertvolle, das im ganzen Haushalt noch zu finden war, damals, im dritten Nachkriegswinter in der sowjetisch besetzten Zone. Dies und eine kleine handbemalte Moccatasse waren die letzten guten Stücke aus dem Hängeschränkchen, die nicht zu den Bauern gewandert waren, um Eier, ein Stück Speck, oder auch nur Kartoffeln dafür einzutauschen. Selbst die grob gehäkelte Decke auf dem runden Wohnzimmertisch war längst diesen Weg gegangen. Nackt stand die Keksdose auf dem nackten Tisch.

„Dein Vater", sagte meine Mutter, und es klang wie ein Seufzer, „hat sie mir zur Verlobung geschenkt." Ehrfurchtsvoll betrachtete ich die Porzellandose. Längst wusste ich, dass mein Vater Porzellanmaler war, sogar Mustermaler, fast ein Künstler. Die Malerei auf den barocken Wölbungen erschien mir beinahe wundersam, so gekonnt waren die Linien und Motive gesetzt. „Das hat er alles selber gemalt", sprach meine Mutter meine eigenen Gedanken aus. Ich wusste, dass es überflüssig war, aber ich fragte trotzdem: „Die Rosen auch?" „Die Rosen auch", bestätigte meine Mutter fast tonlos.

Die Dose war in vier Segmente unterteilt; jedes trug ein goldschwarzes Rosenmotiv unter den barocken Schnörkeln, die umlaufend den oberen Rand zierten, markiert durch grüne Schattenlinien. Diese gaben dem Dekor und damit der Porzellandose eine heitere, fast frühlingsfrische Note. Auf dem hohen, etwas spitz zulaufenden Deckel drängte sich das gleiche Dekor dichter, und den Griff bildete eine barocke Schnörkelschlaufe, deren gold-schwarz-grüne Bemalung dem Verlauf ihrer Formen folgte. Ein kleines Kunstwerk, wie es so vor uns auf dem blanken Tisch stand, soviel verstand ich selbst mit meinen zwölf Jahren schon. Ein Kunstwerk, das mein Vater geschaffen hatte, lange vor meiner Geburt. Mein Vater, von dem ich nicht wusste, ob ich ihn je wieder sehen würde, denn wir wussten von ihm nur, das er in russische Gefangenschaft geraten war.

„Dass ich die mal weggeben könnte …", klagte meine Mutter, und ich versuchte zu trösten: „Ach Mutti, die haben wir doch sowieso nicht gebraucht." Aber da kam es umso bitterer: „Ja, weil es nichts hineinzutun gab!" – „Was hätte denn hineingehört?" „Was eben so in eine Keksdose gehört, Kekse oder Pralinen, alles, was es nicht gab und nicht gibt."

Darauf war im Jahre 1948 nichts zu erwidern, jedenfalls nicht in der sowjetisch besetzten Zone.

6

Aufbruch

Einen Winter wie den zweiten Nachkriegswinter hätten viele Menschen in diesem Teil Deutschlands sicher nicht mehr überstanden. Aber der folgende Winter war weniger streng und auch nicht so schneereich.

Die kleine Gruppe, bestehend aus Mutter, Tochter und dem beinamputierten Onkel, die dem Eisenberger Bahnhof zustrebte, war fast eine Stunde vor der planmäßigen Abfahrt des Zuges vor dem Bahnhofsgebäude. Aus Rücksicht auf den Onkel mit seinen Krücken war man zeitig aufgebrochen. Doch der restliche Altschnee auf den Bürgersteigen war schon überall geräumt oder weggetaut, so dass sie gut vorankamen.

„Man weiß ja nie", hatte die Mutter gemeint, „gehen wir lieber eher, vielleicht zieht es am Nachmittag wieder an."

Das diffuse Winterlicht des Tages begann bereits beim Aufbruch ins graublaue Dämmern überzugehen. Ein paar vereinzelte Flocken drehten sich aus einem schwammigen, grauen Himmel herab.

„Siehst du, wie gut, dass wir rechtzeitig aufgebrochen sind", meinte die Mutter befriedigt an den Schwager gewandt, „bei Neuschnee und mit Krücken …" Sie ließ offen, an welche Folgen sie dabei dachte.

„Hedwich, Hedwich,
immer ängstlich.
Spar dir die Panik,
Robert hat Glück."

Er liebte es, in Reimen zu antworten, was seine Schwägerin augenblicklich schweigen ließ. Sie verdrehte nur vielsagend die Augen, denn Roberts Art war ihr verhasst, seit ihn ihre Schwester der Familie vorgestellt hatte. Gewöhnlich hielt sie damit nicht hinter dem Berge, aber jetzt, da er das Kind nach Berlin bringen

7

sollte, durfte sie ihn nicht verärgern.

„Ist doch alles bestens, Schwägerin. Ich geh' ja auf drei Beinen, ihr habt nur zwei", scherzte er, während er sich die wenigen Stufen zum Bahnhofseingang hinaufarbeitete, und erntete damit wenigstens einen Lacherfolg bei seiner Nichte. Das Mädchen sprang leichtfüßig die Treppen hinauf und schlenkerte dabei den vielfach verschnürten Karton mit der wertvollen Keksdose.

„Pass doch auf!" schimpfte die Mutter, die mit dem kleinen schwarzen Koffer hinterher ging, und sie setzte eindringlich hinzu: „...du weißt doch!"

Ja, die Tochter wusste: Sie sollte den wertvollen Karton nicht aus der Hand lassen. Sie sollte aufpassen, dass sie nicht stolperte. Sie sollte niemand erzählen, was in dem Karton ist. ... Sie wusste alles. Sie hatte in der letzten Zeit so viele Belehrungen über sich ergehen lassen müssen, dass sie schon gar nicht mehr hinhörte. Jetzt war das alles erst einmal ausgestanden. Sie waren am Bahnhof. Bald ging die große, die aufregende, die einmalige Reise los.

Einmalig tatsächlich! Nicht die Tatsache an sich, dass ein Kind aus dem Nachkriegsdeutschland zur Erholung nach England geschickt wurde, war das Außergewöhnliche. Wer das Glück hatte, Verwandte oder Freunde in den Ländern der Siegermächte zu haben, konnte seine Kinder auf Zeit ins Ausland schicken. Das galt jedoch nicht für die sowjetisch besetzte Zone. So etwas war hier weder erwünscht noch bekannt. Dass die Mutter überhaupt davon erfahren hatte, lag daran, dass sie im Sommer 1947 eine Hamsterreise zu Verwandten nach Bayern unternommen und dabei von dieser Möglichkeit in der Zeitung gelesen hatte. Sogleich dachte sie an ihre eigene Tochter, um die sie sich die üblichen, in dieser Zeit nicht ganz unberechtigten Sorgen machte, obwohl Roswitha auch nicht unterernährter war als die meisten Kinder nach dem Kriege. Für die energische Frau stand sofort fest: die Tochter sollte, ja sie musste, in den Genuss dieser Vergünstigung kommen.

Auf legale Art und Weise war das allerdings nicht zu bewerkstelligen, das musste Hedwig, die sich und das Kind die letzten Kriegsjahre und die erste Nachkriegszeit allein durchgebracht hatte, rasch erfahren. Nur für Kinder aus dem Westen sollte das große Glück gelten. Das konnte und wollte sie nicht akzeptieren. Legalität! Die Frau wusste, welch zweifelhafter Begriff das in den letzten Jahren geworden war. „Legal" wären sie längst verhungert. Und nicht nur das! Ohne das gestohlene Grubenholz, dessen Lagerstätte im Wald halb Eisenberg kannte und plünderte, und ohne die am Bahnhof geklauten Briketts wären sie im letzten strengen Winter zweifellos erfroren. Mit Briketts hatte die rührige Frau sogar zeitweise einen schwungvollen Handel betrieben: ein Brikett – eine Mark, zehn Briketts – ein Bückling, eine Delikatesse, die der Schieber, wer weiß woher, bezogen hatte. Nacht für Nacht hatte sie damals den gefährlichen Gang zum Güterbahnhof zusammen mit einer jüngeren Freundin gemacht. Diese kannte den Eisenbahner, der die Kohlen bewachen sollte. Und während Hedwig ihren und den Rucksack der Freundin füllte, zahlte diese den Preis im kleinen Dienstzimmer des Eisenbahners, wo der Kanonenofen bullerte und die Platte im Dunkeln gespenstisch glühte. Das so gezeugte Kind nannte die Freundin zärtlich ihren kleinen „Kohlenklau". Die Empfängnis war eine echte Überraschung gewesen, denn sie hatte nicht damit gerechnet, dass etwas passieren könnte, da bei ihr, wie bei vielen Frauen in dieser Hungerzeit, die Regel schon seit Monaten ausgefallen war.

Die herzzerreißende Geschichte von dem halb verhungerten Kind aus der sowjetisch besetzten Zone, das Freunde in England liebend gerne aufnehmen würden, wenn sie nur wüssten wie, trug die Mutter auf dem britischen Kommissariat in Westberlin vor und rührte den Colonel, der selbst Kinder hatte. Er telefonierte mit verschiedenen Stellen und binnen einer halben Stunde kannte Hedwig den Weg zu ihrem erstrebten Ziel: eine schriftliche Einladung von den Freunden in England mit der Zusage, für das Kind ein halbes Jahr aufzukommen und den Flug zu bezahlen, musste besorgt werden. Mit diesen Unterlagen konnte eine Aufenthaltsgenehmigung beantragt werden, um das Kind pro forma in Westberlin anzumelden. Mit dieser Anmeldung war dann der Pass zu beantragen und – das war alles.

Halb beglückt, halb geknickt verließ die Mutter das britische Kommissariat. Alles klang spielend einfach. Nur, sie kannte weder jemand in England, noch wusste sie, bei wem sie die Tochter in Westberlin anmelden, noch wie sie so oft nach Westberlin gelangen sollte. 1947 fuhren Züge noch nicht regelmäßig, und wenn, dann waren sie hoffnungslos überfüllt. Die Reise von Thüringen nach Berlin konnte Tage dauern. Sie aber musste arbeiten. Dieser Umstand bedeutete aber auch ihre Chance, denn der Volkseigene Betrieb, in dessen Verwaltung sie beschäftigt war, hatte in Abständen etwas dubiose Berlintransporte. So wurden unter dem Deckmantel regulärer Transporte Radiogehäuse nach Westberlin geschmuggelt. Diese illegalen Geschäfte halfen zwar dem Betrieb über die erste schwierige Nachkriegszeit, den dafür Verantwortlichen wurde aber wenig später trotzdem der Prozess gemacht.

Hedwig profitierte von diesen Fahrten: Hinter den Radiogehäusen sorgsam verborgen, passierte sie die Grenze und erledigte so nach und nach die Behördengänge.

Inzwischen hatte sie die fehlenden Freunde in England auch auf einem recht ungewöhnlichen Weg aufgetrieben. Wieder bei der bayerischen Verwandtschaft, nahm sie sich eine englische Landkarte vor, suchte fünf kleinere Städte heraus und setzte einen Brief an den Pfarrer der jeweiligen Ortschaft auf. Der Brief enthielt die rührselige Geschichte ihres armen, unterernährten Kindes, das tbc-gefährdet und nur noch durch einen Erholungsurlaub in England zu retten sei und die inständige Bitte, den Brief von der Kanzel zu verlesen, damit sich irgendeine mitleidige Seele fände und Gott ihrer Tochter noch eine Chance gäbe. Diesen Brief ließ sie von einem Übersetzungsbüro übersetzen und schickte ihn an die Pfarrer der fünf ausgewählten Gemeinden.

Auf einen der Briefe kam eine Antwort.

Reise ins Unbekannte

Als sie eintraten, war die Bahnhofshalle schon überfüllt. Dicht gedrängt standen die Menschen mit Rucksäcken, Koffern und Kartons. Vielleicht hofften sie durch die Ansammlung in der ungeheizten Halle etwas Wärme zu erzeugen, eine zweifelhafte Hoffnung, denn ihre Atemluft zeigte sich auch hier als sichtbare Dampfwolke. Muffig schlug den Ankommenden der Geruch nasser, ungepflegter Kleidung zusammen mit einem monotonen Stimmengemurmel entgegen. Eigentlich schien kein Durchkommen zu sein, so eng beieinander standen die Wartenden. Aber Onkel Robert sagte zu Schwägerin und Nichte nur „lasst mich mal" und schob seine Krücken energisch zwischen die Menge, hebelte da und dort Arme, Kartons und Beine beiseite und sagte laut:

„Platz bitte für einen Versehrten!"

Und wie ein Echo setzte sich der Satz fort, indem er von anderen aufgegriffen wurde und sich wirklich eine kleine Gasse für Onkel Robert und seine Verwandtschaft auftat, bis er am Fahrkartenschalter ganz vorne stand. Hier musste er nun freilich auf die Öffnung des Schalters warten wie all die anderen auch, aber er stand jedenfalls schon mal ganz vorne. Befriedigt setzte er seinen Oberschenkelstumpf auf dem Handgriff seiner Krücke ab und schien nun fast bequem darauf zu sitzen. Jetzt hatte er die Hände frei und konnte damit aus seiner abgewetzten Aktentasche, die er mit einem quer über den mageren Oberkörper verlaufenden Riemen vor dem Bauch befestigt hatte, eine kleine Blechschachtel hervornesteln.

„Muss das jetzt sein?", zischte seine Schwägerin, als sie zusehen musste, wie er sich aus dem Inhalt – etwas Tabak und Zigarettenpapier – eine Zigarette zu drehen versuchte. Aber Schwager Robert antwortete unbeeindruckt:

„Ist die Bude kalt,
wärmt der Rauch dich bald."

Roswitha grinste. Manchmal fand sie die Verse richtig gut. Und lustig war der Onkel allemal. Nur die Mutter seufzte unwillig:

„... hättest ja auch die fertigen rauchen können. Ich hab' dir doch zwei Schachteln geschenkt."

Das stimmte, sogar Amizigaretten. Sie hatte einen Irrsinnspreis in Berlin dafür gezahlt.

„Lass man gut sein, Hedwig", sagte Robert, klopfte die fertige Zigarette auf dem Deckel der Metallschachtel auf und klemmte sein Werk zwischen die Lippen, „...die sind hier zu schade. Die rauche ich zu besonderen Gelegenheiten."

Währenddessen hatte Roswitha sich zwischen den Menschen hindurchdrängend entfernt, was ihr nicht schwer fiel, so dünn wie sie war. Gleich darauf war sie wieder da. Mit vor Aufregung bebenden ‚Affenschaukeln' flüsterte sie:

„Mutti, Mutti, haste mal 30 Pfennige, ich will mich wiegen."

„Ach was, die Waage geht doch nicht."

„Doch, sie leuchtet auf."

„Deswegen geht sie trotzdem nicht, wirst es sehen. Oder sie zeigt falsch an."

Aber die Mutter kramte doch das Kleingeld aus ihrer Tasche und Roswitha verschwand freudestrahlend wieder in der Menge.

Diese uralte Personenwaage, die noch aus der Gründerzeit stammen mochte, kannte Roswitha. Immer hatte sie sich am Bahnhof wiegen dürfen, schon als ganz kleines Mädchen. Nicht immer hatte sie Spaß daran gehabt, etwa wenn der Papa nach einem Heimaturlaub zurück an die Front musste und sie den Zweck des Ablenkungsmanövers durchschaute. Dann flößte ihr die riesige Waage, hoch wie eine Standuhr, Angst ein. Doch das Ritual wurde eingehalten: Der Vater hob das Kind hinauf, warf das Geld ein und gleich darauf erklang ein lautes Brummen und das magische Auge leuchtete grünlich. Dann beruhigte sich der Apparat wieder und Roswitha durfte die Wiegekarte aus dem kleinen Griffkästchen herausnehmen. Diese war so groß wie eine Fahrkarte, aber nicht aus brauner Pappe, sondern schmutzigweiß. In einem Kreis in der Mitte war das Gewicht in Kilogramm eingestanzt. Hinten konnte man auf einer Tabelle das richtige Gewicht für die einzelnen Altersgruppen ablesen, getrennt für Männer und Frauen.

Die Waage war von einer Frau besetzt, die einen großen Rucksack auf den Knien hielt. Sie stand nur unwillig auf, als Roswitha sie darum bat. Endlich stand sie auf dem Wiegepodest, aber es war schon so dunkel in der Bahnhofshalle, in der nur eine Notbeleuchtung brannte, dass Roswitha kaum den Schlitz für den Geldeinwurf fand. Die Umstehenden verfolgten mit Interesse den seltenen Vorgang, und von zwei Burschen, die sich zischelnd verständigten, äußerte einer lässig: „Na, du Fliegengewicht! Sollen wir uns mit draufstellen, damit es was anzeigt?" Zur Antwort klapperte das Geld im Kasten und nach einer Weile setzte richtig das bekannte Brummen unter Rütteln und Vibrieren ein. Nur das magische Auge war und blieb erloschen. Aber die Karte lag in der Griffschale. Doch es war zu dunkel, um die Zahl im Kreis abzulesen.

Das konnte auch die Mutter nicht. Onkel Robert opferte schließlich ein Streichholz mit der Bemerkung:

„Haste keine Sicht,

brauchste Licht.", und stellte fest: „neunundzwanzig Kilo."

„Was?" entfuhr es der Mutter, „und das mit Mantel und Schuhen!"

„Du hast selber gesagt, dass sie nicht richtig anzeigt", maulte das Kind und Robert bemerkte trocken:

„Lass sie kommen wieder,

dann drückt's die Waage nieder."

Die Mutter seufzte tief und es war unklar, ob ihr Seufzer den dummen Sprüchen Roberts galt oder dem Untergewicht ihrer Tochter. Jedenfalls machte sie eine besorgte Miene und Roswitha wirkte verlegen, wie sie so auf ihren dünnen Beinen in ihrem einzigen Paar echter Lederschnürschuhe mit nach innen gerichteten Füßen dastand. Die Schuhe waren schon etwas zu klein, die Zehen stießen empfindlich an, und die beiden mittleren am rechten Fuß, die sie im letzten Winter erfroren hatte, schmerzten wieder. Die Baumwollstrümpfe der Mutter – dickere konnte sie in diesen Schuhen wirklich nicht tragen – zogen Wasser. Der Mantelsaum reichte kaum übers Knie. Die Mutter hatte den dunkelblauen Mantel selbst genäht, aus einem eigenen alten Mantel, indem sie den Stoff gewendet und auf Brust und Rücken Kaninchenfelle aufgesetzt hatte, die die Lunge warm halten sollten. Die Felle waren schwarzweiß gescheckt, und Roswitha wusste wohl, dass Urian und Hoppel ihre Brust wärmten. Wenn sie daran dachte, wurde sie traurig. Aber sie hatte mit der Zeit gelernt, in einer solchen Situation rasch an etwas Schönes zu denken, damit es nicht so wehtat.

Plötzlich wurden die müden Augen der Mutter lebhaft. Ihre scharfe Frage „wo ist das Paket, Roswitha?" fuhr der Tochter so heftig in die Glieder, dass sie sich sogleich duckte, um zwischen den Beinen der Leute danach zu suchen.

„So passt du also auf!" hörte Roswitha die strenge Stimme der Mutter von oben. O Gott, die wertvolle Dose! Sie hatte sie doch unten abgestellt, ehe sie zur Waage gegangen war. Oder hatte sie diese mitgenommen?

Mit Tränen in den Augen richtete sie sich zögernd auf und das knappe „Na?" der Mutter ließ Roswitha schuldbewusst stehen, die Schultern hochgezogen.

„Nun gib sie ihr doch schon, Hedwig!" bat der Onkel ganz ungereimt. Erst jetzt bemerkte die Tochter, dass etwas den Mantel der Mutter auszubeulen schien, unter dem diese endlich den Karton hervorholte: „Aber lass dir das eine Lehre sein!"

„Ganz bestimmt, Mutti!" strahlte das Kind. Und als in dem Augenblick die Jalousie des Fahrkartenschalters rasselnd hochgeschoben wurde und Bewegung in die wartende Menge kam, erfasste Roswitha erneut die Erregung auf die bevorstehende Reise.

Als sie aus der Bahnhofshalle auf den Bahnsteig hinaustraten, wirbelten ihnen die weißen Flocken dichter entgegen. Der Wind hatte aufgefrischt und ein weißer Hauch bedeckte den Boden. Der Bahnsteig war schlecht beleuchtet. Nur in großen Abständen warfen die Lampen einen schwachen Lichtkegel auf die wartenden Gestalten herab und ließen die nun heftiger wirbelnden Schneeflocken sichtbar werden. Die drei standen dicht beieinander, die Mutter hatte den Arm um das frierende Mädchen gelegt.

„Meine Zehen …" jammerte Roswitha und „…der Zug muss ja jeden Augenblick kommen", tröstete die Mutter, obwohl die Abfahrtszeit längst überschritten und noch immer kein Zug in Sicht war.

Endlich sahen sie in der Ferne zwei winzige verschwommene Lichtpünktchen, und bald war das Keuchen der den Berg heraufkriechenden Lokomotive zu hören, Musik in den Ohren der ungeduldig Wartenden. In helle Dampfschwaden gehüllt ächzte und zischte die Lok schwerfällig heran. Und mit einem lang anhaltenden spitzen Aufschrei der Bremsen kam der Zug langsam zum Stehen.

Die Menschen drängten zu den Türen, sie schubsten, schoben und wurden geschoben.

„O-Gott-o-Gott!" jammerte Hedwig, während sie sich an das Kind klammerte, „wie willst du denn bloß da reinkommen, Robert? Du kannst doch nicht bis Jena stehen!"

„Ich krieg schon Platz, verlass dich drauf. Nun mal los, Abschied nehmen!" Mutter und Tochter fielen sich um den Hals.

„Ich will nicht fort!" heulte Roswitha und die Mutter erwiderte schluchzend, „dummes Kleines, sei froh, dass du fahren darfst!"

Dann schob sie die Tochter dem Onkel, der sich mühsam hinaufgehangelt hatte, hinterher und schob ihr den kleinen schwarzen Koffer zwischen die Beine. Laut knallend wurden die Türen geschlossen. Hinter der Türe stellte der Onkel verwundert fest, dass der Lederriemen zum Öffnen des Fensters vorhanden war und dass es sich öffnen ließ. Rasselnd ließ er es herab und beugte sich hinaus.

„Ich bin dir ja so dankbar, Robert!" brüllte Hedwig durch den Lärm der unter Dampf stehenden Lokomotive hinauf.

„Schon gut, Schwägerin. Und sei unbesorgt." Er schob seine schluchzende Nichte vors Fenster.

„Roswitha!" schrie die Mutter unter Tränen, „Roswitha, vergiss nicht, was ich dir gesagt habe, hörst du?"

„Ja, Mutti."

„Zieh dich immer warm an! Lieber zwei Leibchen, wenn's kalt ist."

„Ja doch!"

„Und pass gut auf dein Gepäck auf!"

16

„Jaaa!"

„Und grüße sie von mir, hörst du, unbekannterweise. Vergiss nicht, den Brief! Und sei immer höflich! Denk daran, was wir besprochen haben!"

„Ja doch!"

„Ich kann mich doch auf dich …" verlassen wollte sie noch sagen, aber ein Pfiff der Lokomotive schnitt ihr das Wort ab. Ein Pfiff aus der Trillerpfeife und – der Zug setzte sich langsam in Bewegung. Die Mutter draußen ging mit, lief mit, bis sie in Dampfschwaden zurückblieb.

„Fenster zu!" herrschte aus der Tiefe des Abteils eine männliche Stimme und andere, weibliche, pflichteten ihr bei:

„… is wohl noch nich kalt genuch hier?"

Der Onkel schloss das Fenster, während der Zug immer mehr Fahrt aufnahm und das Ruckeln und Zuckeln heftiger wurde. Gedrängt saßen die Reisenden auf den blanken Holzbänken. Sie standen im Gang dazwischen und hielten sich notdürftig an den voll gestopften Gepäcknetzen fest. Jedes noch so kleine Plätzchen war besetzt. Ein verbissenes Schweigen hing über ihnen wie die trübe Gasbeleuchtung, die im Rhythmus der ruckelnden Bewegungen zu schwanken schien, zeitweise bläulich zu verlöschen drohte und erneut neongrünlich aufleuchtete, um den verkniffenen Gesichtern das Aussehen von Wasserleichen zu verleihen.

Da hielt der Onkel die Zeit für gekommen, seinen Anspruch anzumelden. Er klopfte zweimal gebieterisch mit seiner Krücke auf den Boden.

„Vielleicht liegt es ja an der schlechten Beleuchtung, dass keiner merkt, dass hier ein Beinamputierter stehen muss." Leise, fast freundlich hatte er seinen Satz gesagt, und eine Bewegung, auch ein Murren, schien sich auf den Holzbänken bemerkbar zu machen. Sonst nichts.

„Ich muss meinen Ausweis sicher nicht erst herauskramen, oder? Ich verlange auch nicht, dass jemand wegen mir aufsteht. Aber ein bisschen zusammenrücken dürfen Sie schon. Viel Platz brauche ich nicht für meine halbe Backe."

Erneute Bewegung, sogar ein bitteres Auflachen, abgehackt und sofort erstickt. Tatsächlich aber wurde eine winzige Lücke sichtbar, in die sich der Onkel mit einem befriedigten „Na also. Geht doch, oder?" hineinzwängte. Schließlich stand jemand am Ende der langen Holzbank auf und der Onkel bekam genug Platz, so dass er sagte: „Komm, Roswitha, da passt dein kleines Dreierbrötchen auch noch rein."

Den Zuruf „Unverschämtheit!" beachtete er nicht. Und als das Mädchen saß, den wertvollen Karton auf den Knien, den kleinen schwarzen Koffer zwischen den mageren Beinen, tätschelte ihm der Onkel liebevoll die Wange: „Na Kleines, nu lach doch mal!" Aber Roswitha verzog das Gesicht nur, um erneut in Tränen auszubrechen.

Um sie aufzuheitern, flüsterte er ihr ins Ohr:
„Sei zufrieden und vergnügt,
    wenn du einen Platz gekriegt."
Da musste sie nun wirklich unter Tränen ein wenig lächeln.

Jetzt holte der Onkel seelenruhig aus seiner Aktentasche die beiden in Zeitungspapier eingewickelten Brote heraus, eins für sich und eines für Roswitha. Sie waren von der Schwägerin reichlich mit Leberwurstersatz bestrichen worden. Der Onkel klappte das Brot auf, hielt genüsslich seine Nase über den hell schimmernden Brotaufstrich und klappte wieder zu. Majoranduft verbreitete sich im Abteil. Ja, das konnte die Schwägerin, dachte er, als er in das Brot biss. Warum konnte Hertha, seine Frau, das nicht? Wie oft hatte er ihr nicht schon erklärt, wie es gemacht wird. Mit wenig Fett ein Mehlteiglein herstellen und erkaltet mit Zwiebeln, Salz und Pfeffer – wenn vorhanden – und Majoran würzen. Majoran war wichtig, einfach unersetzlich. Damit stand und fiel das ganze Rezept.

In dieser Zeit gab es nahezu für alles einen Ersatz, nicht nur für Leberwurst. Der Kaffee hieß sogar Ersatzkaffee, obwohl das der Kaffee schlechthin war. Denn wer dachte schon an Bohnenkaffee? Schieber vielleicht, gewöhnliche Leute nicht. Deshalb richteten sich jetzt auch neidische Blicke, die man im fast dunklen Abteil nicht verbergen musste, auf die Thermoskanne, die der Onkel aus der Tasche holte und mit „Roswitha, halt mal" den aufgeschraubten Deckelbecher mit der dampfenden Flüssigkeit füllte.

„Da trink mal", ermunterte der Onkel das Kind, aber Roswitha jammerte: „Der ist zu heiß!"

„Ach was", meinte er nur, nahm dem Kind den Becher ab, trank selbst und bemerkte zufrieden:

„Was Warmes im Bauch
 heizt schließlich auch."

Vielleicht wäre der Onkel etwas weniger vergnügt gewesen, wenn er gewusst hätte, wie lange diese Fahrt im ungeheizten Bummelzug werden sollte. Zweimal blieb er auf offener Strecke stehen und bei der späten Ankunft in Jena war der D-Zug nach Berlin gerade abgefahren. Die Nacht auf einer Holzbank in der kalten Bahnhofshalle in Jena wurde höchst ungemütlich.

Erwartung in England

Helens Verwandtschaft war Maureen nie bemerkenswert erschienen. Man hatte sich auch nicht besonders nahe gestanden. Erst jetzt, da Helen so schwer erkrankt war und es wohl kaum mehr eine Rettung für sie geben würde, hatten sich zwangsläufig die Kontakte mit dem Bruder in London intensiviert. Seine jahrelange Abneigung gegen sie, die Lebensgefährtin – ja, das war sie und das wollte sie sein – schien sich gelegt zu haben. Stanley Handford, pensionierter Universitätsprofessor mit standesgemäßer Villa im Londoner Westend, die den Krieg heil überstanden hatte, war geradezu lächerlich engstirnig und konventionell in den Augen Miss Maureen Maunders, wobei Stanleys Frau ihn noch übertraf. Wie war es nur möglich, dass Helen, die kluge, warmherzige, bescheidene Helen aus dieser Familie stammte?

Soeben hatte Miss Maunders die Post aus dem Briefkasten genommen und hielt den Brief von Stanley in der Hand. Ob es eine Zusage war? Sie hatte versucht, ihn einzuspannen und fürchtete daher ein wenig seine Reaktion. Andererseits fand sie es legitim, ihn auch einmal zu belasten, war sie doch mit Helens Krankheit gerade genug in Anspruch genommen. Und die Familie kümmerte sich so gut wie nicht um sie, alles blieb an ihr hängen. Ja, sie tat es gerne, auch die Krankenhausbesuche, obwohl sie Spitäler hasste, wie Kranke und Hinfällige überhaupt. Mit Helen war das freilich etwas anderes: sie liebte Helen, und auch sie konnte sich deren Liebe gewiss sein. Für Helen tat sie alles. Die Familie tat nichts.

Nachdenklich ging sie durch den Vorgarten ins Haus zurück, das wie all die anderen Doppelhäuser auf der Südseite der Bradford-Road aussah: Ein schmuckloser Backsteinbau mit dem vorgeschobenen Wohnerker im Erdgeschoss, dessen schräge Bedachung über die ganze Hausfront gezogen war und damit einen Regenschutz vor der weiß gestrichenen Haustür bot.

Miss Maureen Maunders drückte mit dem Ellenbogen die nur angelehnte Haustüre auf, durchquerte den Wohnraum in Richtung Küche, wo die Katzen mit steil aufgerichteten Schwänzen um ihre Beine strichen und sie an ihr fehlendes Frühstück erinnerten. Es

20

waren prächtige Tiere, beides kastrierte Kater im besten Alter von sechs und sieben Jahren. Der Rote mit dem weißen Latz, den sie Rufus nannte, war der kräftigere der beiden mit einem breiten, flach gedrückten Kopf. Die weit auseinander stehenden Bernsteinaugen waren immer nur halb geöffnet und die hochgezogenen Lefzen gaben ihm stets ein zufriedenes Aussehen. Mit seinen dicken Pranken wirkte er tapsig. Man war sofort versucht, ihn hochzunehmen und an sich zu drücken. Der graue Tiger Sam mit der kleineren Gestalt wirkte eher drahtig auf seinen hohen Beinen mit den zierlichen Pfoten. Seine schräg stehenden grünen Augen blickten klug und distanziert aus einem runden Köpfchen mit spitzen Ohren. Er ließ sich so gut wie niemals auf den Arm nehmen und wirkte im Gegensatz zum pummeligen Kleinkind Rufus wie ein distinguierter älterer Herr.

„Warum rückt sie heute das Frühstück nicht heraus?" schienen die hungrigen Katzenaugen zu fragen. Aber Maureen, 43jährig, schlank und auf sehnigen Beinen in Gesundheitsschuhen fest inmitten ihrer Küche stehend, beachtete die Katzen nicht wie sonst, sondern las diesen Brief des Bruders ihrer Freundin. Das über das Papier geneigte Gesicht wirkte etwas herb unter dem schlichten braunen Bubikopf. Die markante gerade Nase und ein leidenschaftsloser Mund unterstrichen ihre zurückhaltende Art. Nur die klug blickenden, eisblauen Augen konnten sehr direkt auf ihrem Gegenüber ruhen und die eine oder andere schuldbewusste Schülerin ängstigen. Maureen war sich ihres unbestechlichen Blickes bewusst und setzte ihn im Schuldienst zielgerichtet ein. Bei der Kollegenschaft der Grammar School, an der sie unterrichtete, galt sie als absolut integere Person.

Nach einer längeren umständlichen Einleitung war sie zum Wichtigsten des Briefes vorgedrungen, eben der erwünschten Zusage, dass er das Kind vom Flughafen abholen, es ein paar Tage aufnehmen und es dann in den Zug nach Norden setzen würde, wo sie es von Leeds abholen wollte.

Befriedigt legte sie den Brief auf dem Küchentisch zwischen gebrauchtem Geschirr ab, um für die Katzen etwas aus dem Kühlschrank zu holen. Die Freude über die Zusage war ihr nicht anzumerken, als sie sich mit ihrer dunklen Stimme an die Tiere wandte: „Oh, ihr habt lange warten müssen!" Die Katzen bestätigten es maunzend, als Maureen die gekochten Fischabfälle aus dem Kühlschrank nahm und in die Schüsselchen verteilte. Ein intensiver Fischgeruch füllte die Küche. Ein Glück, dass ihr der Mann im Fish & Chips-Laden an der Ecke für wenige Pennies die Abfälle reservierte und dass die Katzen so verrückt danach waren. Sie sah ihnen zu, wie sie vor den Schüsseln hockten. Rufus schlang gierig. Auf diese Art und Weise war ihm schon so manche Gräte im Schlund stecken geblieben, die er aber durch Würgen und Halsverrenken immer glücklich losgeworden war. Sam dagegen fischte gesittet einen Bissen nach dem anderen aus dem Blechteller und ließ die Gräten, ja selbst die Schuppen links liegen. Seine Bescheidenheit und Zurückhaltung hatten ihn zu ihrem Liebling erkoren. Sam war so, wie Maureen selbst gerne gewesen wäre: unbestechlich, unabhängig, klug und zäh.

Nicht, dass sie Rufus nicht geliebt hätte. Aber er war Helens Kater, weich, füllig, anschmiegsam, fast mütterlich, wenn so etwas von einem Kater zu sagen gestattet war. Eben wie Helen. Vielleicht gab es das ja wirklich, die gegenseitige Anpassung von Mensch und Tier, wenn sie nur lange genug miteinander lebten.

Jetzt wurde es aber Zeit, an ihr eigenes Frühstück zu denken, obwohl sie wieder keinen Hunger hatte. Seitdem Helen in der Klinik war, vernachlässigte sie ihre eigenen Bedürfnisse. Lediglich weil Helen das nicht billigen würde – jedes Mal fragte sie besorgt „machst du dir auch immer was zu essen?" – zwang sich Maureen auch an diesem Tage, ein warmes Frühstück zuzubereiten. Sie überlegte, ob sie sich Porridge kochen sollte, aber der Topf, der dafür infrage kam, war nicht gespült. Sie hatte gestern versäumt, ihn einzuweichen. Nun waren die Reste verkrustet. Also kein Porridge! Sie suchte die Pfanne, fand sie im Schrank, aber der Boden war mit altem Fett verklebt, das sie mit dem Messer herauskratzen musste. Maureen stellte den Gaskocher an, gab etwas frisches Fett in die Pfanne und eine Scheibe Toast. Irgendwo musste doch noch eine Tomate stecken! Sie fand sie, leicht angeschimmelt, unter der Zeitung auf dem Küchentisch, schnitt sie aus und legte die übrig gebliebene Hälfte der Tomate neben die Toastscheibe ins Fett. Das Brutzeln weckte ihren Appetit. Im Kühlschrank suchte sie nach etwas Käse, aber sie fand lediglich zwei zusammengeschrumpfte, ledrige Champignons, die sie ungeputzt ebenfalls ins Fett gab. Sie wendete die Toastscheibe, sog den Duft der gebratenen Tomate ein und richtete alles auf einem kleinen Teller an: zuerst die Toastscheibe, vom Fett durchtränkt, darauf die Tomatenhälften mit den Champignons. Etwas Salz und Pfeffer darüber, und sie trug, die Hand durch das Geschirrtuch geschützt, den heißen Teller ins Wohnzimmer. Marmelade und Honig standen schon auf dem Tisch vor dem großen Erkerfenster. Seit Helen im Krankenhaus war und sie sich gezwungen sah, allein zu frühstücken, räumte Maureen die täglich gebrauchten Gegenstände gar nicht mehr ab.

Das müsste sie auch ändern. Schließlich sollte das Kind den Eindruck eines halbwegs ordentlichen Haushalts bekommen. So dachte sie, während sie den Teller abstellte und noch einmal hinausging, um die Milchflasche hereinzuholen, die vor der Haustüre stand. Das müsste sie wohl auch ändern. Zwei Flaschen pro Woche würden nicht ausreichen. Kinder benötigen viel Milch, kam ihr in den Sinn.

Nachdenklich kauend stellte sie sich künftige Breakfasts vor. Sie müsste Schinken kaufen, um Ham and Eggs zu bereiten. Denn ihre eigene vegetarische Ernährung konnte kein Maßstab sein für

für das unterernährte Kind.

Bloß gut, dass es ein Mädchen war. Sie dachte an die beiden Jungen, die elfjährigen Zwillinge aus Birmingham, die sie im Krieg neun Monate lang im Hause gehabt hatten, weil damals alle auf dem Lande oder in den Kleinstädten die durch Bomben bedrohten Großstadtkinder aufnahmen. Ach, Helen mit ihrem guten Herzen! Sie hatte natürlich nicht zurückstehen wollen. Aber diese beiden Rabauken hatten auch sie an den Rand der Verzweiflung getrieben mit ihren doppelten Streichen und ihrer Aufsässigkeit. ‚Nie wieder Kinder' hatten sie sich damals geschworen, als der Spuk vorbei war. Und nun war es doch wieder geschehen. Was mochte ihr jetzt bevorstehen?

Freilich, nicht ganz freiwillig hatte sie sich darauf eingelassen. Maureen war keineswegs darauf eingestellt gewesen, als sie auf Wunsch des Pfarrers mit dem Brief aus Deutschland bei den ihr bekannten Eltern ihrer Schülerinnen hausieren ging. Vergebens! Als Hindernis erwies sich ein Übersetzungsfehler, indem „tbc-gefährdet" mit „tbc-erkrankt" übersetzt worden war. Natürlich wollte sich niemand ein an Tbc erkranktes Kind in die Familie holen. Man bedauerte wortreich und außerordentlich und schließlich schlug man ihr vor: „Wollen Sie beide nicht das Kind aufnehmen? Erwachsene sind gegen die Krankheit doch viel widerstandsfähiger."

Maureen berichtete es am Abend reichlich empört Helen. Die aber reagierte ungewöhnlich: Lass das Kind kommen, Maureen."

„Aber Helen, erinnere dich doch, was wir nach den Zwillingen beschlossen hatten!"

„Ich weiß, Liebes. Aber es ist ein Mädchen, die sind nicht so schlimm. Und meinst du nicht auch, man sollte etwas Gutes tun, wenn man es sich leisten kann?"

Helen, die gütige Helen! Maureen war von dem Gedanken an

das Kind nicht begeistert. Aber wenn sie später zurückdachte, dann hatte sie Helen nie inniger geliebt als in diesem Augenblick. Nur wenige Tage später wurde der Tumor in Helens rechter Brust entdeckt. Die linke war ihr bereits vor vier Jahren entfernt worden.

Ich muss Stanley das Foto schicken, überlegte Maureen, als sie nach dem Frühstück das gebrauchte Geschirr in die Küche zurücktrug. Wie sollte er sonst das Mädchen am Flughafen erkennen? Der letzte Brief aus Deutschland steckte noch hinter dem kleinen Rollkalender auf dem Kaminsims. Seitdem sie sich erstmals in Deutsch an die Mutter des Kindes gewandt und sie hatte wissen lassen, dass Maureen Maunders Gymnasiallehrerin für dieses Fach war und folglich ein tadelloses Deutsch schrieb, hatte sich eine rege Korrespondenz entwickelt. Jetzt nahm Maureen das kleine Passbild aus dem Brief heraus und betrachtete es wieder.

Wieder – wie schon beim ersten Anblick – dachte sie, was für ein seltsames Kind! Englische Mädchen dieses Alters, etwa ihre Schülerinnen, sahen irgendwie anders aus. Das Auffallendste waren die Zöpfe, die rechts und links auf dem Brustteil des Mantels lagen, dicke, dunkle Zöpfe, an den Enden zu „Affenschaukeln" hochgesteckt. Ein „blondes Gretchen" war das nicht. Das kindliche Gesicht wirkte spitz, die Wangen leicht eingefallen und die großen Augen drückten mit schweren Lidern Müdigkeit aus. Um den etwas gezwungen lächelnden Mund lag ein angestrengter Zug, so, als hätte der Fotograf mit der Aufnahme zu lange gebraucht. Das ist also Roswitha, dachte Maureen, und es war das einzige, was ihr zu dem Foto einfiel. Eigentlich hatte sie stets gute Verbindungen zu Mädchen. Ihre Schülerinnen verehrten und fürchteten sie in einem Verhältnis, das ihr angemessen erschien. Im Gegensatz zu den meisten Müttern ihrer Schülerinnen strahlte Miss Maureen Maunders etwas Unkonventionelles aus, das sich schon in ihrem sportlichen Äußeren ausdrückte. Aber es war wohl mehr der Umgang, den sie mit den Schülerinnen im Unterricht und bei anderen schulischen Gelegenheiten pflegte, und den man vielleicht am treffendsten mit „Fairness" umschreiben konnte. Im Gegenzug wagten es die Schülerinnen kaum, sie hinters Licht zu führen. Sie wussten, dass sie andernfalls mit dem unbestechlichen Gerechtigkeitssinn ihrer Lehrerin zu rechnen hatten. Es war eine Art Gentleman Agreement, das die Klasse mit ihr verband, und das Maureen Maunders mit einem gewissen Stolz erfüllte. Wenn in der Kollegenschaft über Schwierigkeiten mit den Schülern und Schülerinnen geklagt wurde, fühlte sie sich frei davon. Warum also sollte sie mit einem zwölfjährigen Mädchen aus Deutschland nicht fertig werden?

Der Flug

Als Roswitha nach tagelangem Aufenthalt in Westberlin bei der Schwester einer Freundin ihrer Mutter endlich ins Flugzeug steigen konnte, wirkte sie so erschöpft, als wäre der Beginn der langen Reise schon deren Ende. Die zweimotorige Propellermaschine war bereits angeworfen, als die letzten der sechsunddreißig Passagiere die Treppe hinaufstiegen, unter ihnen Roswitha, die zum ersten Mal im Leben so einen Vogel aus der Nähe sah. Alles war aufregend für sie, die Enge der Kabine, die kleinen runden Fenster, der Anschnallgurt, die Tüten im Gepäcknetz am Sitz vor ihr, deren Bedeutung ihr die Mutter schon erklärt hatte: „Wenn du brechen musst im Flugzeug, nimm die Tüte aus dem Gepäcknetz vor dir, damit du dich nicht beschmutzt."

„Ich muss nicht brechen", hatte Roswitha, die unangenehme Vorstellung von sich weisend, kurz und bündig erklärt. Nun aber überlegte sie, woher die Mutter das mit der Tüte gewusst hatte. Sie war doch auch noch nie geflogen.

Als sich die Maschine ruckelnd in Bewegung setzte, lärmend abhob, vor den Fenstern bald nichts als vorbei treibende Wolkenfetzen zu sehen waren, als das Rütteln und Schütteln zunahm, da wurde es ihr schlecht. Die Stewardess kam herbei und fragte fürsorglich: „Wie geht es dir, mein Kind?" Sie hatte Anweisung, ein Auge auf die alleinreisende Kleine zu haben. Und die sah verdächtig blass aus.

„Mir ist schlecht."

„Nimm die Tüte, wenn du dich übergeben musst, ja! Und lass mich den Karton oben verstauen."

„Nein, den darf ich nicht hergeben", erklärte Roswitha ernsthaft und umklammerte ihn noch fester.

„Dann stell ihn unten zwischen deine Füße, das ist Vorschrift." Die Stewardess gab dem Kind die Tüte in die Hand und stellte den Karton auf den Boden.

Ringsum griffen nun auch Erwachsene nach den Tüten. Roswitha starrte in ihre Tüte und kämpfte mit der Übelkeit, aber sie konnte nicht brechen. Die Tüte blieb leer.

Irgendwann ließen die Erschütterungen nach und der Flug wurde ruhiger. Nun spürte Roswitha einen unangenehmen Druck auf beiden Ohren. Er steigerte sich, bis ihr vor Schmerz die Tränen kamen. Nein, das Fliegen – wie hatte man sie darum beneidet! – war nicht schön. Die hatten ja alle keine Ahnung.

Die Stewardess bemerkte endlich das weinende Mädchen und verstand sofort: „Ach, die Ohren!" und sogleich kam sie mit einem kleinen, wie Pappe aussehenden Stückchen zurück.

„Da, nimm das und kau es fest durch. Aber nicht verschlucken!"

Wie ein Pfefferminzbonbon, dachte Roswitha, als sie es in den Mund nahm und den Geschmack wahrnahm. Tapfer kauend,

wagte sie nicht einmal, den entstehenden Speichel hinunter-
zuschlucken. Und es entstand immer mehr davon. Was sollte sie
bloß damit machen? Sie war so sehr damit beschäftigt, dass sie es
nicht bemerkte, dass der Schmerz verschwunden war. Als der
Speichel sie zu überschwemmen drohte , spuckte sie ihn heimlich,
zusammen mit dem kleinen weichen Ding, in die Tüte.

Als die Maschine zur Landung ansetzte, bedeutete das noch
nicht das Ende aller Qualen: Zwischenlandung in Amsterdam,
zwei Stunden festen Boden unter den Füßen, erneuter Flug und
endlich – London! Als das Flugzeug aufsetzte, war es bereits
dunkel und ein leichter Nieselregen hatte die Rollbahn in eine
spiegelnde Fläche verwandelt.

Ankunft in London

Stanley Handford hielt angestrengt Ausschau in der Halle der
ankommenden Passagiere. Er bemerkte das Mädchen sofort.
Zu ungewöhnlich war der mit den gefleckten Kaninchenfellen besetzte Mantel, den er vom Foto her kannte. Zudem war Roswitha
offenbar das einzige Kind unter lauter Erwachsenen, und ihre
Zöpfe waren unverwechselbar. Nachdem sie durch die Kontrolle
gekommen war, blieb sie unschlüssig stehen. Stanley trat auf sie
zu:

„I am sure, you are Roswitha. Welcome to England! My
name is …"

Roswitha hatte zwar ihren Namen vernommen – etwas ver-
zerrt – sonst aber nichts verstanden. Als sein Wortschwall endete,
fragte sie: „Wo ist Miss Maunders?"

„Yes, Miss Maunders!" kam es hocherfreut, und wieder
folgte ein Wortschwall, wovon sie nichts verstand außer dem

28

Namen Miss Maunders. Sie hatte doch schon ein Jahr Englisch in der Schule gehabt. Warum verstand sie nichts? Doch sie begriff, dass der weißhaarige ältere Mann sie offenbar abholen wollte, um sie zu Miss Maunders zu bringen. Und so war sie bereit, mitzugehen.

Er deutete auf ihren kleinen Karton: „Luggage?" fragte er und vieles andere mehr. Es war schrecklich, was meinte er? Er sah sich um. Eben wurden die Wagen mit dem Gepäck hereingefahren. Er deutete auf die Koffer und sie gingen näher heran, während zwei Männer im Overall die Gepäckstücke abluden. Roswitha erkannte ihren kleinen schwarzen Koffer und zeigte mit dem Finger auf ihn. Er befand sich neben einem größeren braunen. Stanley ergriff beide und mit einem aufmunternden „come on, then!" dirigierte er das Mädchen durch die Halle bis hinaus vor den Ausgang, wo sie auf ein Taxi warten mussten. Roswitha stand wie gebannt. Die Autos, die Lichter, die Geräusche! Sie hatte so etwas noch nicht gesehen.

Ein Taxi hielt dicht neben ihnen. Stanley wies das Kind auf die Sitzbank hinter der Scheibe, die den Fahrer vom Fahrgastraum trennte. Das Gepäck wurde verstaut. Nur den Karton gab Roswitha nicht her, sondern hielt ihn fest auf ihren Knien. Geräusche, Farben, wechselnde Bilder und flüchtige Eindrücke, alles war neu und verwirrend. Nirgends konnte sie ihren zum Fenster hinausschweifenden Blick festmachen. Vorbeihuschende Lichter blendeten und verschwanden, neue Lichter tauchten auf, rechts, links, wohin sollte sie zuerst schauen? Da, ein doppelter Bus, rot wie die Feuerwehr und hoch wie ein Haus! Vorbei. So sehr sie sich auch den Hals verrenkte, er war verschwunden.

Dass der ihr gegenüber sitzende Professor sie aufmerksam musterte, merkte sie nicht. Sie ist klein für ihr Alter, stellte er fest und viel zu dünn. Ein Kriegskind, dachte er. Seltsam, nur die braunen Zöpfe sind dick. Ob Mangelernährung dem Haar nichts anhaben konnte? Oder wirkten die Zöpfe nur im Kontrast zu dem blassen Gesichtchen und den großen Augen so dick? Im Eifer des Schauens waren ihre Lippen leicht geöffnet und gaben schief stehende Schneidezähne frei.

Stanley ließ seinen Blick über den Karton schweifen, den sie auf dem Schoß festhielt, weiter über die knochigen Knie und die mageren Beine, die in faltigen Strümpfen steckten. Alles wirkte rührend kindlich an ihr. Die im Verhältnis zum Körper zu großen Füße deuteten an, dass das Mädchen wohl noch erheblich wachsen würde. Etwas fremd fühlte sich der Professor in der Rolle des Kinderbetreuers. Eileen und er hatten keine Kinder.

Die Fahrt zog sich in die Länge. Das Kind wurde müde und bekam kleine Augen. Kurz bevor jedoch der Kopf nach vorne fiel, hielt das Taxi vor Stanleys Haus. Sie waren angekommen und stiegen aus. Der Fahrer reichte den kleinen schwarzen Koffer heraus, dann den großen braunen. Roswitha schüttelte den Kopf:

„Der nicht!" und besann sich auf englisch: „Not this!"

Stanley sah sie verständnislos an und sagte lauter als er das wollte, wobei er beim letzten Wort in seine höchste Tonlage geriet:

„Isn't it your suitcase?"

Roswitha war erfreut, dass sie endlich etwas verstand und antworten konnte – denn das hatten sie geübt, dieses „is this your pencil? No, it isn't". Und was sie geübt hatte, das saß bei ihr auch. Sie besann sich also und antwortete, eifrig bemüht um eine deutliche Aussprache: "No, it isn't". Der Professor stöhnte auf. Warum hatte sie das nicht schon am Flughafen gesagt? Und hätte er ahnen sollen, dass der kleine schwarze Koffer offenbar ihr ganzes Gepäck war, für ein halbes Jahr Aufenthalt? Es blieb ihm nichts anderes übrig, als den doppelten Fahrpreis zu zahlen und den Fahrer zu bitten, den Koffer zurück zum Flughafen zu bringen. Wortreich überzeugte er den Mann von dieser Notwendig-

30

keit. O dear, dachte er, als sie durch den Vorgarten auf das Haus zugingen, das durfte er Eileen gar nicht erzählen!

Stanleys Frau Eileen empfing die beiden im Vorraum. Sie reichte dem Kind die Hand. Roswitha knickste artig und musterte die Frau vorsichtig. War das Miss Maunders? Obwohl sie klein und von mütterlicher Fülle war, sah sie sehr britisch aus im graubraunen Tweed. Graue Löckchen umrahmten ein gelbliches Gesicht mit schmalen, ungeschminkten Lippen. Die eng beieinander liegenden dunklen Augen ruhten mit einem durchdringenden Blick auf Roswitha, die nur die Stimme vernahm – ebenso durchdringend – verstehen konnte sie nichts.

„Miss Maunders?" sagte sie schüchtern und löste damit Hektik und einen Schwall unverständlicher Worte aus. Sie wurde ins Wohnzimmer geschoben. Man bedeutete ihr, den Mantel auszuziehen und Stanley trug ihn fort. Sie musste sich in einen Sessel setzen und bekam einen Brief in die Hand gedrückt. Der Brief war von Miss Maunders, und er war in deutsch geschrieben.

„Liebe Roswitha, jetzt bist Du in England und Stanley wird Dich vom Flughafen abgeholt haben. Ich konnte leider nicht nach London kommen, da ich Verpflichtungen habe. Stanley und seine Frau haben sich bereit erklärt, Dich die ersten Tage in ihrem Hause aufzunehmen. Danach wird Dich Stanley in den Zug nach Leeds setzen, von wo aus ich Dich abholen werde.

Ich hoffe, dass es Dir bei Eileen und Stanley Handford – er ist der Bruder meiner lieben Freundin – diese ersten Tage gefällt und wünsche Dir eine schöne Zeit in London. Danach freue ich mich darauf, Dich kennen zu lernen. Viele Grüße von Maureen Maunders."

Als Roswitha den Brief gelesen hatte, war sie ein wenig enttäuscht. Doch die Handfords blickten das Kind aufmunternd, ja erleichtert an.

„Well, Roswitha", räusperte sich Stanley, „as you know from this letter you'll stay with us, just a couple of days." Und er setzte aufgeräumt hinzu: „And I hope you'll like it." Und an seine Frau gewandt: „Now then, I am sure she's hungry. What about supper, Eileen?"

"Supper is ready."

"Well, Roswitha, I hope you are hungry as I am. Let's go for supper!"

Er bemühte sich offensichtlich um eine klare Aussprache. Er sprach auch lauter als gewöhnlich, ganz so, als ob das Verständigungsproblem ein akustisches wäre. Roswitha, die vom Sinn der Worte kaum etwas verstanden hatte, begriff die einladende Geste und ging mit in den Nebenraum, wo der Tisch bereits gedeckt war.

Ein runder Tisch. Gedecke, Bestecke, Gläser. In der Mitte eine riesige ovale Platte. Salat, Tomaten, Gurkenscheiben, Hühnerbeine, Schinken, Roastbeefscheiben. Roswitha steht und schaut auf den Tisch.

„Come on, little Lady!" ermuntert sie Stanley und schiebt ihren Stuhl zurück, auf dem sie schüchtern Platz nimmt. Vor ihr ein flacher Teller, eine kleine Schüssel darauf, Messer und Gabel und ein runder tiefer Löffel, links daneben noch ein kleiner Teller mit einem zierlichen Messer, rechts eine Stoffserviette in einem silbernen Serviettenring.

Roswitha beobachtet Stanley, der seine Serviette mit Schwung aus dem Ring zieht, diese entfaltet und auf seinen Oberschenkeln ausbreitet. Zögernd macht sie es ihm nach, obwohl sie es merkwürdig findet. Das muss sie nach Hause schreiben!

Sie kommt einfach nicht dazu, sich im Raum umzusehen. Im Kamin brennt ein offenes Feuer. Roswitha würde sich am liebsten daneben setzen. Aber schon steht Mrs. Handford neben ihr mit

Topf und Suppenkelle:

„Do you like mushroom-soup?"

Sie versteht das Wort "Suppe" und nickt dankbar "yes, please."

Immer „please" dazu sagen, lieber einmal mehr als zu wenig, das war im wesentlichen, was ihr die Englischlehrerin als Tipp mitgegeben hatte. Roswitha hat es sich gemerkt.

Stanley zeigt ihr eine Flasche mit einer gelben Flüssigkeit:

„You like juice?"

Sie hat keine Ahnung, was er meint, bejaht aber erneut. Ihr Glas füllt sich gluckernd, Mrs. Handford schöpft etwas Suppe in die kleine Schüssel, dann bedient sie ihren Mann und sich selbst.

Roswitha steigt ein verlockender Duft in die Nase. Sie sucht den Löffel. Es gibt aber nur den komischen runden mit der tiefen Kelle. Als sie ihn aufnimmt, ist er so schwer, dass er ihr gleich wieder aus der Hand fällt. Ihr Versuch, den Löffel abzufangen, macht alles nur noch schlimmer. Denn nun fällt er scheppernd auf den Rand der Suppenschüssel und ihre nachfassende Hand kippt das Schüsselchen und die Suppe ergießt sich auf die Tischdecke. Puh, die heiße Suppe verbrüht die Finger. Roswitha verbirgt sie reflexartig in der Serviette auf ihrem Schoß. Sie sitzt da, wie erstarrt.

Die Handfords fangen sich rasch, „never mind!" und „don't worry!" klingen laut aber eher besänftigend. Eileen eilt mit ihrer Serviette herbei, Stanley tupft mit der seinen in dem kleinen Suppensee herum, dann bringt seine Frau einen neuen Löffel. Damit schöpft Roswitha den Rest ihrer Suppe. Den Inhalt aber kann sie nur heraus trinken, so groß und tief ist der Löffel. Aber Stanley und seine Frau schlürfen die Suppe auch mehr oder weniger, also muss es wohl richtig sein. Schade, dass so wenig Suppe übrig geblieben ist, sie schmeckt köstlich.

Der Schwung scheint raus zu sein, mit dem die Handfords das

Mahl begonnen haben. Alle schweigen.

Erst als die Hausfrau die leeren Suppenschüsselchen einsammelt, kommt wieder Bewegung in die Tischrunde.

„Well, Roswitha", sagt der Professor aufgeräumt zu dem Kind und schwingt dabei tatkräftig die Vorlegezange, „may I help you to some meat and salad?"

„Yes, please" sagt Roswitha. Das Wort ‚Salat' hat sie verstanden.

„Do you like chicken?"

„Yes, please."

„You like some roastbeef?"

„Yes, please."

„You like any ham?"

„Yes, please."

„Salad?"

„Yes, please."

Auf diese Art und Weise hat Roswitha rasch einen überquellenden Teller vor sich. Frau Eileen zieht die Augenbrauen hoch, als sie aus der Küche kommt und das sieht.

Roswitha bemerkt, dass Mr. und Mrs. Handford jeweils nur ein Salatblatt und eine dünne Scheibe Roastbeef auf ihren Teller nehmen, und sie ist ein wenig erschrocken, etwas falsch gemacht zu haben.

Weißbrot wird herumgereicht. Stanley ermuntert Roswitha „...have some butter!" und Roswitha findet es komisch, dass die Butter hier Batter heißt. Jetzt will sie aber aufpassen und nichts mehr falsch machen.

Es gelingt ihr, das watteweiche Brot auf dem kleinen Teller mit dem Puppenmesser wie die Großen zu bestreichen. Sie zerteilt die quadratische Scheibe sogar wie diese diagonal, ohne ein Unglück auszulösen. Aber Stanley's Frage „... you like some

34

dressing with your salad?" versteht sie wieder nicht. Mit „yes, please" nimmt sie ihm aber den kleinen Gießer ab und verteilt alles über dem Teller. Die Handfords schauen sich betroffen an und beginnen zu essen.

Roswitha beißt herzhaft in ihr Brot und wundert sich nur, dass die reichlich mit Butter versehene Scheibe dünn wie Papier ist. Dann wendet sie sich mit Messer und Gabel dem Berg auf ihrem Teller zu … und ist enttäuscht, dass Fleisch und Schinken, die in der öligen Flüssigkeit des Salatdressings schwimmen, so sauer sind. Eine Weile kaut und schluckt sie tapfer, dann wird der Kloß in ihrem Mund immer umfangreicher und der Teller ist noch längst nicht leer. Das schöne Fleisch schmeckt einfach nicht so gut wie es aussieht, schon gleich nicht in der sauren Tunke. Sie möchte den Kloß loswerden und noch ein Butterbrot haben, aber sie kann es nicht sagen. Lediglich ihre Kaubewegungen werden langsamer. Und sie ist müde und möchte zu Hause sein, da, wo ihr die Mutter zwei Pellkartoffeln abschält und auf den Teller legt, einen Klecks Leberwurstersatz dazu und eine Tasse Malzkaffee hinstellt auf dem Küchentisch in der kleinen Wohnküche unter der Lampe. Und die Mutter legt etwas Holz nach im Küchenherd und im Wasserschiff beginnt das Wasser zu singen. Ab und zu knistert das Holz im Ofen.

Hier knistert es im Kamin, und sehnsüchtig wandert Roswithas Blick dorthin. Wenn sie schon nicht zu Hause sein kann in der mütterlichen Wohnküche, so möchte sie doch ein wenig dort am Kamin sitzen, auf dem schönen Sessel daneben, und ins Feuer schauen. Stanley scheint ihren Blick bemerkt und richtig gedeutet zu haben. „Well, Roswitha, you mustn't finish this. – You like sitting near the fireplace?" Und er deutet genau dorthin, wo sie gerne sitzen möchte.

„Yes, please", sagt sie und erhebt sich erleichtert auf sein aufmunterndes „well then, get up and have a seat near the fire!"

Der Sessel ist weich gepolstert und das Kaminfeuer strahlt wohltuenden Wärme direkt auf Roswithas Beine aus. Stanley kommt und wühlt die Glut mit dem Feuerhaken durch, schüttet eine Portion Kohle nach. Er scheint erleichtert zu sein, damit dem stumm strafenden Blick seiner Frau zu entgehen, die geräuschvoll den Tisch abräumt. Vielleicht ist es besser so, denkt er, dass er und Eileen keine Kinder miteinander haben.

Als Roswitha am nächsten Tag spät erwachte, hatte sie keine Ahnung, wo sie sich befand. Sie kannte weder das Bett, in dem sie lag – breit und wuchtig mit hohen dunklen Stirnseiten – noch das Zimmer. Ein heller Fensterfleck zeichnete sich vor ihr hinter einer schweren Gardine ab, vor der undeutlich ein Möbel mit einem zierlichen Spiegelaufsatz zu erkennen war. Links davon erkannte sie einen wuchtigen Kleiderschrank, der das Gegengewicht zu ihrem Bett bildete, das rechts an der Wand stand, der angelehnten Zimmertüre gegenüber. Dann erinnerte sie sich undeutlich an den gestrigen Abend. Sie musste wohl im Sessel am warmen Kaminplatz eingeschlafen sein. Ja, Stanley hatte sie geweckt und die Frau war mit ihr die Treppe hinaufgegangen. Roswitha lachte, als sie bemerkte, dass sie ihr leichtes Sommerkleidchen trug, das ihr die Mutter noch in den letzten Tagen aus einem alten Bettbezug geschneidert hatte. Ach ja, Eileen hatte es aus dem Koffer gezogen und vor Roswitha hochgehoben und allerhand Unverständliches geredet. Da hatte sie vielleicht genickt oder gar „yes, please" gesagt, so genau wusste sie das wirklich nicht mehr. Aber es erinnerte sie an zu Hause, und sie weinte ein bisschen in das fremde Bettzeug hinein und wollte wieder einschlafen. Aber es ging nicht mehr. Sie war munter. Munter und neugierig. Und deshalb schälte sie sich jetzt vorsichtig aus dem Bett und schlich auf nackten Sohlen zum Vorhang und schob ihn leicht beiseite. Dahinter war ein Erkerfenster, von dem aus sie in einen winterlichen Garten hinunterblickte. Kahle Äste und Sträucher säumten einen grünen Rasenfleck in der Mitte. Kein Schnee, nicht einmal Regen. Stattdessen ein diffuses Licht, das wie von einer versteckten Sonne befeuert über den Garten und die Häuser weiter hinten ausgebreitet war. Sie fror, während sie so mit bloßen Füßen auf dem kühlen Linoleum stand. Auf dem Stuhl vor dem Frisierschränkchen fand sie ihre Sachen von gestern und zog sich an.

Unten wird sie freundlich von Eileen und dem für sie ganz allein gedeckten Tisch im Esszimmer empfangen. Zögernd tritt sie näher. Im Kamin brennt jetzt kein Feuer, aber es ist trotzdem nicht kalt, denn da ist auch noch die Zentralheizung. Und aus der Küche dringt ein appetitanregender Duft, während die Hausfrau plaudernd hin- und herläuft. Roswitha versteht kaum etwas, nur dass sie sich hinsetzen soll an den reich gedeckten Tisch. Aus einem großen Paket bekommt sie raschelnde Cornflakes in ihr Schüsselchen geschüttet, darüber Zucker gestreut und sahnige Milch gegossen. Ein einladendes Lächeln der Hausfrau lässt Roswitha zum Löffel greifen, diesmal einem ganz normalen.

Etwas vergleichbar Köstliches hat sie noch nie gegessen. Nicht einmal Haferflocken mit Zucker schmecken so gut. Zuhause hat sie diese – freilich selten genug – in einem winzigen Schüsselchen bekommen, zuletzt an ihrem zwölften Geburtstag vor drei Monaten.

Roswitha löffelt und kaut und genießt. Und dabei suchen ihre Augen schon den Tisch nach weiteren Köstlichkeiten ab, entdecken Marmelade und Honig und Butter, und der Duft von geröstetem Toast, das Eileen gerade in einem kleinen Ständer auf den Tisch stellt, steigt ihr in die Nase. In der Küche brutzelt etwas, Roswitha hört es genau, und als sie das Schüsselchen mit den Cornflakes geleert hat – am liebsten würde sie mehr verlangen, aber das getraut sie sich nicht, da nimmt es ihr die Hausfrau schon weg und setzt stattdessen einen großen flachen Teller ab, den sie – die Hand durch ein Geschirrtuch geschützt – gerade herein getragen hat.

„Be careful, dear, the plate is hot!"

Ein Spiegelei, gebratener Schinken und zwei kleine Puppenwürstchen, fettglänzend und einladend liegen sie da vor Roswitha. Und sie duften! Sie muss an den Ausspruch ihrer Mutter denken, wenn's zu Hause etwas besonders Gutes gab „da könnte ich mich reinknien!", auch wenn es sich dabei vielleicht nur um Kartoffeln mit Quark handelte, oder eine Perücke mit Sirup darauf. Roswitha mochte Kartoffelperücke (gekochte, durchgedrehte Kartoffeln in eine mit einer Zwiebelhälfte ausgeriebene Pfanne gedrückt und gebraten) nicht so gerne. Aber dies hier, alles, auch die unerwartet süßlich schmeckenden Würstchen, in all das könnte sie sich auch „hineinknien".

Danach gibt es süßen Tee mit Milch und Toast und Honig und bitterer Orangenmarmelade. Roswitha isst und isst, bis sie absolut nicht mehr kann.

Sie ist im Schlaraffenland gelandet! England ist das Land, in dem Milch und Honig fließen. Sie hat nicht geglaubt, dass es das wirklich gibt. Jetzt erlebt sie es. Und sie genießt es. Wenn sie dagegen an das Frühstück daheim denkt: zum dünnen Malzkaffee eine Scheibe klebriges, dunkles Brot mit dünnem schwärzlichem Sirup, der immer sofort durch die Löcher tropfte und die Finger verklebte, wenn sie das Brot aufnahm. Hier in England, im Schlaraffenland, da ist alles so anders, denkt Roswitha und wünscht sich, die Mutter könnte es sehen.

Enemy-child

Roswitha lag schon im Bett, als die Handfords abends noch vor dem Kamin saßen.

„Was meinst du, Liebes, sollten wir nicht zur Gesellschaft für Roswitha mal jemand ihres Alters einladen? Es muss doch langweilig für sie sein, ständig nur mit uns Erwachsenen zusammen." Stanleys Anregung fand Zustimmung bei seiner Frau und Eileen hatte auch gleich einen Vorschlag:

„Hat nicht unsere gute Mrs. Morrell eine Tochter in Roswithas Alter?"

Die „gute Mrs. Morrell" war die Putzfrau, die einmal wöchentlich ins Haus kam.

Die Abmachung zum Tee war rasch getroffen. Und eines Nachmittags klingelte Jane Morrell an der Haustüre, wurde von Mrs. Handford freundlich hereingebeten und Roswitha im Livingroom vorgestellt.

Jane war ein pummeliges Kind mit kurzem dunklem Haar, einer Stupsnase, kurzsichtig blinzelnden Augen und Grübchen in den rosigen Wangen. Da Jane ständig verlegen lächelte, waren auch ihre Grübchen ständig sichtbar.

Mrs. Handford hatte für die Mädchen den Tisch am Fenster gedeckt, während sie ihrem Mann ein kleines Beistelltischchen neben den Sessel gerückt hatte, in dem er Zeitung lesend am Kamin saß.

„Jane, my dear, will you please help yourself and Roswitha with everything on the table?"

"Yes, Mrs. Handford", antwortete Jane artig, goss Roswitha Kakao ein und bot ihr von den kleinen Rosinenkuchen an, die Mrs. Handford am Vormittag noch selbst gebacken hatte. Roswitha griff zu, legte einen Kuchen auf ihren Teller und antwortete ebenfalls artig: „Thank you."

39

Verlegen schweigend, sich ab und zu aus den Augenwinkeln beobachtend, tranken die Mädchen den Kakao und aßen ihren Kuchen.

Roswitha trank hastig, gierig, und hatte einen Milchbart, als sie aus der Tasse wieder auftauchte. Da lachten sich die beiden Mädchen zum ersten Mal herzhaft, wie in gegenseitigem Einverständnis, an.

Nach dem Essen trug die Tochter der Aufwartefrau, wie selbstverständlich, das Geschirr zurück in die Küche.

„May I do the dishes?" fragte sie Mrs. Handford, die aber wehrte ab:

„Oh no, dear! You better join the company with Roswitha."

"I brought my postcard collection with me", sagte Jane zaghaft und Mrs. Handford erwiderte erfreut.

"That's lovely! Have a look at it together with Roswitha."

Jane holte ihr Täschchen aus dem Flur und breitete ihre Postkartensammlung auf dem Tisch aus. Dann erklärte sie Roswitha, was diese auf den Postkarten ohnehin sah. Die beiden Mädchen arbeiteten sich systematisch durch. Als die letzte Postkarte angesehen war, räumte Jane alles zusammen und fragte Mrs. Handford: „What shall we do now?"

„Well, dear", sagte diese, „would you like to look at the book of the royal family?"

"Oh yes, Mrs. Handford!"

"Then let's go upstairs." Sie ging voran und die beiden Mädchen folgten ihr.

In dem Zimmer, in dem Roswitha schlief, legte die Frau das dicke, großformatige Buch der Royals – jede englische Familie besaß es – auf den Frisiertisch und sah die Mädchen bedeutungsvoll an:

„You don't mind washing your hands before touching it?"

"Of course not, Mrs. Handford", beeilte sich Jane zu

versichern.

„Then let's go to the bathroom."

„Come on, Roswitha", forderte Jane auf und sie gingen hinüber und wuschen sich die Hände, feierlich, wie es Roswitha schien. Und sie gewann das Gefühl einer unmittelbar bevorstehenden, äußerst wichtigen Handlung.

Es mochte eine halbe oder eine dreiviertel Stunde wohltuender Ruhe vergangen sein, als auf der Treppe Getrampel und Geschrei zu hören waren. Die Handfords, die sich erhoben und die Tür geöffnet hatten, sahen die kleine Jane mit hochroten Wangen ganz ohne Grübchen die Treppe herunterstürzen. Unten am Treppenabsatz wandte sie sich nach oben um, wo Roswitha am Geländer stand. So laut sie konnte, brüllte Jane die Treppe hinauf: „I tell you, what you are, as my father said: You are an enemy child! Just a bloody enemy child!"

"And you are not a lady!" brüllte Roswitha zurück.

Die Handfords sahen sich an. Die Tochter ihrer Putzfrau eine Lady! Es war zu komisch.

Aber Mrs. Handford versagte sich das Lachen und fragte stattdessen Jane: „What's the matter, darling?"

„Sorry, Mrs. Handford, I can't stay any longer."

"Wouldn't you like to tell me what happened, dear?"

"Sorry, Mrs. Handford, I can't. – May I go now?"

"Well, Jane, what a pity!"

Roswitha sah, wie sich Jane unten anzog und von den Handfords verabschiedet wurde. Als Mrs. Handford die Türe hinter Jane schloss, fragte Roswitha laut von oben:

„What is an enemy child, please?"

"Nonsense, dear, just nonsense. You better come downstairs and tell us what happend."

Das aber war Roswitha ganz unmöglich. Sie kam zwar die

Treppe herunter, wie aber hätte sie auf englisch erklären sollen, dass Jane plötzlich so wütend geworden war, als sie gesagt hatte: „That's all crazy!" Das Wort „crazy" klang doch so lustig und komisch. Und war das etwa nicht komisch, das mit dem König und der Königin und den beiden Prinzessinnen? Das gab's doch nur im Märchen! Die spielten hier ein Märchen in England, ganz ernsthaft! Und das sollte sie nicht komisch finden?

Glückliche unwissende Roswitha! Dass „crazy" nicht „komisch" sondern „verrückt" heißt, sollte sie erst später entdecken. Dabei erfuhr sie auch die Bedeutung von „funny". Aber dann war die Begebenheit mit Jane schon nicht mehr peinlich, sondern nur noch funny.

Maureen

Wenige Tage später saß Roswitha im D-Zug von London nach Leeds in Nordengland. Die Handfords hatten sie zum Bahnhof gebracht.

Der Zug war gut besetzt, dennoch gab es weder Gedränge noch Streit um die Sitzplätze. Roswitha war erstaunt, dass sie einen richtigen Sitzplatz bekam. Die Menschen ringsum erschienen ihr freundlich. Hatte man ihr nicht erzählt, dass die Engländer steif seien? Hier lächelten sie ihr zu und Roswitha lächelte zurück. Auch wenn sie kein Wort verstand, oder nur einzelne Gesprächsbrocken wie „yes" oder „no" oder „good", empfand sie doch die ungewohnte Sprachmelodik spaßig, diesen Singsang vom höchsten bis zum tiefsten Ton und wieder hinauf, das klang ihr wie Musik in den Ohren. In dieser Sprache konnte man sicher nicht schimpfen, dachte Roswitha, die an die dumpf, gleichgültig oder sorgenvoll aussehenden Gesichter in den Zügen daheim denken musste. Hier im Abteil wirkten die meisten lebhaft und heiter. Und das verscheuchte die Beklommenheit, mit der Roswitha dem Unbekannten, ihrer Begegnung mit Miss Maunders, entgegen fuhr.

Wie würde sie sein, diese Miss Maunders? Wie mochte sie aussehen? Verstohlen musterte Roswitha die Ladies um sich herum: Die Dunkelhaarige schräg gegenüber etwa, deren hastiger Blick aus braunen Knopfaugen sie schon mehrfach gestreift hatte. Oder die Hagere daneben mit dem rötlichbraunen Haar und den Sommersprossen, die die grauen Augen weit aufriss und die Stirne runzelte, wenn sie mit ihrer Nachbarin sprach. Ach nein, die war zu jung. Miss Maunders war ja schon alt, dreiundvierzig Jahre, hatte sie geschrieben, älter als Roswithas Mutter. Und eine Lehrerin! Lehrerinnen sind immer so streng, dachte das Mädchen. Aber nein, Frau Walter, ihre Klassenlehrerin, ist es nicht. Roswitha liebte sie, obwohl sie auch nicht mehr ganz jung war. Ihr Haar, das sie in einer Rolle eingeschlagen trug, wurde schon grau. Aber sie mochte Roswitha, die ihr das mit Fleiß lohnte. Als sie von diesem Englandaufenthalt erfuhr – natürlich musste sie ins Vertrauen gezogen werden – war sie sofort dafür, dass das Kind die Chance wahrnehmen sollte. „Seien Sie ganz unbesorgt", hatte sie zu Roswithas Mutter gesagt, „eine gute Schülerin wie Roswitha holt das wieder auf."

Als der Zug am späten Nachmittag im Bahnhof von Leeds einfuhr und alles ausstieg, denn der Zug endete hier, kletterte auch Roswitha mit ihrem Köfferchen, dem kostbaren Karton und etwas wackligen Knien aus dem Waggon. Einen Moment stand sie unschlüssig zwischen den vorbeihastenden Reisenden. Sie erinnerte sich an die Mahnung ihrer Mutter „rühr dich nicht vom Fleck. Warte, denn es kann ja sein, dass sich Miss Maunders verspätet."

„Du bist sicher die Roswitha." Mitten in ihre Überlegungen hinein hörte sie plötzlich diese Worte in makellosem Deutsch, das sich in dieser Umgebung ganz fremd anhörte. Ungewöhnlich auch diese dunkle Stimme – Roswitha hatte noch die hellen Laute der Engländerinnen aus dem Zug im Ohr. Langsam wandte sie sich dieser Stimme zu – und erschrak. Ungläubig schaute sie sich um, so, als müsste die Stimme doch von einer anderen Person kommen, ehe sie begriff: dies war Miss Maunders!

Alle möglichen und unmöglichen Vorstellungen, die Roswitha sich von ihr gemacht hatte, drifteten davon, entfernten sich dorthin, wohin sich die Heimat längst entfernt hatte. Leibhaftig vor ihr blieb diese hagere Gestalt mit der dunklen Stimme, im schlichten dunkelgrünen Kostüm, vor allem aber mit diesem Hut, solide und schmucklos wie ein Tropenhelm. Unter der tief gezogenen Hutkrempe schauten helle, packende Augen aus einem streng geschnittenen Frauengesicht, das umrahmt war von glattem Braunhaar, das die Ohren knapp bedeckte.

Roswitha schien sie der Inbegriff einer gestrengen alten Lehrerin zu sein, das, was sie zu Hause eine „alte Schachtel" genannt hätte. Und während sie schon neben der Frau mit dem weit ausgreifenden Schritt einher trippelte – keines ihrer Gepäckstücke hatte ihr Miss Maunders abgenommen – musste sie daran denken, wie sie alle in der Schule über so eine „Vogelscheuche" gelacht hätten. Klar, Roswitha auch! Sah der Hut denn nicht zum Schießen aus?

Draußen vor dem Bahnhof bestiegen sie einen Bus. Nachdem Miss Maunders wieder mit ihrer dunklen Stimme förmlich gefragt hatte, ob sie eine gute Reise gehabt und Roswitha das bejaht hatte, erklärte sie, dass die Busfahrt etwa eine halbe Stunde dauern würde. Damit war Roswitha wieder ihren eigenen scheuen Blicken und widersprüchlichen Gedanken ausgeliefert. So hatte sie sich Miss Maunders jedenfalls nicht vorgestellt.

Wie hatte sie sich diese denn vorgestellt? Wer ein Kind aus ehemaligem Feindesland aufnimmt, um es rauszufuttern und gleichzeitig die teuren Flugkosten übernimmt, der musste doch gütig sein, vielleicht auch fromm? Fast ein Engel! Ja, ein Engel auf Erden! Wie aber sahen Engel aus? Hatten sie nicht blonde Locken und helle Stimmen?

Güte sieht man einem Menschen nicht an, hatte Roswitha irgendwann mal gehört. Sicher war es einer der lästigen Sprüche ihrer Mutter, mit diesem penetranten Beigeschmack von Weisheit. Ihre Mutter hatte sie für alle Lebenslagen bereit. Roswitha hasste diese Sprüche wie die Reglementierung, die dahinter versteckt war. „Arbeite gern und sei nicht faul – gebratne Taube flieget nicht ins Maul", oder „Ordnung, Ordnung, liebe sie – sie erspart dir Zeit und Müh!" Und: „Was du heute kannst besorgen, das verschiebe nicht auf morgen!"

Warum fiel ihr das gerade jetzt ein? Und warum vermisste sie plötzlich den Hass, der sonst bei diesen Sprüchen in ihr aufstieg?

Roswitha wagte wieder einen scheuen Blick auf ihr Gegenüber. Bloß nicht direkt in ihr Gesicht schauen! Sie fürchtete sich vor dem, was sie sah. Gleichzeitig war sie fasziniert von dieser Fremden, die kein Kopftuch trug wie die Frauen zu Hause, sondern einen Hut, diesen Hut. Wie ein umgestülpter Topf, dachte Roswitha. Ach, wenn doch Anita das sehen könnte! Es war ihr erster Gedanke an die Freundin daheim. Ein Kloß stieg in ihrer Kehle auf. Tapfer bemühte sie sich, ihn unten zu halten. Zum ersten Mal, seitdem sie englischen Boden betreten hatte, zweifelte sie an dem großen Glück, das ihr damit zugefallen war.

Schöne neue Heimat

Sie waren da! Ein paar Schritte waren es nur von der Bushaltestelle bis zu einem der Doppelhäuser aus rotem Backstein, die die ganze Straße entlang alle von gleichem Aussehen waren: doppelseitig, neben der Eingangstüre der vorgezogene Erker des Livingrooms mit den weiß gestrichenen Fensterrahmen; die Fenster ohne Gardinen.

Durch einen kleinen Vorgarten gelangten sie zur weißen Haustüre mit dem Messingknauf. Miss Maunders schloss auf. Ein schmaler Hausflur führte zu einer Treppe ins obere Stockwerk. Links eine offen stehende Türe, die in den Wohnraum mit dem Erker führte. Und geradewegs durch diese offen stehende Türe kamen sie den Eintretenden entgegen, die zwei prächtigen, wohlgenährten Katzentiere, von denen der rotgestromte mit dem breiten Schädel und dem schmucken weißen Latz nur ein Kater sein konnte. Aber auch „Sam", der zierliche graue Tiger war ein Kater, wie Miss Maunders erklärte. Der rote Kater hieß „Rufus". Mit hoch erhobenen Schwänzen strichen die Beiden zutraulich um Roswithas dürre Beine.

Roswitha war hingerissen. Koffer und Karton abgestellt, kniete sie sich auf den teppichbelegten Boden und streichelte und kraulte die schnurrenden und Köpfchen reibenden Tiere. Niemals zuvor hatte sie so wohlgenährte Kuscheltiere gestreichelt. Welch zartes Geschöpf war dagegen das geliebte „Mohrli" daheim! O ja, hier würde sie sich wohl fühlen. Wo Katzen – solche Katzen – waren, da musste die Welt in Ordnung sein!

Inzwischen war Miss Maunders in die Küche gegangen. Das Öffnen der Kühlschranktüre elektrisierte die schmusenden Katzen; sie folgten eifrig ihrer Besitzerin in die Küche. Roswitha stand auf und sah sich um. Wie schön, auch hier gab es einen echten Kamin, auf den alle Sessel im Raum ausgerichtet waren.

Seine Glut war jetzt unter weißlicher Asche erloschen. Im Erker stand der Esstisch mit vier Stühlen. Bücherregale, kleine Schränkchen und Beistelltischchen ergänzten das Mobiliar des Raumes, dessen Türe an der Stirnseite in einen kleinen Zwischenraum führte, durch den man rechts in die Küche, links ins Bad gelangte. In der kleinen Kochküche fand Roswitha die Katzen erwartungsvoll zu Miss Maunders aufblickend, die noch in Hut und Jacke das Futter auf dem Blechteller verteilte, scharf riechenden Schellfisch, auf den sich die Katzen gierig stürzten. Erst jetzt wandte sich Miss Maunders Roswitha zu, die von der Türe aus den Katzen beim Fressen zusah.

„Magst du Katzen?"

„Oh ja", strahlte das Kind.

„Dann wird es dir hier gefallen?"

„Oh ja, sehr!"

Miss Maunders nickte. Sie sah, dass sich das Mädchen vom Anblick der Katzen nicht trennen konnte. Ein tierliebendes Mädchen, dachte Maureen, und das gefiel ihr. Sie selbst liebte die Tiere weit mehr als die Menschen, fand sich aber bei anderen in dieser Reihenfolge selten bestätigt. Jetzt war sie erleichtert, dass Roswitha offenbar diesen beiden Katzen zugetan war, dabei aber ihr Wesen respektierte. Das sagte ihr der Blick, mit dem das Mädchen die fressenden Tiere beobachtete und dabei doch gebührenden Abstand einhielt. Auch sie selbst wartete geduldig, während sich die Tiere nach dem Fressen putzten, der Dicke dann auf das Schränkchen unter einem geöffneten Oberlicht sprang und kurz darauf durch das kleine Fenster in den Garten verschwand.

„Och!" entfuhr es Roswitha, als auch der Graue gleich danach denselben Weg nahm.

„So", entschied Miss Maunders, „ich denke, ich sollte dir jetzt dein Zimmer zeigen."

Als sie durch den Wohnraum gingen, stand da noch immer

der Koffer, vor allem aber der Karton mit dem wichtigen Inhalt. Roswitha stellte das Paket auf den Esstisch im Erker und sagte: „Das schickt Ihnen meine Mutti."

„Oh?" Miss Maunders zeigte sich überrascht und begann die vielfältige Verschnürung zu lösen, was aber nicht so ganz einfach war, obwohl der Bindfaden lediglich aus gedrehtem, braunem Papier bestand. Daher ging sie noch einmal in die Küche und kam mit der Schere zurück.

„Nicht aufschneiden", fuhr Roswitha dazwischen, „den kann man wieder verwenden!"

Aber die Schere hatte das Werk schon begonnen und mit einem gemurmelten „schade!" von Roswitha und einem tröstendem „...der taugt wirklich nichts" von Miss Maunders fielen die Fesseln.

Innen war Holzwolle. Sorgsam darin versteckt zunächst der Deckel, dann der Korpus der Keksdose. Unversehrt! Roswitha strahlte und Miss Maunders setzte die Dose auf dem Tisch vorsichtig zusammen. Ihr Blick unter dem tief gezogenen Hut, den sie noch immer trug, verriet Ratlosigkeit.

„Unten ist noch ein Brief drin", erklärte Roswitha eifrig. Schön, vielleicht gab der Aufklärung über den Verwendungszweck des Gegenstandes. Und Miss Maunders förderte den Brief unter der Holzwolle zutage.

„Hochverehrtes, liebenswürdiges Fräulein Maunders!
Ich vertraue Ihnen das Liebste an, das ich auf Erden habe: mein einziges Kind. Und ich schicke Ihnen das Kostbarste, was ich noch besitze: eine über den Krieg gerettete Keksdose aus Porzellan, die mein Mann selbst bemalt und mir einst zur Verlobung geschenkt hat. Ich weiß nicht, ob er jemals aus der russischen Gefangenschaft zurückkehren wird, aber ich glaube daran und bin mir sicher, dass er Verständnis ..."

Beim Lesen dieses, in ihren Augen etwas überzogenen Briefes

hatte Maureen Maunders eine gewisse Abneigung verspürt gegenüber dieser Deutschen, die sie nicht kannte und die sie eigentlich
auch nicht kennen lernen wollte. Zu theatralisch erschien ihr der
Stil, zu unterwürfig der Ton. Sie wird es wohl nötig haben, wenn
sie so schreibt, musste sie denken. Wer weiß, vielleicht war er ein
besonders reger Nazi gewesen, ihr Mann, der Vater dieses
Mädchens, das da vor ihr stand und schüchtern lächelnd zu ihr
aufsah. Hatte man nicht aus Berichten der Army erfahren, wie
heuchlerisch unterwürfig ihnen gerade die Deutschen mit dem
größten Dreck am Stecken begegnet waren?

Miss Maureen Maunders faltete den Brief wieder zusammen,
verfolgt von den Augen dieses Mädchens mit den Affenschaukeln
über den viel zu großen Ohren. Und über alle Vorbehalte hinweg
kam ein Gefühl der Rührung in der Lehrerin auf, wie Roswitha so
vor ihr stand in diesem merkwürdigen Mantel über den dünnen
Beinen in faltigen Strümpfen.

„Ich werde deiner Mutter schreiben und mich bedanken. –
Jetzt wollen wir aber erst mal nach oben gehen. Ich will dir dein
Zimmer zeigen. Nimm deinen Koffer mit", ermunterte sie und
ging vor Roswitha die Treppe hinauf.

Das Obergeschoss des Hauses bestand aus drei Räumen,
einem größeren zur Straßenseite hin, dem Schlafzimmer der beiden Hausbewohnerinnen, einem kleineren Zimmer und einem Bad
zur Gartenseite gelegen. Miss Maunders führte das Mädchen in
das kleinere Zimmer, in dem außer dem Bett mit einem Nacht-
schränkchen und einem Kleiderschrank eine ganze Wand mit
halbhohen, voll gestopften Bücherregalen belegt war. Darüber
hingen verschiedene Bilder und ein schräg in den Raum hinein-
ragender Spiegel.

Roswitha lief zum Fenster und sah in den schmalen, aber
einen Hang weit hinaufkletternden Garten. Direkt unter dem Fenster erblickte sie ein Gewächshaus. Begeistert wandte sie sich um:

„Oh Miss Maunders, Sie haben ja ein richtiges Gewächshaus!"

Oben am Hang entdeckte sie eine Holzhütte, ein Zaun schien sie vom übrigen Garten zu trennen. Es begann bereits zu dämmern und Roswitha konnte nicht sehen, wie und wo der Garten endete.

„Was ist das für eine Hütte, Miss Maunders?" Aufgeregt deutete sie hinaus.

„Dies ist ein Hühnerhaus."

„Hühnerhaus?"

„Ja. Hühner. Wir haben ein paar Hühner."

„Aber ich sehe keine Hühner!"

„Es wird bereits dunkel, da sind sie schon im Stall. Sie schlafen bereits."

„Oh", Roswitha zögerte, aber dann fragte sie doch: „Miss Maunders, darf ich in den Garten gehen?"

„Morgen. Jetzt wollen wir erst einmal auspacken."

Sie knipste energisch das Licht an und öffnete den Kleiderschrank.

„Hier kannst du deine Kleider aufhängen. Auch den Mantel."

Damit verließ sie den Raum und kam kurz darauf ohne Hut in Rock und Bluse zurück, um Roswitha beim Auspacken zu helfen.

Der kleine Koffer enthielt nicht viel. Keine Schuhe, nicht einmal Hausschuhe. Miss Maunders holte ein Paar dicke Wollsocken aus ihrem Zimmer.

„Du kannst diese im Haus anziehen. Hast du nur diese Schuhe?" Dabei deutete sie auf Roswithas Füße. Die nickte betreten und begann, auf dem Bett sitzend, die Schuhe aus und die dicken Socken anzuziehen. Sie passten sogar.

Es gab nicht viel einzuräumen in die Schrankfächer. Miss Maunders ließ sich von Roswitha jedes Stück einzeln reichen. Die Leibwäsche war zum Teil auffällig, aber sorgfältig geflickt und mit handgesticktem Monogramm versehen. Zwei merkwürdige

Gebilde konnte Maureen nur deshalb als Leibchen identifizieren, weil vier Strumpfhalter daran herabbaumelten, als sie es in die Höhe hielt. Kein Wunder, dass sie so etwas noch nicht gesehen hatte. Es waren wollene Kopfschützer, wie sie deutsche Landser im winterlichen Russland getragen hatten. Roswithas Vater hatte sie nach dem letzten Fronturlaub daheim gelassen. Hocherfreut hatte die Mutter Mund- und Augenöffnungen sorgfältig vernäht und Leibchen für das Kind daraus gemacht.

Auch Miss Maunders wollte zunächst Roswithas Sommerkleidchen bei den Nachthemden einordnen. Aber Roswitha klärte sie auf und gab ihr als ihre „richtigen" Nachthemden zwei langärmelige ehemalige Militärunterhemden des Vaters in die Hand.

„Oh dear", seufzte Miss Maunders, „ich werde sehen, ob dir eines meiner Nachthemden passt." Woran sie allerdings zweifelte, als sie das magere Mädchen ansah. Gleichzeitig überlegte sie, wie sie es anstellen könnte, Roswitha ihrer Klasse vorzustellen. Die Mädchen glühten doch vor Begeisterung, irgendwo helfen zu können. Da konnte sicher die eine oder andere ein Stück von zu Hause mitbringen. Neukauf war schwierig, denn es gab auch in England so kurz nach Kriegsende noch immer Kleidermarken. Aber nachdem sie eine entsprechende Andeutung im Kollegenkreis gemacht hatte, konnte die Lehrerin Dutzende von Nachthemden für Roswitha in Empfang nehmen, Darunter selbst geschneiderte Exemplare von großer Originalität.

Jetzt war das Köfferchen erst einmal leer. Es wurde ebenfalls im Schrank verstaut, und Roswitha nahm das erste eigene Zimmer ihres Lebens in Besitz.

Ein eigenes Zimmer! Sie war in einer Zweizimmer-Wohnung aufgewachsen, wovon das Wohnzimmer, die gute Stube, den festlichen Gelegenheiten vorbehalten blieb, wie Weihnachten, Ostern, oder dem Fronturlaub des Vaters. Im Wohnzimmer gab es

die Hängevitrine über der Couch, und ein paar Bücher im Schreibschrank: das Doktorbuch, das Roswitha mit zunehmendem Alter
interessiert hatte, Knut Hamsuns „Victoria", das sie angelesen und
nicht verstanden hatte, ein kleines Lexikon und die gesammelten
Werke eines Prinzen Emil von Schönaich-Carolath aus dem Jahre
1922. Die Mutter hatte als junges Mädchen in dem Verlag
gearbeitet, der das Werk herausgebracht hatte, und anlässlich ihres
Ausscheidens hatte sie die mit Golddruck versehene Ausgabe zum
Geschenk erhalten. Ungelesen und entsprechend gut erhalten
stand sie im Schreibschrank. Auch Roswitha fand nichts Lesens-
wertes darin, obwohl sie es versucht hatte. Mehr Interesse dagegen fand ein Roman, in dem ein junger religiöser Holzschnitzer
sich selbst ans Kreuz nagelt, um den Gesichtsausdruck des
leidenden Heilands wirklichkeitsgetreu darstellen zu können.
Schaudernd hatte Roswitha die entscheidenden Passagen wieder
und wieder gelesen, wenn sie aus der Schule nach Hause kam und
die ahnungslose Mutter auf Arbeit war. Geschlafen hatte Roswitha
Zeit ihres Lebens im Elternschlafzimmer; seitdem der Vater im
Krieg und später in Gefangenschaft war, sogar im Ehebett.
Gespielt hatte sie in der Wohnküche – die Wohnküche als
Kindheitsmittelpunkt! Auf dem Sofa in der Ecke hatte sie Mittags-
schlaf halten müssen, oder sie hatte darauf ihre Puppen gewickelt.
Am Küchentisch hatte sie ihre Hausaufgaben gemacht, und in der
Ecke zwischen dem Aufwaschtisch und dem Schuhschränkchen
hatte sie auf der Fußbank mit Bauklötzchen gespielt. Spielen! Das
war vorbei.

Hier gab es ein eigenes Zimmer für sie ganz allein, und es sah
nicht wie ein Küchenzimmer aus. Bücher, deutsche Bücher, standen hier in den Regalen. Roswitha würde sie alle lesen, abends im
Bett, wie sie sich das immer gewünscht hatte. Aber an so etwas
war daheim nicht zu denken gewesen. Daheim im elterlichen
Schlafzimmer hatte es nur eine trübe Lampe von der Decke herab

gegeben, und die Mutter knipste das Licht aus, wenn sie Roswitha zu Bett gebracht hatte. Hier fand Roswitha eine Nachttischlampe, und die funktionierte sogar! Roswitha hatte sie sofort ausprobiert, nachdem Miss Maunders mit der Bemerkung gegangen war, sie wolle das Abendbrot richten und werde rufen, sobald es fertig sei.

Roswitha sah sich um. Zweifellos, die Bücher waren das Interessanteste im ganzen Raum. Sie fand gleich zwei, drei, die sie am Liebsten sofort gelesen hätte. Tiergeschichten gab es da über Bären, über Pferde und Katzen. Womit sollte sie anfangen? Vielleicht zuerst die Gespenstergeschichten von Edgar Allen Poe? Als könnten die Bücher später verschwunden sein, schichtete sie einen kleinen Stapel auf dem Fußboden auf und trug ihn auf das Bett.

Dann wandte sie sich den wenigen Gegenständen zu, die das obere Bord der Regale zierten: eine kleine leere Vase, ein Steckkalender, eine verstaubte Schale mit zwei Büroklammern. Oder war das ein Aschenbecher? Und dann stand da auf kurzen, stämmigen Porzellanbeinen ein Nilpferd mit Speckfalten und gutmütigem Gesichtsausdruck, denn das dicke breite Maul schien ein wenig zu lächeln. Vorsichtig nahm Roswitha die Figur mit der glatten Oberfläche in beide Hände. „Bist du süß…" flüsterte sie hingerissen. Und sacht führte sie das kühle Porzellan über ihre Lippen, genoss erste Sinnlichkeit im Tasten und Riechen. Doch nun, mit dem Nilpferd schmusend, stieg Traurigkeit in Roswitha hoch. Sie erinnerte sich an ihr „Wusel", das sie zuhause gelassen hatte. Klar, ein großes Mädchen wie sie brauchte kein Stofftier mehr, wie diesen abgeliebten, muffelnden, aber doch vertraut riechenden kleinen Dackel, ohne den sie daheim nicht einschlafen konnte, auch wenn er nicht mehr den „richtigen" Geruch gehabt hatte, schon lange nicht mehr. Bestimmt nicht mehr seit dieser Prozedur, bei der die Mutter ihm einen neuen Überzug aus alten Strümpfen verpasst hatte, denn damals waren Stofftiere noch nicht waschbar. Wie hatte sie getobt, das geliebte Wusel so geschändet zu sehen! Und wie sollte sie sich freuen über so ein Weihnachtsgeschenk? Die Mutter war gekränkt. Sie hatte mit viel Mühe den Gesichtsausdruck des Dackels wieder hingekriegt und endlich war das Vieh wenigstens äußerlich sauber. Die Tochter aber war tief verletzt. D a s war nicht mehr ihr Wusel! Nicht frisch bezogen erschien ihr das Vielgeliebte, es war wie enthäutet. Und was man ihm angetan hatte, war so, als hätte man es ihr selbst angetan.

Das „neue" Wusel hatte dürftig das „alte" ersetzt. Dieses Nilpferd musste nun beide ersetzen. Wenigstens körperlich kam es dem pummeligen Dackelkind nahe. Und ein seltsam vertrauter Geruch tröstete bald über die Unzulänglichkeiten der Porzellanfigur hinweg. Roswitha nahm sie jeden Abend mit ins Bett.

Die Keksdose hatte im Erkerfenster zur Straße hin einen Platz gefunden, wo sie ihren Zweck als Schmuckstück erfüllte, denn sie blieb leer. Kekse oder Pralinen gab es hier ebenso wenig wie zu Hause in der Vitrine.

Roswitha begann, Haus und Garten in Besitz zu nehmen. Morgens, wenn sie erwachte und beglückt feststellte, dass sie noch immer im gelobten Land weilte, beeilte sie sich, aufzustehen. Spätestens wenn Miss Maunders die Türe zum Garten öffnete und mit der Gabel auf den Blechteller der Katzen schlug, war es höchste Zeit, aus dem Bett zu springen. Als erstes stürzte sie zum Fenster, um die durch das Signal angelockten Haustiger Sam und Rufus aus den entferntesten Winkeln des Gartens herbeieilen zu sehen. Ein schönes Bild! Roswitha wusste, dass die Katzen nun ihre Fischabfälle serviert bekamen. Danach bereitete Miss Maunders das Frühstück für sie beide. Und es war ein ebenso fürstliches Frühstück wie in London, Tag für Tag. Roswitha freute sich darauf, während sie sich im warmen, mit Teppichboden ausgelegten Bad fertig machte. Selbst die Handtücher waren hier vorgewärmt, weil sie über beheizten Metallschlangen hingen. Die Zahnpasta schmeckte nicht nach Schlämmkreide, sondern nach Pfefferminz. Zähneputzen machte hier richtig Spaß. Und auch das Waschen, denn es gab warmes Wasser. Wie anders war das daheim gewesen! Dabei hatten sie das große Glück, eine 2-Zimmer-Wohnung mit Bad zu bewohnen, freilich mit einem winzigen Bad. Außer der Wanne mit dem Badeofen gab es hier lediglich das Wasserklosett, eingezwängt in eine der Wanne gegenüberliegende Nische, die gerade groß genug dafür war. Ein hoch über der Wannenstirnseite angebrachtes Oberlicht, kaum größer als ein Schreibmaschinenblatt, beleuchtete spärlich tagsüber den Raum; noch sparsamer leuchtete eine trübe Ampel bei Dunkelheit das Bad aus. Der findige Vater hatte im beengten Bad jedoch wenigstens Raum für den Wäschekorb geschaffen: ein wachstuchbezogenes Brett, passend zurechtgeschnitten und über die Wanne gelegt, diente als Basis. An Badetagen mussten Korb und Brett dann zeitweise verschwinden. Im Badeofen wurde eingeheizt, seltene wohlige Wärme breitete sich im winzigen Raum aus und wenn das heiße Wasser in die kalte Wanne lief, beschlug der Dampf das kleine Oberlicht. Öfter als einmal in der Woche gab es kein Badevergnügen. Und zuletzt, als der Badeofen vor einem Dreivierteljahr durchgebrannt und seitdem bei einem Handwerker in Reparatur war, gab es an den Badetagen nur noch in großen Töpfen auf dem Küchenherd erhitztes Wasser in der Wanne, aber nicht die wohlige Wärme im Raum.

Roswitha kannte den Grund für das Malheur mit dem Badeofen. Ihre Mutter hatte kurz nach dem Krieg, als die kleine Stadt mit Flüchtlingen voll gestopft war, eine Marktlücke entdeckt, da sie die seltene Ressource „Bad" besaß. Ihr Angebot: ein Wannenbad zum Preis von einer Mark und einem Brikett, wobei das Brikett das Wichtigste war, um den Badebetrieb in Gang zu bringen und zu halten. Von da an näherten sich an den

Freitagnachmittagen abgerissene, scheue Gestalten mit dem in Zeitungspapier eingewickelten Brikett unter dem Arm der Wohnung. Bald musste der Badebetrieb erweitert werden. Der Samstag wurde eingeführt, dann der Donnerstag. Schließlich saßen an jedem Tag der Woche, wenn Roswitha aus der Schule kam, fremde Leute in der Küche, teils zum Abkühlen, teils auf die Wohltat wartend, Handtuch und Seife vor sich auf den Knien. Roswitha hasste das. Aber sie musste die Leute begrüßen, artig knicksen und überflüssige Fragen beantworten:

„Na, wie war's in der Schule?"

„Schön."

Das beste war, gleich mit den Hausarbeiten am Küchentisch zu beginnen, um weiteren Fragen zu entgehen. Freilich, im Hintergrund war da ständig das Geschwätz der Leute mit der Mutter, die, als Geschäftsfrau ungeübt, sich endlose Fluchtgeschichten und Kriegsschicksale anhören zu müssen glaubte.

Es war eine Erlösung, als der Ofen – wie von Roswithas Mutter längst befürchtet – schließlich durchbrannte. Endlich konnten sie wieder nach Bedürfnis, und nicht nach Badeplan aufs Klo gehen.

Entdeckungen

Als Roswitha aus ihrem Zimmer herunterkam, war der Frühstückstisch am Erkerfenster von Miss Maunders schon gedeckt. Eine Schürze um die eckigen Hüften gebunden, stand sie am Herd, die Zigarette, deren Aschewürstchen jeden Moment in die Töpfe und Pfannen zu fallen drohte, lässig im Mundwinkel.

„Du kannst die Milch hereinholen", kam es regelmäßig nach dem Morgengruß von Miss Maunders Lippen, die sich dabei bemühten, die tanzende Zigarette zu halten. Doch Roswitha hatte sich mit der Zeit angewöhnt, zuerst den Aschenbecher zu holen, damit die Köchin die Asche abstreifen konnte, bevor diese in den Töpfen landete.

Danach holte sie die vor der Haustüre stehende Milchflasche mit der silbrigen Aluminium-Verschlusskappe herein, in deren Flaschenhals sich der Rahm verlockend abgesetzt hatte. Dieser Rahm auf ihren Cornflakes war das Köstlichste, was sich Roswitha vorstellen konnte. Nur schade, dass immer zuerst die Katzenschüsseln gefüllt wurden, wie Roswitha eifersüchtig bemerkte. Es galt, den Gießer für die Cornflakes vor den Schüsselchen für die Katzen abzufüllen, was ihr ab und zu auch gelang. Roswitha liebte die Katzen. Am meisten den dicken, wonnigen Rufus. Den Rahm gönnte sie ihnen trotzdem nicht, wenn sie neidvoll mit ansehen musste, wie Miss Maunders stets zunächst das Katzenschüsselchen füllte und erst danach den Gießer.

„Darf ich die Milch einfüllen?", erbot sich darum Roswitha und änderte so unauffällig wie möglich die Reihenfolge. Die Katzen sind dick genug, besänftigte sie ihr schlechtes Gewissen. Für Sahne über Cornflakes hätte sie noch mehr getan. Aber auch all die anderen Köstlichkeiten des Frühstücks ließ sie sich nicht entgehen. Staunend sah Miss Maunders Roswithas großem Appetit zu und fragte sich, wie ein so zartes Geschöpf nur einen so großen Magen haben konnte.

Um 9 Uhr begann der Unterricht in der Grammar School, und die Lehrerin musste eine halbe Stunde vorher das Haus verlassen. Außer das Frühstücksgeschirr in die Küche zu bringen, gab es für Roswitha nichts zu tun, denn gegen 10 Uhr kam die Haushaltshilfe, die ihren Job nicht verlieren sollte.

„Ich kann sie nicht plötzlich entlassen, weil du da bist, Roswitha", hatte Miss Maunders auf Roswithas Anerbieten, das

Geschirr zu spülen, gesagt. „Du kannst dir die Zeit mit Lesen vertreiben und etwas Englisch lernen. Mrs. Simpson bringt ein paar Kinderbücher von ihren Enkeln mit. Anhand der Bilder ist der englische Text leicht zu verstehen."

„Darf ich mir den Garten ansehen?"

„Wenn es trocken ist, kannst du dir auch den Garten ansehen."

„Und die Hühner auch?"

„Ja, wenn du die Türe nicht offen stehen lässt. Die Hühner laufen sonst in den Garten."

Roswitha versprach alles. Kaum war Miss Maunders aus dem Hause, erstürmte sie den Garten. Begeistert lief sie den schmalen Weg immer höher hinauf, vorbei am Gehege der großen weißen Hühner, die das Mädchen nach kurzem aufgeregtem Gegacker vorsichtig beäugten, den Kopf schief zur Seite geneigt.

Der Garten war hinter dem Gehege noch nicht zu Ende. Er dehnte sich weitere fünfzig Meter aus bis an einen grob gezimmerten Zaun, hinter dem die Bahnlinie vor dem Berg – oder sollte man Hügel sagen? – mit Namen „Chevin" verläuft. Dieser abgelegene Teil des Gartens bot jedoch nichts Aufregendes. Außer einem guten Dutzend, um diese Jahreszeit kahlen Beeerenobst-Sträuchern im winterbraunen, strähnigen Gras war nichts zu entdecken. Roswitha ging zurück, vorbei an den Hühnern, die sie auf später vertröstete, einen Treppensteig zwischen Ziersträuchern hinunter. Die Stechpalme mit glänzendgrünen Stachelblättern und knallroten Früchten leuchtete ihr entgegen. Unten, wo der Steig wieder eben verlief, fand sie einen kleinen schilfbewachsenen Tümpel mit einer dunklen Brühe. Roswitha prüfte mit einem Zweig die Wassertiefe. Seicht, stellte sie fest, und ließ die Rute im zähen Grund stecken.

Neben einem kleinen Rasenstück, schon dicht am Hause, stand unübersehbar das Gewächshaus. Die Türe war geschlossen, aber sie ließ sich öffnen: ein umlaufendes Bord über rostigen Heizschlangen, Gartengerät und ein paar leere Blumentöpfe darauf, ein kurzer Mittelgang, rechts und links davon Erde. Sonst nichts. An diesem trüben Wintervormittag war es im Gewächshaus kaum wärmer als draußen, wo die Temperaturen nur wenig über dem Gefrierpunkt lagen. Sie musste es ausprobieren. Der kleine Schalter an der Türfüllung ließ sich leicht betätigen. Tatsächlich, die rostigen Heizschlangen fühlten sich gleich wärmer an. Roswitha fragte sich, wie lange es wohl dauern würde, um das ganze Gewächshaus zu temperieren. Dann vernahm sie das Töpfeklappern von der Küche her und beschloss, sich diese Mrs. Simpson einmal anzuschauen.

„Hallo! I guess you are the little girl from Germany."

"Hallo", sagte Roswitha von der Küchentüre her und musterte die stämmige, kleine, weißhaarige Frau, deren rote Unterarme im Aufwasch steckten und geräuschvoll weiterarbeiteten, während sie aufmunternd herüberschaute. Der Schaum spritzte auf ihre vorgebundene weiße Gummischürze. Ihre auffallend großen, gelblichen Zähne standen im Gegensatz zur roten Gesichtsfarbe.

„What's your name, dear?"

„Roswitha." Sie besann sich darauf, immer in ganzen Sätzen zu antworten. „My name is Roswitha", sagte sie deshalb noch einmal.

„Roswitha", wiederholte Mrs. Simpson in einem Ton, der Roswitha fremd in den Ohren klang. „That's a lovely name! – Well. I am Mrs. Simpson."

„Yes, I know."

Mrs. Simpson's Lippen entblößten lächelnd die starken Zähne.

"Well, Roswitha, I've got some children books with me. You'll find it on the table in the livingroom. Have a look at it." sagte sie aufmunternd.

Roswitha verstand "books on the table", bedankte sich eilig und kuschelte sich mit "Peter Rabbit", das ihr wegen der Hasenbilder zuerst ins Auge fiel, in die Sofaecke, dem Kamin direkt gegenüber, in dem jetzt am Vormittag aber kein Feuer brannte.

Sie hörte Mrs. Simpson in der Küche herumwerkeln und merkte später, dass diese mit dem Staubsauger durch das Haus fuhr. Roswitha aber war bei Familie Rabbit daheim. Erst als Mrs. Simpson schon in Hut und Mantel vor ihr aufgebaut stand, einen Teller Sandwiches in der Hand, den sie auf dem Tisch abstellte, blickte Roswitha auf.

„Well, Roswitha, I am leaving now. Have some lunch, till Miss Maunders comes home. It won't take very long. See you tomorrow!"

Am frühen Nachmittag erschien Miss Maunders. Wie immer hatte sie die Reste des Schulmittagstisches in einer großen Büchse dabei. Roswitha sah zu, wie sie diese vor der Küchentüre in einen Eimer ausleerte, Kleie und ein rötliches Pulver, das die Legetätigkeit der Hühner anregen sollte, dazugab und all das mit einem kräftigen Stecken vermengte. Gebannt verfolgte Roswitha das Geschehen. Sie hatte Fettkrusten unter den Kartoffel- und Gemüseresten entdeckt, die sie am liebsten herausgefischt und selbst gegessen hätte. Warum warfen die das weg? Auf ihre entsprechende Frage erhielt sie nur einen erstaunten Blick aus Miss Maunders hellblauen Augen, aber keine Antwort. Stattdessen die Frage: „Möchtest du mir helfen bei den Hühnern?"

Und ob Roswitha das wollte! Sie durfte den Korb tragen für die Eier, während Miss Maunders in Gummistiefeln mit dem Eimer hinter ihr her ging.

Vollzählig erschienen neun prächtige weiße Leghorn am Trog, als Miss Maunders das Futter hineinschüttete. Während sie eifrig pickten und aufnahmen, öffnete sie das Hühnerhaus und Roswitha bemerkte, dass dazu nur der kleine Pflock aus dem Türverschluss zu ziehen war. Das konnte sie auch. Im dämmrigen Inneren schimmerten weiße Eier aus den Legeboxen.

„Oh Miss Maunders, darf ich sie rausnehmen?" Das war ja wie Ostern! Roswitha war ganz aufgeregt.

„Du darfst sie rausnehmen, aber zeige mir erst, was du in den Korb legst. Die Steineier müssen drin bleiben."

„Steineier?" Tatsächlich war schon das zweite Ei, das sie Miss Maunders zeigte, nicht echt.

„Woher kommen die falschen Eier?" Roswitha hätte die märchenhafteste Erklärung akzeptiert, stattdessen antwortete Miss Maunders geduldig: „Hühner legen ihre Eier gerne dahin, wo schon welche liegen. Sie wollen brüten und wissen instinktiv, dass sie erst damit beginnen können, wenn ein ganzes Gelege vorhanden ist. Es wird aber nie vollständig, weil wir ihnen die Eier täglich abnehmen. Darum liegt in jedem Nest ein Steinei. Als Anreiz, weitere Eier zu legen."

„Legen sie sonst keine mehr?"

„Das schon. Aber sie legen die Eier irgendwohin, und nicht ins Nest."

„Und wenn wir ihnen in einem Nest alle Eier lassen? Brüten Sie dann kleine Küken aus?"

„Nein."

„Sie haben aber doch gesagt, dass sie brüten wollen, wenn ein Gelege vollständig ist. O bitte Miss Maunders, lassen Sie in einem Nest die Eier! Bitte, nur eines!"

„Nein."

„Warum denn nicht? Ich verzichte drei Wochen lang auf meine Frühstückseier!" Sie machte übereifrig ihr Angebot, obwohl ihr ein solcher Verzicht nicht leicht fiel. Und da nicht sofort die Antwort erfolgte, setzte sie hinzu.

„Bitte, kleine Küken sind doch so süß!"

Miss Maureen Maunders überlegte und Roswitha schöpfte

Hoffnung, aber sie erriet bei weitem nicht den Grund der Sprachlosigkeit. Hatte man denn das Kind nicht aufgeklärt, überlegte die Lehrerin angestrengt. Endlich sagte sie:

„Roswitha, du siehst doch, dass es hier gar keinen Hahn gibt. Diese Eier sind alle unbefruchtet."

Jetzt war es Roswitha, die sprachlos war. Es war zu dumm, daran hatte sie wirklich im Moment nicht gedacht. Und da sie gerade ein besonders großes, längliches Ei aus dem Nest nahm, fragte sie kleinlaut, nur um nicht stumm bleiben zu müssen:

„Auch die ganz großen nicht?" und fügte rasch hinzu:

„Warum sind manche so groß?"

Roswitha ahnte nicht, dass die Lehrerin sich gerne von der „Hühnervermehrung" ablenken ließ:

„Es sind doppelte. Sie haben zwei Dotter."

„Wirklich?"

„Ich zeige es dir, wenn ich wieder eines verwende."

„Wenn man die ausbrütet, ich meine, wenn sie befruchtet sind, … kommen dann zwei Küken raus? Sind das dann Zwillinge?"

„Ich denke ja."

Sieben Eier, davon zwei „doppelte", hatte Roswitha schließlich im Korb. Wie schön wäre es gewesen, wenn sie der Mutter nur eines nach Hause hätte schicken können, vielleicht so ein „doppeltes"! Denn so eines hatte die Mutter ganz bestimmt noch nicht gesehen.

Die Vorsicht, mit der sie den Eierkorb die Gartenstufen hinab trug, entsprach der Wichtigkeit ihrer Mission. Miss Maunders sollte keinen Grund zur Klage haben. Denn Roswitha erinnerte sich noch an den Vorfall, als ihre Mutter vom Hamstern ein ganz besonders kostbares Stück mitgebracht hatte, ein Hühnerei, mattweiß und schmeichelnd gerundet, ein Wunderwerk der Natur. Die Mutter hatte es ihr nur widerstrebend in die Hand gegeben

62

und nur, um Roswithas dringlicher Bettelei zu entgehen, die das Wunder des Lebens nur einmal in der Hand zu halten begehrte. Und dann war genau das passiert, was gerne geschieht, wenn wir etwas unbedingt vermeiden wollen: Roswitha hielt das Ei an ihr Ohr, nur um dieser noch fernen Melodie zu lauschen, die uns das Leben in all seinen Formen spielt. Die Mutter wollte es zurück haben, Roswitha tanzte einen Schritt zurück, nur um diesen Moment noch ein wenig hinauszuzögern ... da entglitt es ihren Fingern. Mit einem hässlich schmatzenden Geräusch landete das Ei auf dem Küchenboden. Die Schrecksekunde der Mutter war nur kurz, sie haute ihrer Tochter mit der flachen Hand ins Gesicht und war gleich darauf am Küchenbüfett, um eine Tasse und einen Löffel zu holen. Damit kniete sie auf dem Boden nieder und löffelte vorsichtig die Eimasse in die Tasse. Zu sagen gab es nichts. Roswitha wusste, was sie da angerichtet hatte. Der Schlag auf die Wange brannte, aber der Schmerz war willkommen.

So etwas durfte ihr hier nicht passieren. Heil und mit sich zufrieden kam Roswitha unten an.

Ehe sie jedoch durch die Küche ins Haus zurückgingen, fiel Miss Maunders Blick aufs Gewächshaus. Warum war das Glas so beschlagen? Sie ging und öffnete die Türe. Ein Schwall feucht-warmer Luft schlug ihr entgegen. Ein Blick auf den Schalter – er stand auf höchster Stufe.

Roswitha! Maureen Maunders überlegte, was sie dem Kind sagen sollte, während sie den Schalter zurückstellte. In dem Moment, da Miss Maunders auf die Tür des Gewächshauses zuge-gangen war, fiel Roswitha ein, was sie vergessen hatte. Jetzt war es zu spät. Schuldbewusst erwartete sie das Donnerwetter. Statt-dessen kam es von Miss Maunders sehr beherrscht, vielleicht eine Spur lauter, als sie gewöhnlich zu sprechen pflegte:

„Du hast die Heizung im Gewächshaus angeschaltet, Roswitha. Ich wünsche, dass du das unterlässt. Die Heizung kostet viel Geld und du hast gesehen, dass gar nichts gepflanzt ist. Es ist also nicht nötig zu heizen."

Roswitha nickte und schluckte. Eigentlich erwartete sie mehr. Später, ins Haus zurückgekehrt, wollte Roswitha wissen, warum denn keine Pflanzen im Gewächshaus waren. Miss Maunders erklärte ihr geduldig, sie werde im zeitigen Frühjahr Tomaten pflanzen.

„Bei uns wachsen die Tomaten im Freien", erklärte Roswitha.

„In England zieht man sie gerne unter Glas, weil das Klima zu rau ist, kalte Nächte im Frühling und oft viel Regen im Sommer. So kann man früher pflanzen."

Später sollte Roswitha noch erleben, zu welchen Riesenpflanzen Tomaten im Gewächshaus heranwachsen können, die sie von daheim nur als meterhohe Gartenpflanzen kannte. Aber bis dahin war es noch weit.

Helen

An diesem Nachmittag sollte der erste Besuch bei der kranken Miss Handford stattfinden, die das Kind zu sehen wünschte.

Sie fuhren mit dem Bus, der direkt vor dem Hause hielt, ins Krankenhaus. Helen, die in der Woche von Roswithas London-Aufenthalt zum zweiten Mal operiert worden war, ging es deutlich schlechter als nach ihrer ersten Brustamputation, obwohl diesmal nur eine Teilresektion durchgeführt worden war. Man hatte ihr jedoch zu verstehen gegeben, dass auf eine nachfolgende Bestrahlung nicht zu verzichten sei, sobald es ihr angegriffener Allgemeinzustand erlaube.

Maureen erschrak, als sie die Freundin, deren Züge an diesem Tag besonders müde wirkten, erblickte. Ihr fiel besonders auf, dass die durchsichtige Blässe in Helens Gesicht einem gelblichen Schimmer gewichen war. Helen bestätigte Maureens Befürchtungen: Irgendetwas war mit ihren Leberwerten nicht in Ordnung. Daher kam auch die Müdigkeit.

„Glaub mir, Liebes, ich bin zu matt, um auch nur die Hand zu heben. Aber mach dir keine Sorgen, die kriegen mich schon wieder hin." Dabei deuteten ihre samtbraunen Augen auf die Infusionsflasche über ihr, an die sie über die Armvene angeschlossen war. Und Maureens blaue Augen schwammen in Tränen, als sie der Freundin ins Gesicht sah und darin verzweifelt nach den vertrauten Zügen forschte. Helen, die gütige, sanfte, geliebte Helen! Das war nicht mehr das vertraute Lächeln um einen schön geschwungenen Mund. Schmal wirkten jetzt die Lippen, und angestrengt. Helen hatte Schmerzen. Gewaltsam überfiel Maureen diese Erkenntnis, und schlimmer noch, sie würde mehr Schmerzen bekommen. Helens schönes weiches Haar war nicht mehr die weiße Pracht, die Maureen seit Jahren kannte. Feucht, mit einem dunklen Ansatz, umrahmte sie das gelbliche Gesicht. Helen war weit vor den Jahren ergraut. Relativ rasch war das einst dunkle Haar in ein schönes, gleichmäßiges Silberweiß übergegangen. Das bildete zu den braunen Augen einen reizvollen Gegensatz. Helen, die Zeit ihres Lebens weiblich mollig gewesen und immer eine rosige Haut gehabt hatte, strahlte daher etwas von einer gütigen Rokokodame aus, die in die Jahre gekommen war. Kein Grund für Maureen, sie nicht ebenso glühend zu lieben wie als neunzehnjähriges Mädchen, als sie in der zwanzig Jahre älteren und damals noch fast dunkelhaarigen Studiendirektorin die Begegnung ihres Lebens erfuhr.

Helen! Für Maureens Mutter war sie das Unglück schlechthin gewesen, für Maureen dagegen der Inbegriff allen Glücks – und die Rettung. Die Rettung vor diesem Tommy, mit dem sie verlobt war. Sie hatte ihm schließlich das Eheversprechen gegeben, um dem Drängen ihrer Mutter zu entgehen, und weil er ihr letztlich doch relativ gutmütig erschienen war. Denn welcher Mann außer ihm wäre mit ihrer Forderung, eine keusche Ehe zu führen, einverstanden gewesen? Als schwieriger erwies es sich, ihn von der Notwendigkeit zu überzeugen, die Verlobung wieder zu lösen. Da war sich Maureen der Liebe Helens bereits sicher gewesen. Mit dieser Gewissheit im Herzen war es ein Leichtes, gegen ihn und alle anderen, die Mutter eingeschlossen, anzutreten. Tommy hatte sie freilich noch einmal überrascht. Für ihn gab es keinen Grund nur wegen Helen die Verlobung zu lösen. Es stellte sich vielmehr heraus, dass er aufrichtig erleichtert war, Maureen seinerseits einen gewissen Richard nicht mehr verschweigen zu müssen.

Sie war empört. Schriftlich teilte sie ihm ihren Abscheu vor seiner Homosexualität mit. Es sei ihr ganz unmöglich, auch nur die Mahlzeiten mit so einem Menschen zu teilen. Er antwortete ihr ungerührt, dass, wer im Glashaus sitze, nicht mit Steinen werfen solle.

Ach Tommy! Was wusste er schon von der Liebe? Nicht von Liebe schlechthin, sondern von einer Liebe, die frei war von Schmutz und Schuld, einer reinen, einer geduldigen, einer außergewöhnlichen Liebe.

Keiner hatte das verstanden, am wenigsten ihre Mutter. Zum ersten Mal fühlte Maureen neben Widerstand auch Mitleid für ihre Mutter. Mitleid für eine Frau, die die Liebe in ihrem Leben nie kennen gelernt hatte. Maureen wusste, dass ihr Vater nicht aus freien Stücken gewählt hatte. Denn um die Jahrhundertwende waren Familienarrangements nichts Besonderes. Selbst ihr Vater hatte vermutlich darin eingewilligt, bis er seiner großen Liebe in Gestalt einer jungen Frau, namens Maureen, begegnet war. Als Gentleman hatte er dennoch Verzicht geübt, denn er war bereits mit Maureens Mutter verlobt. Die Eltern heirateten. Aber das erste und auch einzige Kind der konventionellen Verbindung erhielt auf

Wunsch des Vaters den Namen „Maureen".

Wer ihr die Geschichte berichtet hatte, wusste Maureen später nicht mehr zu sagen. Aber sie begleitete sie durch die Kindheit und hinterließ einen nachhaltigen Eindruck. Sie umgab den Vater mit einem Nimbus absoluter Integrität, während ihr die Mutter Besitz ergreifend und wie mit Krallen bewehrt erschienen war.

Maureens Mutter hatte ihr Leben immer als ungerecht empfunden. Ein Eindruck, dem eine gewisse Berechtigung nicht abzusprechen war. Der Enttäuschung mit ihrem Mann war die Enttäuschung mit ihrem einzigen Kind gefolgt. Das Mädchen war so total anders, ja, es wollte offenbar alles werden, nur nicht so wie die Mutter. Eine Kränkung, von der sie sich niemals erholen konnte. Sie hatte sich einigermaßen mit ihrem Schicksal versöhnt, als Maureen zum Studium der deutschen und französischen Sprache an die Universität ging. Und als Maureen sich bereit erklärte, dem netten Jungen von nebenan mit Namen Tommy ihr Wort zu geben, schöpfte die biedere Mrs. Maunders noch einmal Hoffnung, nicht nur auf ein einigermaßen normales Leben für die Tochter, sondern sogar auf ein späteres Glück mit Enkeln. Stattdessen erreichte sie der Schock mit Helen. Maureens Erklärung, sie werde nicht heiraten, sondern mit Helen leben, setzte aller Demütigung, die sie bereits durch ihren Mann erlitten hatte, die Krone auf. Gerade hatte die Tochter ihrer Schwester, Sally, die im gleichen Alter war wie Maureen, eine glänzende Partie gemacht – sowieso schon ein Pfahl im Fleisch der Mutter, denn die Rivalität der Mütter bezog sich vorwiegend auf das Schicksal ihrer Töchter – da sollte sie diese widernatürliche Beziehung ihrer eigenen Tochter eingestehen? Das war zu viel! Dass Sally hübscher war als Maureen hatte sie ertragen können. Dafür war Maureen klüger und gebildeter. Sie hatte die besseren Schulen besucht als Sally, die das mit teurer, verspielter, weibchenhafter Kleidung wettzumachen versuchte. Nun aber hatte Sally eindeutig die Nase vorn. Und nicht nur das. Einer widernatürlichen Verbindung zwischen zwei Frauen haftete für Maureens Mutter ein Makel an, den wirklich nichts aus der Welt schaffen konnte. Denn Maureens Versicherung zu glauben, dass ihre Liebe absolut rein sei, war ihrer Mutter ein Ding der Unmöglichkeit. Sie hielt das auch für nebensächlich, da es der Mutter allein um die Glaubwürdigkeit nach außen hin ankam.

Von ihrem Mann im Stich gelassen, der sich in die Gefühlsangelegenheiten der Tochter nicht einmischen wollte, fasste Maureens Mutter den Entschluss zu einer verhängnisvollen Tat: sie wandte sich an die Entscheidungsbehörde der Universität und beschuldigte Helen der Verführung einer Abhängigen. Helen musste den Dienst quittieren.

Maureen machte noch ihren Abschluss, dann zog sie mit Helen in ein gemeinsames Haus in Otley, wo Maureen ihre erste Stelle antreten konnte. Sie unterrichtete Deutsch und Französisch an der Grammar School der Kleinstadt.

Helen, die vermögend genug war, um davon leben zu können, beschäftigte sich in Haus und Garten. Ihre Lehrtätigkeit schien sie nicht zu vermissen. Und beide versicherten sich gegenseitig, dass die letzten zwanzig Jahre ihre glücklichsten gewesen seien. Selbst dieser schreckliche Krieg hatte sie eigentlich nur am Rande erreichen können. Tommy war gefallen, aber es berührte Maureen kaum. Die üblichen Einschränkungen hatten sie ertragen wie alle anderen auch. Unmittelbar betroffen waren sie nicht gewesen, denn sie lebten nahezu auf dem Lande; die Bomben waren auf die Städte gefallen.

„Komm näher, Roswitha", forderte Miss Maunders das Mädchen auf, das sich bis dahin scheu am Fußende des einzigen Krankenbettes im Raum aufgehalten hatte. Das spärlich möblierte Zimmer wirkte größer als es war. Außer dem Bett gab es nur noch einen weißen Schrank an der Stirnseite dem hohen Fenster gegenüber, unter dem ein schmaler Tisch mit zwei Stühlen stand.

Roswitha nahm die kraftlos weiche, gelbliche Hand der Kranken, die sich ihr entgegenstreckte und deutete einen Knicks an. Dabei wagte sie einen kurzen scheuen Blick in das Gesicht, dessen dunkle Augen sie angestrengt musterten.

„Hallo, Roswitha, these are nice plaits you're wearing! Is it very common in Germany?"

Roswitha sah sich hilflos nach Miss Maunders um. Sie übersetzte die Frage, ob alle Mädchen in Deutschland Zöpfe trügen.

„Nein", erklärte Roswitha ernsthaft, „nicht alle. Aber ich darf sie nicht abschneiden. Wenn mein Vater aus der Gefangenschaft heimkommt, will er mich mit Zöpfen sehen."

Miss Maunders übersetzte und die beiden Freundinnen unterhielten sich englisch weiter. Roswitha merkte, dass sie sich wieder zurückziehen konnte. Sie tat es erleichtert und setzte sich auf einen der Stühle unter dem Fenster und sah hinaus. Aber außer einem weißlich trüben Himmel, in den sich kahle Baumäste reckten, gab es da nichts zu sehen. Sie verstand nichts von der Unterhaltung der beiden Frauen am Bett und langweilte sich.

Daher war sie erleichtert, als sie das Krankenhaus wieder verließen und der Bushaltestelle zugingen. Roswitha hüpfte wie ein junges Zicklein an der Seite von Miss Maunders, die den Hut tief über die Augen gezogen, schweigend und mit weit ausholenden Schritten, neben ihr herging. Roswitha spürte die Bedrückung, die von der Frau neben ihr ausging und ihre ungelenken Hüpfer erstarben in ein paar eckigen Bewegungen. Dann trottete sei, ebenfalls stumm, neben ihr her. Angestrengt überlegte sie, wie sie Miss Maunders aufheitern könnte. Bedrückte Stimmung kannte sie bei ihrer eigenen Mutter zur Genüge, etwa wenn die Mutter wieder einmal vergeblich auf Post aus der Gcfangenschaft des Vaters gewartet hatte. Oder wenn Roswitha ein Missgeschick passiert und irgendetwas an ihrer Kleidung zerrissen war. „Mein Gott", jammerte dann die Mutter, „hättest du nicht besser aufpassen können? Du weißt doch, dass es nichts Neues gibt!"

Roswitha wusste aber auch, wie sie die Mutter wieder aufheitern konnte. Etwas finden, nach Hause bringen, eine Kartoffel vielleicht, die jemand verloren hatte, wenn so ein Glücksfall auch selten genug war. Aber auf die Wiese laufen und Futter für die Kaninchen klauen, war immer möglich, wenn nicht gerade Winter war. Sollte ihr hier für Miss Maunders nicht auch etwas einfallen?

„Miss Maunders, ich wüsste, wie man das Fahrgeld für den Bus sparen könnte", sagte das Mädchen plötzlich und Maureen sah Roswitha mit aufgerissenen blauen Augen wie geistesabwesend an.

„Ja", kam es ganz eifrig, „ich lenke den Busfahrer vorne ab und Sie können hinten unbemerkt einsteigen!"

Erst langsam realisierte Maureen, was ihr das Kind da vorgeschlagen hatte. Wie kam das Mädchen darauf? „Aber das ist Betrug!" antwortete sie ungeduldig. Dem Tonfall war die Empörung anzumerken.

Roswitha verstummte betreten. Sie hatte es doch nur gut gemeint.

Stimmungen, Traurigkeit zu erspüren, darin war sie geübt. Und die Mechanismen, mit denen sie die Mutter ablenken und erheitern konnte, waren ihr vertraut. „Mein kleiner Sorgenbrecher", nannte die Mutter dann ihre Tochter, die sich wichtig und ernst genommen fühlte. Und sie war wichtig, oft sogar wichtiger als die Erwachsenen. Wie beim Kartoffelklauen! Da taugte die Mutter nur zum Schmierestehen. Sie aber, die kleine, zierliche Roswitha im mausgrauen Mantel, huschte zwischen die Furchen im Kartoffelfeld und grub, nahezu unsichtbar, die Knollen an den Wurzeln aus. Damit war die nächste Mahlzeit gerettet. Auf diese

Weise kam sogar ein kleiner Vorrat für den Winter zusammen.

In diesem strengsten aller Nachkriegswinter, als zur Kälte der Hunger in seiner elementarsten Form trat, weil selbst die Grundnahrungsmittel ausgingen, erfuhr Roswithas Wichtigkeit sogar noch eine Steigerung. Zu der Zeit lebte ein junger Mann, Junglehrer von Beruf, als Untermieter in der Wohnung. Kurz vor Weihnachten hatte er sich fünf Pfund Kartoffeln von der Mutter ausgeborgt, deren Vorrat zu dieser Zeit noch reichlich war. Es kam, wie es kommen musste: Er konnte das Geborgte nicht zurückgeben. Und als Anfang März auch der Vorrat von Mutter und Tochter aufgebraucht war, steigerte sich die Verdrießlichkeit in der kleinen Wohngemeinschaft bis zum Hass. Der zaunlattendürre, schlaksige Junge litt kaum weniger als Roswithas Mutter, deren tägliche Frage immer gleich lautete: „Haben Sie jetzt die Kartoffeln?"

Er hatte natürlich nicht. Aber eines Abends brachte er wenigstens einen Tipp mit: er hatte von einer schlecht bewachten Kartoffelmiete erfahren, an der sich die Kleinstädter schon wochenlang bedienten.

Noch am gleichen Abend zog man mit Rucksack und Taschen los. Die elfjährige Roswitha durfte mitgehen.

Als sie sich näherten, sahen sie im schwachen Schein der winterlichen Schneedecke eine Mauer dunkler Gestalten, die sich im Halbkreis um einen Hügel gruppierte, auf dem ein großer Mann auf und ab patrouillierte. Näherte sich ihm eine der Gestalten aus der Menschenmauer, wandte er sich ihr fluchend zu, um sie zu verscheuchen. Die drei Neuankömmlinge, die die Szene aus einiger Entfernung beobachteten, hatten kaum Erfolgsaussichten. Dennoch ging Roswithas Mutter zögernd auf ein Ende der Miete zu. Sofort kam der Bewacher gerannt:

„Was wollen Sie hier? Verschwinden Sie!"

„Kartoffeln will ich."

„Das wollen alle", lachte er bitter.

„Meine Kinder verhungern, wenn ich nichts heimbringe." In der Hoffnung, dass mehrere Kinder den Zerberus stärker beeindrucken könnten als eines, übertrieb sie ein wenig. „Bitte! Nur eine Handvoll!"

„Gute Frau", antwortete der Mann von oben herab ungerührt, „glauben Sie denn, Ihre Kinder sind die einzigen, die hungern? Schauen Sie sich doch um! Die wollen alle nur eine Handvoll. Wenn ich das zulasse, ist die Miete gleich leer."

„Für wen sind denn die Kartoffeln bestimmt? Etwa für die Russen?"

„Sie meinen wohl für die Sowjetbürger, ja?" Gab er scharf zurück, indem er einerseits ihre Vermutung bestätigte und gleichzeitig darauf aufmerksam machte, dass sie die verpönte Bezeichnung aus dem Krieg verwendet hatte. Und das war verboten, Roswithas Mutter wusste es auch. Die Sache schien wirklich aussichtslos. Dennoch versuchte sie es noch eine Weile, ehe sie entmutigt zurückging.

Die Tochter und der hoch aufgeschossene Untermieter empfingen die Mutter aufgeregt: „Mutti, du musst ihn weiter ablenken!" Stolz zeigte Roswitha die gefüllte Tasche: „Wenn du ihn dort unten ablenkst, dann kann ich am anderen Ende unbemerkt einsacken!"

Die neue Strategie funktionierte, wenn auch der Aufpasser immer wütender wurde. „Was wollen Sie denn schon wieder? Gehen Sie endlich nach Hause, es hat keinen Zweck!"

Roswithas Mutter hielt ihn eine Weile hin. Dann, als sich immer mehr Leute hinter seinem Rücken aufs andere Ende der Kartoffelmiete stürzten, merkte er, was gespielt wurde und rannte zurück, fluchend und schimpfend.

Roswitha hatte inzwischen viele Male die Tasche mit Beute zurückgebracht. Die Rucksäcke waren gefüllt.

Die Nacht endete mit einem Festmahl. Bei frisch gekochten Pellkartoffeln feierte man Versöhnung mit dem Untermieter. Roswitha aber fühlte sich in den Kreis der Erwachsenen aufgenommen.

Miss Maunders ist anders, dachte das Mädchen. Und Maureen fragte sich, was ist das für ein merkwürdiges Kind? Sie war überzeugt, dass englische Kinder dieses Alters zwischen Redlichkeit und Betrug unterscheiden konnten.

Warum musste aber auch alles zugleich kommen? Helens Krankheit und nun dieses Kind! Wer weiß, welche Schwierigkeiten mit dem Mädchen noch auf sie zukamen. Zum ersten Mal, seitdem Helen im Krankenhaus war, sah sie sich Befürchtungen ausgeliefert, die sie nicht steuern konnte. Und neben der Sorge um Helen kam auch ein Gefühl der Wut auf die Freundin auf, die sie mit all den Schwierigkeiten allein ließ, ein Gefühl, das sie sich jedoch sofort verbot. Schließlich war Helen schlimm genug dran. Und an diesem Nachmittag schlimmer denn je. Beim Anblick der Freundin war zum ersten Mal in Maureen die Ahnung aufgestiegen, die Helens Genesung infrage stellte. Bis dahin hatte sich die Jüngere stets von Helens Zuversicht tragen lassen. Die Bösartigkeit der Krankheit hatte zwar von Anfang an im Raum gestanden, aber Helen wollte frei sein nach dieser ersten Operation.

„Lass uns nicht mehr darüber reden, Liebes", hatte sie zu Maureen gesagt. Helen hatte sich rasch von dem Eingriff erholt und wieder etwas zugenommen. Die beiden Freundinnen waren glücklich.

Diesmal konnten sie die Krankheit wohl nicht in gleicher Weise übergehen. Maureen spürte das. Ihre Gedanken kreisten, ob sie wollte oder nicht, darum, dass Helen diesmal verlieren könnte. O Gott, lass sie nicht sterben! Maureen war nicht religiös, und doch ertappte sie sich ständig bei diesem Gedanken. So etwas wie göttliche Fügung für das menschliche Schicksal hatte sie wohl doch verinnerlicht.

Es konnte doch nicht Gottes Wille sein, einen Menschen wie Helen sterben zu lassen. Helen, die Güte selbst! Aber die Antwort, die sie sich selbst gab, war „wen die Götter lieben, den nehmen sie zu sich." Doch an so eifersüchtige, missgünstige Götter mochte sie nicht glauben.

Wenn sie an Helen dachte, dachte sie an ihre Bescheidenheit, ihre Güte, ihre Unfähigkeit zum Hass, ganz gleich, wie man ihr mitgespielt hatte. Und man hatte ihr mitgespielt, als man sie damals auf so schnöde Art und Weise aus dem Dienst entließ. Und das, obwohl ihre einzige Verfehlung in ihrer Liebe zu Maureen bestanden hatte. Trotz allem war Helen ohne Bitterkeit geschieden. Nicht mal mit Maureens Mutter haderte sie, die den Stein ins Rollen gebracht hatte. Die Eltern waren es, die die Verbindung verweigerten, wobei Maureen bereit war, ihrem Vater zu vergeben, nicht aber der beherrschenden Mutter. Helen dagegen, die in ihrem Leben nur Gutes getan hatte, die sich, schon krank, für das deutsche Mädchen eingesetzt hatte, die den Flug bezahlt hatte und für alles aufkam … Wie konnte, wie durfte das sein, dass Gott für ihre Güte unempfänglich war? Sie war doch gerade erst 63 Jahre alt! – Ach, Gott verteilt seine Gunst nicht nach Verdienst. Maureen wusste das ja. Warum starben sonst unschuldige Kinder?

Viel Zeit zum Grübeln blieb ihr aber nicht. Da war Roswitha, wenn sie am frühen Nachmittag vom anstrengenden Unterricht zurückkehrte. Für das Mädchen musste eine Schule gefunden werden, am besten eine kleine Privatschule, vielleicht für Lernbehinderte, damit das Kind mitkam und die Sprache lernen konnte. Bis dahin mussten Kleider gesammelt werden. Sie musste sich darum kümmern, dass Roswitha unter Kinder kam, vielleicht auch mal eingeladen wurde, besonders an den Tagen, da sie Helen im Krankenhaus besuchte, denn sie wollte das Kind nicht jedes Mal mitnehmen. All das musste sie allein bewerkstelligen. Ach Helen! Sie fehlte Maureen schon sehr.

Was lebt oder gelebt hat

Roswitha hockt mit angezogenen Knien in einer Ecke im Hühnerhaus. Heute will sie es selbst und mit eigenen Augen sehen, wie die Hühner Eier legen. In zwei Nestern sind bereits frische Eier abgelegt. Weiß schimmern sie aus dem Heu hervor. Nachdem sich der erste Aufruhr unter den Hühnern bei Roswithas Erscheinen gelegt hat, sind nun wieder Ruhe und die normale Geschäftigkeit bei den Tieren eingetreten. Roswitha hört sie draußen scharren und kleine kollernde Laute von sich geben.

Eine der Hennen war bei Roswithas Eintritt ins Hühnerhaus laut gackernd aus der Nestbox geflüchtet. Sie ist es wohl, die draußen in Abständen noch empört gackert. Und vielleicht ist sie das auch, die ab und zu mit ruckartigen Bewegungen den Kopf prüfend hereinsteckt. Roswitha bemerkt am viereckigen Eingangsloch immer zuerst die Verdunklung, wenn die davor stehende Henne den hellen Sonnenfleck verdeckt.

Es ist einer dieser erdig riechenden Vorfrühlingstage. Die Luft ist erfüllt vom Vogelgezwitscher und die Sonne scheint schon seit dem Morgen vom Himmel über den Chevin herab. Roswitha möchte draußen sein in der Helligkeit des Vorfrühlingstages, und – sie möchte ausharren. Ihre Augen haben sich an das Halbdunkel im Hühnerhäuschen gewöhnt. Deutlich sieht sie jetzt, wie sich eine kleine Spinne von einer der Legeboxen abseilt. Es wird vorübergehend dunkel und eines der Hühner huscht nahezu geräuschlos in eine der Legeboxen. Endlich!

Roswitha wagt kaum zu atmen, um die Henne, die sich im Nest dreht und wendet, nicht zu verscheuchen. Diese lässt sich nieder, schüttelt den Kopf, dass der rote Kamm hin- und herwackelt und ein starres, hochmütiges Auge blickt Roswitha an. Dreh dich doch um, du dummes Huhn, denkt Roswitha, aber die Henne bleibt unbewegt und still sitzen. Lange hocken sich das Tier und das Mädchen gegenüber. Dann wird die Henne unruhig, steht auf, scharrt und pickt im Nestheu und als sie Roswitha den Rücken kehrt, sieht diese unter dem Schwanz etwas Weißes, rund und kaum größer als ein Pennystück.

Roswitha ist hingerissen. Am liebsten möchte sie näher, noch näher herangehen, um alles ganz genau zu sehen. Jetzt bewegt sich das Huhn wieder um die eigene Achse, schwer atmend – den Schnabel leicht geöffnet – hält es inne. Noch einmal macht es einen Schritt, dann verharrt das Huhn in einer unnatürlich schrägen Haltung. Roswitha sieht die weiße Wölbung unter dem Schwanz, wenn sich die Beine der Henne strecken und der Rücken einen Bogen bildet. Es kommt! Die Wölbung vergrößert sich … aber das Ei gleitet zurück und die Henne knickt in den Beinen ein. Stille, bis sie sich wieder erhebt. Und nun … gestrecktes Bein – gewölbter Nacken – ein Aufbäumen – ein Zittern mit gesträubten Federn … und ein schwerer weißer Gegenstand plumpst unter ihr ins Heu. Sekundenlang senkt sich der Kopf und ein weißliches Lid zieht sich über das Hühnerauge, dann wendet sich die Henne langsam, tunkt den Schnabel ins Nest, als wolle sie ihr Werk besichtigen. Sie pickt ein wenig im Heu. Dann flattert sie bis zur nächsten Sitzstange, schlägt mit den Flügeln und plustert sich auf. Ein Kopfschütteln, ein Glucksen, das ins Gackern übergeht, ein Gackern, das lauter wird und mit dem flügelschlagenden Huhn ins Freie drängt.

Die Henne ist draußen. Endlich kann sich Roswitha auf steifen Beinen erheben. Dann hält sie das noch körperwarme Ei in

Händen. Ein doppeltes, ein Riesenei und ein Riesenwunder! Aber zwei rötlichbraune Streifen verlaufen der Länge nach über die weiße Schale. Blut! Die arme Henne, denkt Roswitha. Jetzt ist sie verletzt.

Roswitha genoss diese ersten Tage in Haus und Garten, vor allem, wenn sie am Vormittag allein war. Mrs. Simpson zählte dabei nicht; Roswitha wich ihr einfach aus. Bei gutem Wetter hielt sie sich bei den Hühnern im Garten auf, den sie in Besitz nahm, wie Robinson Crusoe seine Insel. Dieses Buch hatte sie ebenfalls im Regal ihres Zimmers gefunden und – da es in Deutsch geschrieben war – mit Heißhunger verschlungen. Jetzt malte sie sich ihre Überlebenschancen mit den Hühnern und den Gartenfrüchten aus, die freilich im Februar noch nicht zu haben waren. Aber später, wenn Miss Maunders erst einmal die Tomaten gepflanzt haben würde und oben die Stachelbeeren reiften … Einen Kirschbaum hatte Roswitha auch schon entdeckt. Sie erinnerte sich daran, dass man solche Zweige vortreiben konnte. Die Mutter hatte das zuhause oft mit Erfolg getan. Miss Maunders hielt von der Idee nichts, aber Roswitha verwickelte sie in eine Wette. Um ihre Ruhe zu haben, willigte sie ein. Tags darauf schnitt Roswitha ein paar Zweige und steckte sie in ein altes Marmeladenglas mit Wasser, das sie im Gewächshaus aufstellte. Täglich musste es kontrolliert werden, was sie gewissenhaft tat. Um die Luftfeuchtigkeit zu erhalten – zu Hause hatte die Mutter die Zweige in der Badewanne abgebraust – goss Roswitha die Erde im Gewächshaus mit der Gießkanne an. Und an trüben und kalten Tagen schaltete sie wieder die Heizung ein. Jetzt achtete sie jedoch peinlich darauf, den Schalter rechtzeitig zurückzustellen, ehe die Lehrerin aus der Schule kam.
Täglich entdeckte Roswitha Neues im Garten. Sie wusste, wo die ersten Schneeglöckchen aus dem Boden trieben und wo schon

der gelbe Winterling zwischen dem Laub leuchtete. Den kleinen Teich, in dem sie später sogar Froschlaich entdecken sollte, träumte sie sich größer. Sie stellte sich Fische darin vor, die sie später an einem Lagerfeuer wie Robinson braten könnte. Und im Hühnerhaus sitzend wünschte sie sich gebratenes Huhn am Spieß, die Speise der Könige in den Märchen! Roswitha hatte so etwas nie gegessen, aber in ihrer Vorstellung musste es der Gipfel aller Gaumenfreuden sein. Wer aber sollte die Hühner schlachten? Das war der Punkt, an dem sie regelmäßig mit ihrem Traum ein wenig ins Schleudern geriet. So wollte sie denn doch lieber auf Huhn am Spieß verzichten und stattdessen nur die Eier nutzen. So, wie das Miss Maunders auch tat. Miss Maunders aß kein Fleisch. „Nichts, was lebt oder gelebt hat", erfuhr Roswitha und war beeindruckt; denn sie selbst aß gerne Fleisch. Eier sind schön und gut, fand sie, Eier mit Speck oder Schinken sind besser.

„Warum essen Sie denn kein Fleisch?" wollte Roswitha wissen, und: „Haben Sie denn nie Fleisch gegessen?"

„Nein. Ich habe es abgelehnt, als ich mit drei Jahren erfuhr, dass die Tiere geschlachtet werden und der Mensch sie isst."

„Mit drei Jahren!" staunte Roswitha.

„Ja. Ich wurde noch im Kinderwagen gefahren, da sah ich beim Einkaufen im Fleischerladen all das Fleisch hängen und begriff das Entsetzliche. Ich habe meine Mutter gefragt und sie hat meine Vermutung bestätigt. Von da an habe ich mich geweigert, Fleisch zu essen."

„Und Ihre Mutter hat Ihnen etwas anderes gekocht?"

„O nein. Sie wollte mich zwingen. Sie hat das Fleisch ganz klein geschnitten und im Essen versteckt. Ich habe es aber gemerkt und alles abgelehnt."

„Haben Sie denn gar nichts mehr gegessen?"

„Nur noch Brot und Obst."

„Sind Sie davon satt geworden?"

„Nein. Ich wurde krank und sie brachten mich zum Arzt. Der hat meinen Eltern gesagt, sie sollten mich nicht länger mit Fleisch quälen. Von da an durfte ich fleischlos essen."

„Aber Fleisch schmeckt doch so gut!" Roswitha musste es einfach noch einmal mit Nachdruck sagen, obwohl sie zu begreifen begann, da verzichtet jemand aus Tierliebe auf Fleisch. Roswitha liebte die Tiere auch. Aber sie konnte es sich nicht vorstellen, nein zu sagen, wenn so etwas Gutes wie Wurst und Fleisch angeboten werden. Zu Hause gab es kaum Fleisch. Sie wäre nie auf die Idee gekommen, es bei den seltenen Gelegenheiten abzulehnen, ebenso wie die gute geräucherte Wurst, die es in England offenbar nicht gab. Zu Hause nannte man sie „Schiebewurst". Schiebewurst war ein kleines Rädchen Wurst, bei der die Sorte keine Rolle spielte. Es konnte Blut-, Leber- oder Mettwurst sein. Jedenfalls wurde das Rädchen Wurst einen Bissen weit entfernt auf das Ende der Brotschnitte gelegt, von dem man zu essen begann. Die Nase hatte dann schon mal den Appetit machenden Geruch, der Mund den Bissen trockenes Brot. Danach wurde das Rädchen Wurst um einen weiteren Bissen nach hinten verschoben und wieder vom Brot abgebissen. Das Ritual wiederholte sich, bis endlich, am äußeren Ende angekommen, der letzte Bissen mit der Wurst gegessen werden konnte. Schiebewurst, eine praktische Erfindung für Notzeiten; Roswithas Mutter hatte sie bereits als Kind im ersten Weltkrieg kennen gelernt und nun für ihren Haushalt übernommen.

Auf Roswithas Einwand, dass Fleisch doch so gut schmecke, hatte Maureen dem Kind lange nicht geantwortet. Eine Weile schien es, als suche sie angestrengt nach dem richtigen deutschen Ausdruck. Sie hatten während dieses Gespräches beim Abendbrot gesessen, sie vor Käse und Tomaten, Roswitha vor einem gut geräucherten Bückling. Rufus, angezogen vom verlockenden Duft, saß nahe Roswithas Stuhl und schaute mit sehnsuchtsvollen

Bernsteinaugen nach oben. Roswitha sah ihn bedauernd an, denn sie wusste, dass er nichts vom Tisch bekommen sollte. Als er das Schnäuzchen öffnete und klagend maunzte, schaute auch Miss Maunders zu ihm hinunter. Mit einem kehligen, dunklen „Du...!" schien sie ihm zu verstehen zu geben, dass sie für seine Bettelei ein gewisses Verständnis aufbrachte. Das war aber auch alles und es bedeutete nicht, dass sie ihm nachgab, was Roswitha liebend gerne getan hätte.

Während Maureen Maunders zu ihrem fetten, gierigen Kater hinablächelte, sagte sie in das runde Katzengesicht hinein, was für Roswitha bestimmt war: „Könntest du dir denn vorstellen, ein solches Tier zu essen?"

Roswitha war so geschockt, dass sie sich an dem Bissen, an dem sie gerade kaute, verschluckte. Sie hatte Angst, eine Gräte verschluckt zu haben. Aber Miss Maunders klopfte ihr beruhigend auf den Rücken und nach ein paar Hustenstößen hatte sie sich wieder gefangen.

Den Kater hatten die explosionsartigen Hustengeräusche verscheucht. Roswitha hätte gerne argumentiert, dass Katzen nicht geschlachtet werden. Aber sie wusste, dass es zu Hause Katzenfänger gab.

„Wenn man den Kopf abhackt, sieht eine abgehäutete Katze wie ein Karnickel aus. Deswegen heißen Katzen auch Dachhasen." hatte ihr die Mutter erklärt. Seitdem fürchtete Roswitha um das geliebte Mohrli, wenn es draußen war.

Aber Miss Maunders hatte mit ihrer Frage noch ganz andere, weit schlimmere Erinnerungen in Roswitha geweckt: Die Kaninchen daheim, Schmusetiere wie die Katze und allesamt mit Namen versehen wie Urian, Schneeweißchen, Schnecke, Mohrle und Zuckerohr, für die Roswitha zum Futterstehlen ging und mit denen sie und die Nachbarskinder Zirkus, ja sogar Mutter und Kind gespielt hatten, alle diese geliebten, weißen, wonnigen ...

Roswitha konnte gar nicht weiterdenken. Daheim war das anders gewesen. Daheim hatte sie es gewusst, auch wenn nicht darüber gesprochen wurde und das Kind nicht nachfragte. Das war eben so, dass jeweils das größte Tier vor Weihnachten oder Ostern zum Nachbarn gebracht wurde und dass später irgendwann die Schüssel mit dem enthäuteten Kadaver in der Küche stand, das Fell im Papier daneben. Später zog es die Mutter wie einen großen gewendeten Handschuh auf ein Holzgestell und stellte es zum Trocknen auf.

Und wenn dann die viel versprechenden Bratendüfte durch die Wohnung zogen und höchste Festtagsfreuden verhießen, war die Traurigkeit noch nicht besiegt. Und dennoch hatte das Festessen so unvergleichlich gut geschmeckt, dass sie jetzt unter Miss Maunders durchdringendem Blick gar nicht daran denken konnte. Das Fleisch ihres Bücklings hatte auf einmal einen tranigen Beigeschmack, wovor sie sich ekelte, da er an den Löffel Lebertran zu Hause erinnerte.

„Miss Maunders, ich kann nicht mehr", sagte sie leise, „Rufus kann den Rest haben."

„Dann gib es ihm in der Küche auf seinem Teller."

Und Roswitha stand auf und trug die Reste in die Küche.

Besuch in der Grammar school

Es war einer dieser frischen englischen Vorfrühlingstage, als Miss Maunders ihr Versprechen einlöste und Roswitha zum Unterricht mitnahm. Aufgeregt trippelte das Mädchen hinter der Lehrerin her, ängstlich bemüht, mit deren weit ausgreifenden Schritten mitzuhalten. Der Weg führte ins Zentrum des kleinen

Städtchens und dann über die Wharfedale-Brücke an den nördlichen Rand, wo schon von weitem das ausladende Gebäude der Prince-Henry's Grammar School in einem weitläufigen Park zu sehen war.

Schon auf dem Wege dahin, erst recht aber in den langen Gängen des Gebäudes, wurde „ihre" Miss Maunders scheu aber ehrerbietig von Schülerinnen aller Altersstufen gegrüßt. Roswitha registrierte es befriedigt. Es beeindruckte sie, dass alle diese Mädchen gleich gekleidet waren mit einem dunkelblauen, fast schwarzen Trägerrock, hellen Blusen und kornblumenblauen Blazer, der auf der Brusttasche das Emblem der Schule trug.

Als Miss Maunders nach einem kurzen Aufenthalt im Lehrerzimmer im schwarzen Lehrertalar zurückkam, verstummte Roswitha. Die Ehrfurcht, mit der sie beide nun von allen Seiten gegrüßt wurden, erschien ihr jetzt völlig natürlich. Sie selbst sah Miss Maunders, der sie sich bereits zu nähern begonnen hatte, mit neuen Augen, wie diese mit wehendem schwarzem Amtsgewand durch die Gänge schwebte. Neben ihr her schwebte Roswitha, denn ein wenig von der Wichtigkeit der Lehrerin schien auch auf sie selbst gefallen zu sein. Sie bemerkte es gleich, als eine andere „Schwebende" freudig erregt auf ihre Miss Maunders zukam und die beiden sich nun offensichtlich über sie unterhielten, denn Roswitha wurde überschwänglich begrüßt und vernahm im folgenden Gespräch ständig ihren Namen in Miss Maunders gutturaler Aussprache. Zuletzt wandte sich die Fremde direkt an Roswitha, wobei unter viel Unverständlichem wieder dieses „do you like" vorkam, das Roswitha als erste Redewendung begriffen hatte. Es kam immer vor, wenn sie von Erwachsenen angeredet wurde und musste mit „yes" beantwortet werden, um den Fragenden zufrieden zu stellen und ein Lächeln bei diesem hervorzuzaubern.

„Mrs. Leech wird dir zwei Nachthemden schneidern", sagte

Miss Maunders zu Roswitha, „du kannst dich dafür bedanken."

Roswitha fand das komisch, dass sie sich schon vorher bedanken sollte, aber sie sagte artig „thank you". Sie wurden durch ein durchdringendes Klingelzeichen unterbrochen. Die Gänge leerten sich schlagartig, und die beiden Lehrerinnen strebten ihren Klassen zu.

Roswitha hatte noch nie ein Klassenzimmer an der Seite einer Lehrerin betreten. Sie genoss es mit einem unvergleichlichen Gefühl seltener Genugtuung, als die Klassenzimmergeräusche beim Öffnen der Türe augenblicklich verstummten. Einen Moment war sie irritiert, als die Lehrerin ein deutliches „Guten Morgen!" sagte und die vor ihnen stehende Klasse im Chor „Guten Morgen, Miss Maunders!" antwortete. Ach ja, schließlich war es der Deutsch-Unterricht. Dennoch wirkten die deutschen Worte an diesem Ort irgendwie merkwürdig.

„Wie versprochen, habe ich euch heute Roswitha mitgebracht. Sie kommt aus Deutschland und ist zwölf Jahre alt. Wir wollen die Gelegenheit wahrnehmen und uns in deutscher Konversation üben. – Ja, Susan? Wolltest du etwas sagen?"

„Miss Maunders, there is a seat next to mine for Roswitha."

"Would you like to say it in German, please? O sorry, sage es in deutsch, bitte!"

„...da ist ... mein Platz für Roswitha."

„Neben mir ist ein Platz frei für Roswitha, bzw. ich biete Roswitha den Platz neben mir an", korrigierte die Lehrerin und fuhr fort: „... wir wollen es aber heute so machen, dass wir die Tische in einem Kreis gruppieren. Stellt bitte die Tische zusammen!"

Aufgeregtes Tische- und Stühlerücken mit lebhafter Unterhaltung folgte.

„Leise bitte!" muss Miss Maunders mahnen. Endlich sitzen

alle und Roswitha bekommt den Stuhl direkt neben der Lehrerin.

Jetzt fühlt sie sich sicherer. Aber ihre Scheu vor der fremden Klasse erweist sich als unbegründet. Alle wollen mit ihr reden. Ganz allein! Sie steht im Mittelpunkt. Ihre Bedeutung wird nur noch überragt von Miss Maunders, die die Fragen steuert, verbessert, Hilfestellung leistet. Wenn die daheim sie jetzt sehen könnten! Die Freundinnen, oder besser noch die Feindinnen! Ulrike etwa, diese eingebildete Ziege, die immer so angibt!

Roswitha wächst mit jeder Frage, die man ihr stellt, etwa welche Fremdsprachen sie in der Schule lerne. Nein, Französisch nicht, aber sie hat schon drei Jahre Russisch-Unterricht. Bereitwillig sagt sie auf Russisch „Guten Tage! Wie geht es Ihnen? Zeigen Sie mit bitte den Weg zum Roten Platz. Da kommt die Straßenbahn. Eins, zwei, drei, vier, fünf, sechs, sieben …"

Die Klasse ist beeindruckt.

Roswitha würde gerne weiterzählen, denn das kann sie. Aber Miss Maunders will, dass die Mädchen noch andere Fragen stellen. Sie fragen nach dem Englisch-Unterricht. Ja, sie hat zwei Stunden Englisch wöchentlich, freiwillig. Und Roswitha wartet gar nicht erst auf die Aufforderung und legt gleich los mit einer Kostprobe, wobei sie die Zeilen herunterhaspelt, fast ohne Atem zu holen:

> Simple Simon met a pieman
> Going to the Fair.
> Said Simple Simon to the pieman:
> Let me taste your ware.
> Said the pieman to Simple Simon:
> Show me first your penny!"
> Said Simple Simon to the pieman:
> Indeed, I haven't any!

Man hat sie nicht unterbrochen. Erst am Schluss lachen alle

freundlich, die einen, weil sie den Vers kennen, die anderen, weil sie ihn nicht kennen und über den Inhalt lachen müssen. Aber alle haben verstanden. Die echten Engländer verstehen ihr Englisch! Ihr Englisch ist so, dass sie verstanden wird! Sie ist glücklich. Alle Unsicherheit ist verflogen. Roswitha strahlt, ihre Augen tanzen und die Affenschaukeln fliegen lebhaft um ihren Kopf, wenn sie sich hierhin und dorthin wendet. Wenn doch die Stunde nie zu Ende ginge! Doch da klingelt es schon.

„Ob bitte, Miss Maunders, darf ich noch ein bisschen in der Klasse bleiben?"

Roswitha bemerkt, dass die Lehrerin zögert. „Oh bitte! Ja? – Bitte, bitte, bitte!" Ihr ganzer kleiner Körper bebt und ihre Augen suchen Maureens Blick in aller Dringlichkeit.

Dieses Kind kann mit einer Hartnäckigkeit bitten ... Sie will es eigentlich nicht, aber sie gibt nach. „Das muss ich ihr abgewöhnen", mit diesem Gedanken verlässt sie die Klasse. Roswitha ist sofort umringt von den Mädchen, die sie mit neugierigen, auch bewundernden Blicken anschauen. Die Nachgiebigkeit ihrer Lehrerin, die sie so nicht kennen, ist nicht unbemerkt geblieben. Wenn das deutsche Mädchen das kann ...

Alle reden auf Roswitha ein, wollen alles wissen. Mit dem Abgang der Deutschlehrerin ist auch deren Fachsprache augenblicklich verschwunden, nicht aber das Interesse an ihr.

„What is she like at home?"

Do you really stay with her?"

"Have you got your own room in the house?"

Roswitha sieht sich getragen von ganz ungewohnter Zuwendung und Neugier. Im Bewusstsein ihrer Wichtigkeit versteht sie wie durch Zauberei und wird verstanden. Und dieses herrliche Gefühl steigert ihre Euphorie. Ihre Wangen bekommen rote Flecken, sie lacht und fühlt sich glücklich und dazugehörig. Sie ist eine Prinzessin im Kreise ihrer Hofdamen. In ihrer kleinen

Hand liegt es, die strengsten Geheimnisse ihrer hochwohl-
geborenen Verwandten auszuplaudern. Das tut sie natürlich nicht.
Aber sie könnte es. Der um sie versammelte Hofstaat würde ihr
alles glauben. Auch die dicksten Lügen! Ha, das klingt anders als
der Zuruf der kleinen Putzfrauentochter in London: „You are an
enemy child. Just a bloody enemy child!"

Viel zu rasch ist die Pause vorbei. Die nächste Stunde ist
Naturkunde, natural history.

Der Lehrer trägt den gleichen schwarzen Talar wie Miss
Maunders.

„Well", sagt er nach der Begrüßung der Klasse, „I've heard of
a guest today, a German-girl called Roswitha. You may join us in
watching tiny little water-fleas by microscope."

Er sagt noch mehr, aber Roswitha versteht nicht alles. Das
macht nichts. In der Klasse wird es emsig. Die Mädchen schleppen kleine Holzkästen aus dem Schrank. Aus jedem holen sie ein
Mikroskop heraus. Jeweils zwei Mädchen müssen sich ein Gerät
teilen. Viele wollen mit Roswitha zusammenarbeiten, Susan
schafft es.

Roswitha hat noch nie ein Mikroskop gesehen. Sie weiß
nicht, was man damit machen kann. Gebannt verfolgt sie die
Vorbereitungen, wie Susan den Objektträger reinigt und für die
Aufnahme des Beobachtungsgutes vorbereitet, wie der Lehrer mit
dem Einmachglas herumgeht, in dessen Flüssigkeit kleine dunkle
Punkte mit ruckartigen Bewegungen aufsteigen, wie er dann mit
der Pipette einen Tropfen Wasser mit einem der kleinen Punkte
auf den Objektträger tropft und wie Susan das Glasplättchen mit
dem Wassertropfen sachkundig einlegt. Man sieht, dass sie das
nicht zum ersten Male macht. Ungeduldig wartet Roswitha,
während Susan durchs Okular starrt und flüstert: „There's nothing
in it! I can't see the flea!"

86

„Please, may I have a look?" Roswitha hält es kaum mehr aus.

„... just a minute ..." Susan gibt das Gerät nicht frei. Doch endlich: „...oh! Here it is! Look! Have a look, Roswitha!"

Zuerst sieht Roswitha nur eine verschwommene Bewegung. Sie soll an der kleinen Schraube drehen und plötzlich ist da eine klare Form in zuckender Bewegung, ein winkender Greifarm, ovale Körperform mit durchscheinenden Organen und ein großes, schwarzes Auge. Sie kann es nicht fassen, was sie da sieht. Dieses Riesenmonster soll der kleine hüpfende Punkt sein? Jetzt hüpft er wieder. Zwei Schläge mit dem winkenden Greifarm und er verschwindet aus dem Beobachtungsfeld.

„Och ..." Roswitha ist enttäuscht. Aber Susan will ihn wieder suchen. Inzwischen hat der Lehrer die Umrisse des Riesenmonsters an die Tafel gemalt. Als er fertig ist, fragt er:

„Did anybody see the eye?" Und er sucht sich eine unter den auffliegenden Händen heraus. Das Mädchen soll an die Tafel kommen und das Auge einzeichnen. Das tut es, aber etwas zaghaft und sehr klein. Der Lehrer zeichnet maßstabgerecht.

„And what about the heart? Can you see the heart, a tiny little one, beating very fast inside the body?"

Susan hat den kleinen Kerl gerade rechtzeitig wieder gefunden und lässt Roswitha schauen. Ja, sie sieht etwas flimmern – da in der oberen Hälfte – und ehe sie nachdenkt, hat sie sich auch schon gemeldet.

„Well, Roswitha, come on, show us the heart!"

Beim Nach-vorne-Gehen ist sie jetzt doch ein wenig verlegen, aber sie nimmt die Kreide und zeichnet ein, wo sie das kleine Herz flimmern gesehen hat.

„That's correct, Roswitha", sagt der Lehrer emphatisch, „thank you very much!" Als sie auf ihren Platz zurückgeht, klatscht die ganze Klasse und eine warme Welle der Verlegenheit im Glück steigt Roswitha ins Gesicht. Der Rest der Stunde geht für sie nahezu unter, so aufgewühlt ist sie, obwohl der Lehrer noch von Eiern im Inneren der Tiere spricht, die bei manchen sichtbar sein sollen. Ein oder zwei Schülerinnen finden so etwas auch, aber Roswitha ist schon nicht mehr bei der Sache. Sie will, sie muss in diese Schule gehen! Plötzlich weiß sie, was sie werden will: Forscherin! Auf jeden Fall Forscherin, eben jemand, der tagaus, tagein mit dem Mikroskop arbeitet. Sie weiß, dass man dazu studieren muss. Aber das wird sie. Zuvor muss sie nach der achten Klasse weitere vier Jahre auf die Oberschule gehen bis zum Abitur. Das Gerede vom Büro kann die Mutter ja wohl nicht ernst gemeint haben. Roswitha muss ihr einfach schreiben, was heute hier passiert ist. Dann wird sie schon begreifen, zu was sich ihre Tochter berufen fühlt.

Am Abend, als sie beim Schachspiel saßen – Miss Maunders hatte es Roswitha eben erst beigebracht, und diese hatte sofort Gefallen daran gefunden, so dass kein Abend ohne Spiel verstrich, obwohl sie gegen die Lehrerin regelmäßig verlor – an diesem Abend nach dem aufregenden Schultag, an dem Roswitha wie an jedem Abend ihre Revanche angekündigt hatte, konnte sie sich wieder einmal nur schwer konzentrieren. Maureens lange Pausen zwischen den Spielzügen, die Roswitha ohnehin stets zu lang waren, erschienen ihr heute noch länger als sonst, quälend lang, so dass sich die angenehmen Gedanken an den vergangenen Tag einschlichen und sich in ihr ausbreiteten.

„Du solltest deine Dame nicht so ungeschützt lassen", hörte sie fremd und wie aus weiter Ferne die bekannte dunkle Stimme.

„Oh!" Roswitha kam auf das Schlachtfeld zurück, „darf ich noch einmal zurücknehmen?"

„Nein!"

„Oh bitte, sonst bin ich matt!"

„Gesetzt ist gesetzt. Außerdem bist du nicht matt, wenn ich deine Dame einziehe."

Roswithas Blick wanderte unruhig über die Figuren, aber dann löste sie sich davon:

„Miss Maunders, ich soll doch hier zur Schule gehen?"

„Ja", kam es von der Lehrerin, während diese den Blick weiterhin aufs Schachbrett gerichtet hielt.

„Da wäre es doch das beste, Sie nehmen mich mit in Ihre Schule, so wie heute."

Jetzt sah die Lehrerin aber doch auf, und noch ehe sie etwas erwidern konnte, fing Roswitha an zu betteln:

„Bitte, Miss Maunders, lassen Sie mich mit in Ihre Schule gehen! Das wäre doch das Beste. Wir könnten zusammen hingehen, und zurück. Ach bitte! – Bitte sagen Sie ja!"

„Dies ist eine Grammar School", sagte nun Miss Maunders schon leicht ungeduldig und sah Roswitha verständnislos an.

„Ja, ich weiß."

„Ich habe dich schon in einer Privatschule angemeldet. Ab Montag wirst du dorthin gehen."

„Nein, Miss Maunders, ich will nicht in so eine Zwergschule gehen, ich will …"

Nun waren die blauen Augen der Lehrerin voll auf das Kind geheftet und der Ärger, den sie zurückhalten wollte, belegte ihre Stimme mit ehrlicher Entrüstung: „… aber du kannst ja nicht einmal die Sprache!"

Was um Himmels willen dachte sich dieses Kind? Vermutlich hätte Maureen wenig Freude daran gehabt, wenn sie es gewusst hätte. Denn Roswitha überlegte nur eines: „Wie kann ich sie überzeugen, dass ich in diese Schule gehen m u s s und dass eine kleine Privatschule für mich nichts ist?" Dass es nicht leicht war, Erwachsene umzustimmen, wenn diese einen Entschluss gefasst hatten, diese Erfahrung hatte sie zu Hause mit ihrer Mutter auch schon gemacht. Aber sie hatte auch die Erfahrung gemacht, dass es kein Ding der Unmöglichkeit war, dass es dazu nur einer gewissen Hartnäckigkeit bedurfte. Entsprechend setzte sie sich hier ein.

„Miss Maunders, Sie müssen sich nicht sorgen, dass ich die Sprache nicht verstehe. Ich habe heute schon ganz viel verstanden, und die Mädchen verstehen mich auch!"

Maureen wusste einen Moment lang nicht, ob sie die Situation ärgerlich oder eher komisch finden sollte. Was sie deutlich spürte, war Müdigkeit. Sie hatte wenig Lust zu kämpfen, nicht mit einem zwölfjährigen Kind, dessen Ansinnen einfach zu absurd war, als dass sie darüber zu verhandeln bereit gewesen wäre. Sie war müde, müde und ausgelaugt. Der nachmittägliche Besuch bei Helen im Krankenhaus hatte ihr zugesetzt und auch wenn sie es nicht wahrhaben wollte, wusste ein Teil von ihr doch schon um Helens wahren Zustand. Maureen war klar, dass die Freundin wohl nur noch durch ein Wunder zu retten war. Das Schreckliche war, dass Maureen an Wunder nicht glaubte. Ihre Gefühle gegenüber Helen gerieten in einen Strudel, ehe der Strom der Zeit sie und mit ihr alles, aber auch alles, was ihr bisheriges Leben ausgemacht hatte, mit sich in die Tiefe riss.

Und Maureen war zum Loslassen nicht bereit. Wie konnte, wie durfte Helen sie jetzt allein lassen? Gerade jetzt! Mit diesem Kind, dessen Aufenthalt sie nicht gewollt hatte. Lediglich um Helen den Wunsch nicht abschlagen zu müssen, einen letzten vielleicht, hatte sie sich darauf eingelassen. Damit durfte Helen sie doch jetzt nicht allein lassen! All diese Verantwortung! Als ob nicht alles schon schwer genug für sie gewesen wäre! Hinzu kam: dieses Kind war ihr fremd. Fremder als jede ihrer Schülerinnen, deren Erziehung ihr durchsichtig, englisch und somit bekannt war. Keines der Mädchen, das sie kannte, hätte es gewagt, in ähnlich impertinenter Weise ihren Erziehungsberechtigten zu begegnen, jedenfalls nicht in der Upper- oder Middle class. Zur letzteren zählte sich Maureen Maunders. Und mit Recht! Den Aufstieg aus der kleinen Arbeitersiedlung in Manchester hatte sie sich schließlich selbst erkämpft – auch wenn die aufwärts strebenden Ambitionen der Mutter vielleicht Antrieb und Motor gewesen sein mochten. Aber ohne ihre eigene wache Intelligenz und ihren Ehrgeiz hätte sie es nicht geschafft. Viele Hürden hatte sie nehmen und manch bittere Pille schlucken müssen, vor allem, um ebenso selbstverständlich dazu zu gehören wie die anderen Mädchen, für die jede Klassenfahrt oder die Anschaffung von Schulkleidung zu Hause kaum eine solche Katastrophe ausgelöst hatte wie bei ihr.

Doch dies waren Erinnerungen, die Maureen nicht gerne auffrischen wollte, auch nicht durch ein kleines, ihr bis vor kurzem unbekanntes Mädchen aus dem besiegten Deutschland. Wusste sie denn, aus welchen Kreisen Roswitha kam? Hatte sie nicht sogar im Bus das Fahrgeld „sparen" wollen? Was wusste Maureen schon über das Kind? Der Vater Porzellanmaler. Er hatte die Keksdose bemalt. Obermaler, hatte die Mutter in einem ihrer Briefe erwähnt, sie selbst arbeitete im Büro. Dieser Beruf war sicher auch eine realistische Perspektive für Roswitha. Unter Porzellanmaler stellte sich Maureen einen Fabrikarbeiter vor. Sie wusste es nicht so genau, aber ein Studium verlangte der Beruf sicher nicht.

Was also stellte sich dieses Mädchen vor? Wie hatte sie die Privatschule genannt, eine Zwergschule? Es gab für Roswitha wirklich keinen Grund, diese Schule zu verachten, für die Helen ein nicht geringes Schulgeld zu zahlen bereit war. Nein, das Kind war undankbar.

Und das nicht nur in dieser Hinsicht. Hatte sie in der ersten Zeit nahezu alles mit Heißhunger verschlungen, was auf den Tisch kam, so ließ diese Anspruchslosigkeit von Roswitha doch bemerkenswert rasch nach und es hieß plötzlich am Frühstückstisch „Porridge esse ich nicht, ich möchte lieber Cornflakes" oder „ist kein Lemoncheese mehr da? Die bittere Marmelade schmeckt mir nicht", oder „bitte, bloß keine gebackenen Bohnen!" Maureen sah und registrierte das, aber sie ließ sich nichts anmerken, wenn sie Verdrossenheit spürte. Ungehaltener reagierte sie, als sie entdecken musste, dass es auch mit Roswithas Gehorsam nicht weit her war. Das war, als sie bemerkte, dass Roswitha trotz ihres Verbotes wieder die Heizung im Gewächshaus in Gang gesetzt hatte, denn natürlich hatte sie eines Tages vergessen, den Hebel zurückzulegen, bevor die Lehrerin nach Hause kam. Das war übrigens das einzige Mal, dass Maureen die Beherrschung verlor und wirklich heftig reagierte.

„Weißt du, was mir passiert wäre bei solch offensichtlichem Ungehorsam? – Wie oft muss man dir denn etwas verbieten, bis du dich danach richtest?" Nur mühsam hatte sie ihre Erregung unter Kontrolle gehalten. Am liebsten hätte sie das Kind geschlagen. Der Wunsch war so heftig gewesen, dass sie aus dem Zimmer gehen musste.

Roswitha war betreten zurückgeblieben. „Denk immer daran, mein Kind, du bist der Botschafter deines Landes!" Immer gebrauchte die Mutter so große Worte! Musste ihr das gerade jetzt einfallen, was ihr die Mutter da zusammen mit tausend guten Ratschlägen auf den Weg mitgegeben hatte?

Später, als Miss Maunders schon die Hühner – allein – versorgt hatte und am Tisch die Hefte ihrer Klasse korrigierte, die Zigarette wie immer lässig im Mundwinkel, näherte sich Roswitha reumütig und blieb in gebührender Entfernung vor der Lehrerin stehen:

„Es tut mir leid", sagte sie leise und die Lehrerin, die nur kurz aufgesehen hatte, antwortete emotionslos:

„Es ist gut, Roswitha. Ich hoffe, es kommt nicht wieder vor."

„Ganz bestimmt nicht", versicherte das Mädchen eifrig.

„Dann wollen wir jetzt nicht mehr darüber reden." Und sie wandte sich wieder ihren Heften zu.

Puh! Dankbar spürte Roswitha, dass das Gewitter vorüber war. Einfach so und wie es schien, ganz ohne Nachgrollen. Das war neu, und ganz anders als sie es von zu Hause kannte, wo die Beschuldigungen kein Ende nehmen wollten. Dort gewährte erst die absolute Unterwerfung Absolution. Statt echter Erziehung beherrschte Roswithas Mutter nämlich nur eine Art Verbaljustiz, die sie in der Haltung einer Verzweifelten mit gebundenen Händen praktizierte. Schon in Roswithas frühen Jahren kam es ihr darauf an, dass das Kind nicht nur begreifen sollte, was es angerichtet hatte, sondern auch und vor allem, was es der Mutter damit antat; einer Mutter, vom Schicksal geschlagen durch diesen unseligen Krieg, der ihr den Mann für wer weiß wie lange Zeit weggenommen und ihr damit die alleinige Verantwortung für die Tochter – und noch vieles mehr – aufgehalst hatte. Das sollte, das musste dieses Kind doch begreifen und ihr weitere Scherereien ersparen!

Aber es begriff nicht, jedenfalls nicht dauerhaft. Schlagen mochte sie das Kind nicht immer. So blieben ihr nur hilflose Worte, böse, vernichtende Worte, aber auch fantasievolle, Worte jedenfalls, die Roswitha im Laufe der Zeit nicht allzu ernst zu nehmen lernte, wie „du Nagel zu meinem Sarg, du Quälgeist, du Nervensäge, du Mistfitzenkrebs", und all das in höchster Erregung auf das Kind herab geschleudert, sich der Lächerlichkeit preisgebend. Aber auch heftige Anschuldigungen, wie „du durch und durch Verdorbene, du Missgeburt, du Teufelsbrut", Worte, die nicht nur unter die Haut, sondern tiefer gehen und die ein Kind vergessen muss. Solche Worte sinken tief ab im See der kindlichen Seele, geraten in die Schicht, in der sie vom lebenserhaltenden Sauerstoff der Liebe abgeschnitten sind. Sie zersetzen sich langsam oder nie. Sie sind kein guter Nährboden für die Entwicklung eines gesunden Selbstbewusstseins. Was stattdessen entsteht ist eine Art Hybris, oft genug im Wechsel mit tiefen Selbstzweifeln.

Hier war nun plötzlich alles anders. Wo zu Hause die Verbalinjurien gerade erst anfingen, da sagte Miss Maunders nur: „Dann wollen wir jetzt nicht mehr darüber reden."

Roswitha war beschämt. Sie verkroch sich mit „Peter Rabitt" in die Sofaecke. Aber sie las nicht, sondern starrte ins flackernde Kaminfeuer, ganz wie Rufus, der so nahe davor saß, dass sich die Spitzen seiner Schnurrhaare kräuselten. Der Tag war kalt und regnerisch gewesen, deshalb hatte Maureen Feuer im Kamin gemacht, für Roswitha immer ein Anlass zur Freude. Warum konnte sie diese Freude heute nicht empfinden?

Roswitha sah hinüber, als Maureen Maunders die kleine Tischleuchte mit dem grünen Schirm anknipste, die im Erkerfenster neben der Keksdose stand. An diesem trüben Tag dämmerte es früh und zur Heftkorrektur benötigte die Lehrerin gutes Licht. Sie zündete sich eine neue Zigarette an und nahm die Arbeit wieder auf.

Maureen bemerkt es nicht, dass Roswithas Blick auf ihr ruht. Den leicht geneigten Kopf in die Hand mit der Zigarette gestützt, scheint der sich kräuselnde Rauch direkt aus der Silhouette ihres Kopfes vor der Lampe aufzusteigen. Mit ihrer schlichten, mädchenhaften Frisur, die das seitlich gescheitelte Har mit einer einfachen Spange auf der anderen Seite rafft, wirkt die schlanke Gestalt zeitlos. Roswitha kann die im Lichtschatten liegenden Züge nicht erkennen, aber sie sind ihr schon vertraut. Keine sehr weiblichen Gesichtszüge, eher die eines schönen Mannes mit einem halb erstaunten, halb spöttischen Ausdruck. Roswitha ahnt und weiß nichts davon, aber sie beginnt sich gerade in diese widersprüchliche Schönheit zu verlieben.

Wir wissen nichts von der Liebe, wenn sie uns zum ersten Mal begegnet. Bis dahin ist da nur die unbewusste Liebe, Liebe zu den Eltern, zu den ersten Bezugspersonen, die unser Leben ganz früh in der Hand halten. Liebe, die uns ins Leben begleitet. Eine unbewusste Liebe. Sie ist einfach da, ob wir es wollen oder nicht.

Und dann, später, gibt es die, die wir die erste Liebe nennen, die erste Liebesempfindung, die nach außen greift, über uns selbst hinaus. Das ist die Liebe, die wir bewusst erleben, auch wenn wir nichts davon wissen. Und nichts lässt uns das Leben bewusster erleben als diese Liebe. Schon morgens beim Aufwachen singen die Vögel lauter, fröhlicher, intensiver. Heller scheint die Morgensonne zum Fenster herein, köstlicher schmecken die Cornflakes mit der sahnigen Milch, der knusprige Schinken mit Spiegelei, Toast mit Butter und Black currant jam, Schwarze-Johannisbeer-Marmelade, die Miss Maunders selbst gemacht hat vom Ertrag der Sträucher hinten im Garten. Sie selbst bevorzugt die bittere Orangenmarmelade, die einzige, die in England Marmelade genannt wird. Aber Roswitha ist süchtig auf Süßes. Zwei Löffel Zucker dürfen es auch im Tee sein. Maureen sieht es mit hochgezogenen Brauen, aber sie lässt das Kind gewähren.

Roswitha beschließt, Miss Maunders keinen weiteren Kummer zu bereiten und erklärt gönnerhaft: „Also gut, Miss Maunders, ich gehe dann in diese Privatschule, die Sie herausgesucht haben."

Erstaunt über so viel groteske Großzügigkeit des Kindes sieht die Lehrerin Roswitha etwas zweifelnd von der Seite an. Roswitha fühlt sich richtig gut.

Die Privatschule

Diesmal ist alles ganz anders, als sie gemeinsam zur Schule gehen, zum ersten Mal in die kleine Privatschule. Von der Bushaltestelle sind es nur ein paar Schritte bis zu dem grün gestrichenen Holzbau in einem umzäunten Gartengrundstück. Er sieht einer Kirche ähnlich mit den hohen, spitz zulaufenden Seitenfenstern und dem kleinen Türmchen auf dem Dachfirst. Soll das wirklich die Schule sein?

Aber um sich zu wundern, bleibt Roswitha nicht viel Zeit. Schon lenkt Miss Maunders ihren sportlichen Schritt durch das offen stehende Gartentor auf die wenigen Stufen zu, die zum Eingang an der Stirnseite hinaufführen. Ein erdiger Frühlingsgeruch liegt in der Luft, in den Birken am Rande des Grundstückes zwitschern die Vögel, eine freundliche Sonne beleuchtet das wie verschlossen vor ihnen liegende Haus, nur Roswitha fühlt so ein unangenehmes Kribbeln im Bauch. Kein Laut ist zu hören aus dem Inneren, als Miss Maunders energisch die Türklinke niederdrückt. Einen winzigen Moment lang hofft Roswitha auf einen Irrtum oder darauf, dass die Türe verschlossen ist. Doch sie öffnet sich direkt in den einzigen großen Innenraum, und etwa zwanzig Kinder an ihren Einzelpulten wenden sich wie auf Kommando nach den Eintretenden um.

„Attention please! Everybody does his work!" kommt die Singsangstimme der Lehrerin vom erhöhten Pult ganz vorne und die braunen, schwarzen und blonden Köpfe der Jungen und Mädchen beugen sich wieder über Hefte und Bücher. Miss Virginia Woodhead, Leiterin und einzige Lehrerin der kleinen Privatschule, erhebt sich schwerfällig von ihrem Sitz hinter dem Lehrerpult, um die Ankommenden zu begrüßen. Sie ist eine füllige Person im fortgeschrittenen Alter. Ein grauer Pagenkopf umrahmt ein Gesicht mit Hängebäckchen und Doppelkinn. Über eine randlose Brille mit Halbgläsern schauen misstrauisch forschende Augen mit buschigen Brauen Miss Maunders und Roswitha entgegen, während der zur Schnute geformte Mund lächelt, verbindlich für Miss Maunders, gönnerhaft für das Kind. Ihr Gang wirkt mühselig. Ein Blick auf das über den Schuhrand quellende Fleisch ihrer Beine verrät den Grund dafür. Und vielleicht ist das auch die Ursache ihrer stets leicht bekümmerten Miene, sobald sie gezwungen ist, den Platz hinter dem Lehrerpult zu verlassen, was sie möglichst vermeidet, indem sie die Kinder unter Einsatz ihres kräftigen Stimmorgans von ihrem Hochsitz aus dirigiert.

Während sich die beiden Lehrerinnen unterhalten, hat Roswitha Gelegenheit sich umzusehen. Die Augen aller Kinder starren sie ungeniert an. Wieder das Kribbeln im Bauch, aber sie schaut tapfer zurück, sieht, dass es etwa genau so viele Jungen wie Mädchen in verschiedenen Altersgruppen sind, die ältesten vielleicht in ihrem Alter. Jedes der Kinder hat ein eigenes Pult, und alle sind besetzt bis auf eines in der Mitte. Und genau dahin geleitet Miss Woodhead Roswitha, nachdem sie Miss Maunders noch wortreich zur Türe gebracht hat. Roswitha ist allein gelassen in ihrer neuen Schule.

Noch immer starrt man sie von allen Seiten an. Die beste Gelegenheit für die erfahrende Lehrerin, dass die Schüler und Schülerinnen sich einander vorstellen. Der Reihe nach lässt sie alle aufstehen und Namen und Alter nennen, während sie die Vorstellung von Roswitha selbst übernimmt. Danach ist die Neugier leidlich gestillt, und Miss Woodhead, die sich mühsam zurück auf ihren Hochsitz begeben hat, erklärt, dass sie bis zum Lunch ein Kapitel der Abenteuer des Odysseus vorlesen werde.

Miss Woodhead hat eine angenehme Vorlesestimme mit einer deutlichen Aussprache. Roswitha versteht zwar nicht viel, aber immerhin etwas. Später wird sie sich immer auf diese Vorlesungen freuen, die in unregelmäßigen Abständen stattfinden. Denn danach darf sie malen, irgendeine Szene aus der gehörten Geschichte. Malen hat ihr schon immer Spaß gemacht. Zu Hause in ihrer Klasse musste sie jedes Mal für ein paar Freundinnen „mitmalen", die mit ihren eigenen Werken nicht zufrieden waren. Hier „darf" sie ganz allein malen, während die anderen eine Nacherzählung erarbeiten oder einen Aufsatz schreiben. Die Malutensilien hat sie im Pultkasten unter der Klappe gefunden, wie auch die Hefte und Stifte. Nichts davon muss sie mit nach Hause nehmen, alles bleibt in der Schule, denn es gibt keine Hausaufgaben. Ohne Schulranzen oder Tasche kann sie täglich in diese Schule gehen. Auch sonst ist die Schule ungewöhnlich. Es ist eine Ganztagsschule, und es gibt ein Mittagessen. Daheim ist Roswitha immer nur vormittags zur Schule gegangen. Zu essen gab es auch nichts, abgesehen von der Schulspeisung kurz nach dem Krieg. Anfangs war das eine süßliche Quarkspeise mit Erdbeergeschmack, leicht rosa angefärbt. Später gab es täglich eine weiße Semmel. Die war nicht wirklich weiß, sondern nur etwas heller als die zu der Zeit im Laden auf Brotmarken verkauften, denen der hohe Schrotanteil im Mehl deutlich anzusehen war. Wirklich weiße Semmeln gab es daheim nur zu ganz besonderen Gelegenheiten, Weihnachten etwa. Und sie erforderten eine lange Vorbereitungszeit.

Erste Voraussetzung war ein gutes Ergebnis beim Ährenlesen. Die Spätsommertage verbrachten Mutter und Tochter zusammen mit einer Nachbarin und deren beiden Kindern an und auf den Feldern der umliegenden Dörfer. Für die Kinder war das die schönste, die spannendste, die abenteuerlichste Zeit im ganzen Sommer. Das stundenlange Warten am Rande der Felder, bis die letzten Garben aufgeladen waren und der Bauer das Feld zum Ährenlesen freigab, war für die Kinder nicht lästig wie für die Erwachsenen. Roswitha, Klaus und Julia hatten längst ihre Spiele in Feld und Wiese verlegt. Irgendein Bachlauf fand sich immer, in dem sie barfuss plantschen oder Tiere fangen und beobachten konnten, angefangen bei Fröschen und Molchen bis zu Fischen und Blutegeln. Oder sie stauten das Wasser auf, bauten Dämme und Wasserräder, ließen kleine Rindenboote fahren. All das war spannend, aufregend und niemals langweilig.

Und dann kam der große Moment: Die Mütter sammelten ihre Kinder am Feldrand, denn gleich sollte es um jede Hand gehen, auch um die kleinste.

„Wieselflink musst du jetzt sein!" schärfte Roswithas Mutter ihrer Tochter ein. Aber die wusste längst, worauf es ankam, wenn der Ruf ertönte und die Menge der Ährenleser sich über die Fläche ergoss. Gebückte Rücken, hastige, flinke Bewegungen. Das wenige Liegengebliebene war rasch eingesammelt. Keine zehn Minuten dauerte die heiße Phase. Was dann noch zu finden war, sammelten später die Tauben in die Kröpfe. Eine Handvoll Ähren für jeden Sammler war bereits ein gutes Ergebnis, für das es sich lohnte ein, zwei Stunden am Feldrain in der prallen Sonne zu sitzen. Eine Handvoll Ähren auf diesem, die nächste auf einem anderen Feld und vielleicht noch eine weitere auf einem dritten Feld gesammelt, brachte am Ende vieler Erntetage genug, um ein paar Pfund Roggen und Weizen von Hand auszudreschen. Der Wind half, die Spreu von den Körnern zu trennen.

Damit es weiße Semmeln geben konnte, musste die Weizenmenge aber groß genug sein, um sie in der einzigen noch arbeitenden Mühle im Mühltal mahlen zu lassen. Das geschah im Dezember, wenn es schon geschneit hatte und sie mit dem Schlitten abfahren konnten. Der Andrang im Herbst war dann schon vorüber, und der Müller bearbeitete nicht mehr ganz so unwillig eine kleine Menge. Viel war es ja nicht, was die Mutter brachte.

Für Roswitha gab es kaum etwas Aufregenderes als diese Schlittenfahrten ins Mühltal, bei denen ihr der Schneewind das

Gesicht peitschte und rechts und links die Funken von den Kufen sprühten. Im lustvollen Entsetzen krallte sie sich in die Schenkel der hinter ihr auf dem Schlitten sitzenden Mutter, jauchzend und kreischend, bis der Schlitten, unten angekommen, langsam auslief und stehen blieb. Wohlige, warme Stille umfing sie. Noch einen Moment lang blieben sie sitzen, ehe sie aufstanden, steif, torkelnd, und die Mutter strich Roswitha den Schnee aus dem Gesicht.

„Meister Müller, he, heran!

Mahl' er das, so schnell er kann!"

Immer fielen Roswitha diese Verse von Wilhelm Busch ein, wenn sie in die alte Mühle eintraten. Staubtrocken, dumpf und warm umfing Mutter und Tochter die Luft; wie Panzerplatten legte sich das um den Brustkorb. Der alte Müller, der aus einer der dunklen verwinkelten Ecken herbeischlurfte, sah nicht wohlbeleibt wie auf den Zeichnungen von Wilhelm Busch aus. Statt der Zipfel- trug er eine Thälmannmütze über dem faltigen Gesicht mit den blinden Brillengläsern. Keineswegs einladend schlurfte er mürrisch mit dem kleinen Säckchen der Mutter zur Einschütt- öffnung für das Mahlgut. Rasch verschwanden die paar Kilo in der viereckigen Öffnung, die für Zentnersäcke ausgelegt war. Seufzend legte der Alte da und dort Hebel um, bemerkte – wie er es bei solchen Gelegenheiten immer tat – dass sich für eine so geringe Menge die Verunreinigung des Mahlwerkes gar nicht lohne und sah Roswithas Mutter bekümmert durch die Mehl beschlagene Brille an. Dann drückte er einen letzten Schalter und die Staub geschwängerte Luft begann zu vibrieren. Es klopfte, es dröhnte, es rüttelte und prasselte. Schon bald klangen die Geräusche hohl, und ehe er wieder zum Schalter griff, fragte die Mutter: „Ist auch alles richtig durchgelaufen?"

Sie fragte das jedes Mal und wie jedes Mal hatte der Müller als Antwort nur ein mitleidiges Lächeln, schob die Thälmann- mütze in den Nacken und schaltete ab.

Roswitha sog die mehlstaubige, warme Luft tief ein, ehe sie die Holzstiege hinuntergingen. Sie liebte diesen dumpfen Geruch, den altes Holzgebälk in der Wärme ausströmt.

Unten lag ein erbärmlich kleines Häufchen Mehl im Kasten. Die Mutter hielt ihr selbst genähtes Säckchen auf, der Müller schaufelte mit der hölzernen Mehlschütte ein. Als er fertig war, warf sie noch einen misstrauischen Blick in die Kiste. War das alles? Der Müller bemerkte den Blick und war beleidigt. Auch wenn sie es nicht aussprach, er sah ihr an, dass sie alle möglichen Vermutungen hatte, auf welche Weise er etwas von ihrem Mahlgut hätte abzweigen können.

„Und die Kleie?" Auch diese Frage stellte sie jedes Mal und vielleicht zögerte er gerade deshalb ein wenig, bis er einen Kasten herauszog, aus dem er die Kleie in ein anderes bereitgehaltenes Säckchen füllte. Die Kleie war der Mutter wichtig; mit ihr wurden die Kartoffelschalen für die Kaninchen angereichert.

Wieder daheim, nahm die Mutter als erstes einen Esslöffel aus der Schublade und drückte damit eine Vertiefung ins Mehl, nachdem sie das Säckchen geöffnet hatte. Das geschah möglichst dicht unter der Küchenlampe auf dem Tisch, und es war ein spannender Moment. Nicht nur die Mutter, auch Roswitha drängte sich so nah wie nur möglich heran. Die Frage war, ob der Müller das Mehl auch fein genug ausgemahlen hatte. Oder waren in der glatten Kuhle noch viele der kleinen braunen Pünktchen zu sehen, Schalenreste der Körner, die eigentlich in die Kleie gehört hätten?

Meistens war die Mutter mit dem Mahlergebnis leidlich zufrieden, was sie durch ein zögerndes „na ja …" ausdrückte, das alles und nichts bedeuten konnte. Und nun konnte auch an „weiße Semmeln" gedacht werden. Die Mutter brachte das Mehl zum Bäcker, der daraus die begehrten Doppelsemmeln backte, blond wie Gretchens Zöpfe, das Innere watteweich und flaumig. Mit Leberwurstersatz bestrichen gab es in dieser Zeit nichts Köstlicheres.

Punkt zwölf Uhr ist es, als Miss Woodhead die kleine Tischglocke aufhebt und der verführerische Ton erklingt. Schon nach wenigen Tagen wird er bei Roswitha den bekannten Pawlow'schen Reflex auslösen, denn gleich darauf geht die Türe auf und das Essen wird hereingebracht. Ein älteres Ehepaar, das auch die Hausmeisterfunktion erfüllt, trägt täglich die im Nebenhaus gekochten Speisen in Töpfen und zugedeckten Schüsseln auf den Tisch an der Wand gleich neben der Eingangstüre. Die größeren Schülerinnen und Schüler eilen, den langen Esstisch davor zu decken, Geschirr und Bestecke zu holen aus einem Schrank in der Ecke. Alles verläuft rasch, geordnet und ist offenbar schon viele Male geübt worden. Das Hausmeisterehepaar verschwindet fast lautlos wieder, und Miss Woodhead begibt sich ächzend an die Tafel. Ihr Blick gleitet darüber hin, ob auch alles recht getan ist, dann schreitet sie zum Serviertisch und Roswitha beobachtet, wie sie die große Kupferhaube über dem Braten aufhebt. Eine riesengroße, braun gebratene Hammelkeule liegt da für alle sichtbar ausgebreitet.

Die Lehrerin hat sich inzwischen mit dem großen Tranchierbesteck bewaffnet und tritt damit heran wie ein Chirurg an den Operationstisch, während sich die Kinder mit ihren Tellern an der Seite in einer Reihe aufstellen. Roswitha, die noch immer abseits steht, wird von Miss Woodhead ermuntert:

„Come on, Roswitha, get yourself a plate. It's your very first day and I'll give you preference."

Beim Anblick des Bratens, dessen Duft Roswitha in die Nase steigt, hat sie diesen schon in Gedanken durch die Anzahl der Anwesenden geteilt. Das auf den Einzelnen entfallende Stück scheint ihr dabei erfreulich groß zu werden.

Die Tranchiergabel ist in den Braten eingedrungen. Die fleischige Linke der Lehrerin hält den Griff sichtbar angestrengt. Nun setzt sie mit der Rechten das gut geschärfte Messer an, um –

sanft säbelnd und dabei leicht schnaufend – ein hauchzartes Scheibchen abzutrennen. Mit der Messerspitze spießt sie es auf und Miss Woodhead placiert es elegant auf dem Teller, den Roswitha ihr hinhält. Sprachlos starrt Roswitha auf das winzige Fleischblättchen. Sie will schon gehen, aber Miss Woodheads „just a minute!" hält sie auf. Die Lehrerin säbelt ein weiteres Scheibchen ab und legt es neben das erste auf Roswithas Teller.

Die Prozedur wiederholt sich bei allen Kindern und beschert jedem zwei gleich dünne Scheiben. Und so kommt es, dass die Hammelkeule gerade erst wie angeschnitten aussieht, als alle – auch die Lehrerin mit einer etwas größeren Portion – am Tische sitzen und Kartoffeln und giftgrüne Erbsen herumgereicht werden. Von Tag zu Tag ändert sich das Menü nur durch die Gemüsesorte. Die angeschnittene Hammelkeule dagegen wird drei Tage hintereinander hereinkommen und geht als ein vom Fleisch fast entblößter Knochen wieder hinaus. Am vierten Tag gibt's daraus noch ein "Irish Stew". Der Freitag ist fleischlos mit einer Süßspeise, die sie „crumbled apple pie" nennen und die die Kinder besonders gerne mögen. Für Roswitha ist es Apfelstreuselkuchen mit Vanillesoße. Montags aber wird wieder eine unberührte Hammelkeule hereinkommen, knusprig braun und duftend, die von Miss Woodhead an drei Tagen genauso geschickt seziert wird wie jede Woche.

England ist anders

Samstags kommt der Gemüsemann mit seinem dreirädrigen Auto in die Bradford-Road und hält am Straßenrand. „Fruit! Vegetable!" Wenn dieser Ruf in seinem ganz eigenen Singsang ertönt, ist es für Miss Maunders Zeit, die Einkaufstasche vom Haken hinter der Küchentüre zu nehmen und vors Haus zu gehen. Roswitha hüpft an ihrer Seite. Sie muss doch sehen, was der Gemüsemann alles anbietet.

Als sie herankommen, hat der kleine Mann mit den grauen Löckchen unter der Schirmmütze und dem Bärtchen unter der roten Nase schon die Klappe seines Wagens heruntergelassen. In bunter Reihe präsentieren sich Obst und Gemüse in fast allen Farben in Kisten und Körben. Roswitha bekommt ganz große Augen. Gespannt verfolgt sie, was Miss Maunders einkauft.

Zuerst ein halbes Pfund Tomaten. „Tomaten im Winter!" staunt Roswitha, die diese Früchte nur vom Sommer kennt. Tomaten bilden zusammen mit Käse das Rückgrat von Maureens vegetarischer Ernährung. Behutsam legen die das Zupacken gewöhnten Hände des Händlers vier leuchtendrote Tomaten in die Messingschale der Waage. Tief sinkt die Schale mit dem Gegengewicht. Er nimmt eine Tomate wieder heraus und die Schale wippt nach oben. Eine andere, kleinere Frucht wird herausgenommen und durch eine größere ersetzt. Jetzt pendeln sich die Metallzungen der Waage ein und sanft legt er die Ware in Miss Maunders aufgehaltene Einkaufstasche. Roswitha verfolgt den einfachen Vorgang wie ein spannendes Geschehen.

Als nächstes wird ein Stück Gurke verlangt. Der Händler zögert keinen Augenblick, eine der grün glänzenden Schlangengurken anzuschneiden. Das etwa fünfzehn Zentimeter lange Ende wird abgewogen und verschwindet ebenfalls in der Tasche. Roswitha erschnuppert frischen Gurkenduft.

Dann eine Zitrone. Der kleine Mann muss sich nach der Kiste im Hintergrund strecken. Er wickelt die in Seidenpapier eingeschlagene Frucht aus, zeigt sie der Kundin, die zustimmend nickt und ihre Tasche aufhält. Ihr prüfender Blick wandert erneut über das Sortiment. Sie verlangt eine Grapefruit. So eine Riesenfrucht hat Roswitha noch nie gesehen.

„Darf ich sie einmal nehmen?" bittet sie, staunt über die runde kühle Schwere in beiden Händen, hält sie an die Nase und zieht den herben Duft ein.

„O, die riecht gut! Wann essen wir die?"

„Zum Frühstück natürlich."

Sie weiß noch nicht, dass sie enttäuscht sein wird, wenn am anderen Morgen die halbierte Frucht im Glas vor ihr steht und sie mit dem spitz zulaufenden Speziallöffel den ersten Bissen aus dem Fruchtsegment herauslöst und probiert. Er wird gallebitter sein. Sie wird viel Zucker darüber streuen müssen, während Maureen ihre Hälfte pur löffelt, ohne auch nur das Gesicht zu verziehen.

Jetzt aber verlangt sie noch einen der maigrünen Salatköpfe und bittet gleichzeitig den Händler, die Preise zusammenzuzählen. Während der zum Stift hinter dem Ohr greift und leise murmelnd rechnet, ist Roswitha enttäuscht. Sie hat gehofft, Miss Maunders würde eine der goldgelben Bananen aus dem fächerförmigen Halbkranz auf der Orangenkiste kaufen. Darum zu bitten, wagt sie nicht. Bananen müssen ungeheuer kostbar sein, denkt Roswitha, als sie ins Haus zurückkehren. Sie möchte zu gerne wissen, wie Bananen schmecken. An diesem Abend richtet Miss Maunders für jede von ihnen einen dekorativen Salatteller an aus einem Berg Kopfsalat, Gurken- und Tomatenscheiben. Obendrauf in der Mitte sitzt ein gevierteltes, hart gekochtes Ei. Roswitha genießt. Von ihr aus könnte der Gemüsemann jeden Tag kommen. „Beim nächsten Mal", denkt sie noch kurz vor dem Einschlafen, „beim nächsten Mal werde ich sie fragen, ob sie mir eine Banane kauft. Ich werde sie fragen, ganz bestimmt!"

Von Anfang an geht Roswitha gerne in die neue Schule, in der sie eine Sonderstellung hat und doch nicht ausgeschlossen ist.

Unbefangen neugierig wollen die Kinder alles von ihr wissen. Roswitha genießt es, wieder Mittelpunkt zu sein. Wenn nach dem Mittagessen der Tisch abgeräumt ist und Miss Woodhead sich für ein Stündchen zurückzieht, sitzen die Kinder noch zusammen. Es ist die Zeit, in der Roswitha völlig natürlich englisch lernt. Zuerst wollen aber wieder einmal alle etwas in Deutsch und Russisch hören. Die Mädchen kichern verlegen, als sie nach „I love you" fragen. Roswitha antwortet und erinnert sich an die allererste Russischstunde daheim, als sie ebenfalls alle wissen wollten, was heißt „ich liebe dich?"

Ja lubju – ich liebe dich – I love you.

Die Jungen stellen ganz andere Fragen: „What's a car called?"

Roswitha versteht nicht gleich. Gerald macht mit den Händen die typische Lenkbewegung und fragt „what ist the German word for car?" Roswitha begreift: „O yes, car! It means Auto!" Die Stunde wird eine Sprachlektion für die kleinen Engländer und vergeht wie im Fluge. Schon erscheint Miss Woodhead wieder und der Unterricht wird fortgesetzt. Die Kinder wären am liebsten beim Unterricht mit ihrer kleinen Deutschlehrerin geblieben. Sie begeben sich nur unwillig an ihre Pulte.

In den folgenden Tagen werden alle im Raum sichtbaren Gegenstände in deutsch und englisch durchgenommen und am Ende der Woche ist Roswitha bereits fähig, das beliebte 21-Fragen-Spiel mitzuspielen, was die Kinder schon vor ihrem Erscheinen bevorzugt spielten. Dabei muss mit 21 Fragen ein Gegenstand erraten werden, den sich vorher ein Mitspieler ausgedacht hat. „Spielend" lernt sie damit Englisch. Bald wird man die kleine Deutsche auch bei der lautstarken Unterhaltung im Bus kaum von den englischen Kindern unterscheiden können.

Doch äußerlich unterscheidet sie sich von ihren Mitschülerinnen. Auch in der kleinen Privatschule gibt es eine spezielle Schulkleidung, obwohl nicht alle Schüler und Schülerinnen täglich alle Kleidungsstücke tragen: einen indigoblauen Schulblazer für Jungen und Mädchen, lange Hosen für Knaben und dunkelblaue Trägerröcke für die Mädchen. Dazu graue Schirmmützen mit dem goldgestickten Schulwappen für die Jungen, graue Hüte für die Mädchen. Topfhüte! Roswitha ist entsetzt, als Miss Maunders entscheidet:

„Wir wollen dir wenigstens den Schulhut kaufen, damit du von den anderen nicht zu sehr abstichst. Die ganze Uniform wäre eine zu aufwendige Anschaffung für die paar Monate."

„Diesen Hut? Den trag' ich nicht!" Für Roswitha sehen die Hüte an den anderen komisch genug aus. Aber Miss Maunders erklärt ungerührt: „Ich habe es mit Miss Woodhead so besprochen. Es soll ein Andenken an die Schule sein, wenn du wieder daheim bist."

Das ist ja noch schlimmer! Soll sie sich vielleicht zu Hause von den anderen auslachen lassen? Niemand trägt daheim so einen Hut, Kinder schon gleich gar nicht. Und die Frauen im Nachkriegsdeutschland tragen Kopftücher. Nein, Miss Maunders hat wirklich keine Ahnung!

Trotzdem muss Roswitha in das Spezialgeschäft mitgehen. Es ist, als stülpe man ihr eine Zwangshaube über. Die freundlich zwitschernde Verkäuferin verstummt erschrocken, als wütende Blicke aus dem mürrischen Mädchengesicht sie im Spiegel treffen, während sie ihr den Hut aufsetzt.

O nein, sie sieht ja schlimmer als erwartet aus! Tief sitzt die Hutkrempe über den zornig verzogenen Brauen und die Affenschaukeln baumeln traurig rechts und links herab. Aber Miss Maunders erklärt der Verkäuferin nur: „That's nice and it fits her well. We'll take it."

Es dauert noch eine Weile, bis das Schulwappen vorne am Hutband befestigt ist. Als die Verkäuferin von hinten zurückkommt und Roswitha den Hut gleich aufsetzen will, gelingt es ihr, das Schlimmste abzuwenden und zu sagen: „Give me a bag, please!"

Freundlich lächelnd erfüllt man ihr den Wunsch; eine Galgenfrist ist ihr geblieben, denkt Roswitha mit dem Hut in der Tüte, als sie den Laden verlassen.

Auf dem Heimweg schweigt Miss Maunders, und Roswitha möchte so gerne wieder um gut Wetter bitten.

„Dieser Hut ..." beginnt sie zögernd, „der passt einfach nicht zu meinen Zöpfen, Miss Maunders. Die anderen in der Schule haben alle keine Zöpfe."

Die Lehrerin überlegt lange, ehe sie antwortet: „Wenn du willst, können wir deine Zöpfe abschneiden lassen."

„Nein, das geht nicht", erklärt Roswitha ernsthaft, „wenn mein Vater heimkommt, will er mich mit Zöpfen sehen."

„Ich denke nicht, dass es für deinen Vater wesentlich ist, ob du Zöpfe oder kurzes Haar trägst."

„Doch. Wir haben sie nicht mal abgeschnitten, als ich damals in der sechsten Klasse Läuse hatte."

„Läuse?" Miss Maunders ist schockiert. Wen hat sie sich da bloß ins Haus genommen? Aber Roswitha erklärt unbefangen, dass damals die halbe Klasse Läuse hatte, und dass die meisten der Mädchen dabei nicht ungeschoren geblieben sind. Immer dasselbe: ein paar Wochen kamen sie mit einer eng anliegenden Mütze in die Schule, dann mit einem „Mecki", und nach einem Jahr wieder mit einem kurzen Haarschnitt, falls es sie nicht ein zweites Mal erwischt hatte. Als es ihr damals passierte, da war Roswithas Haar hüftlang, die braunen Flechten, stark wie Taue, glänzten und sie war sehr stolz auf ihre Zöpfe. An den Katastrophenabend erinnerte sie sich, als ob es gestern gewesen wäre.

Mutter und Tochter hatten etwas länger zusammen unter der Lampe am Küchentisch gesessen, die Mutter Strümpfe stopfend, ihre Tochter lesend in den „Märchen aus aller Welt", die sie zum wiederholten Male mit der immer gleichen Begeisterung verschlang. Ein paar Mal schon hatte die Mutter prüfend auf die Tochter geschaut, die – in ihre Lektüre versunken – immer wieder beiläufig mit der Hand zum Kopf fuhr und intensiv kratzte.

„Na", sagte sie schließlich, „hast du etwa die Krätze?" Die hatten sie auch schon gehabt, und es war mühsam genug gewesen, sie mittels stinkender Schwefelbäder wieder loszuwerden. Geblieben war eine unangenehme Erinnerung daran. Roswitha ließ sich in ihrer Lektüre ungern stören und murmelte nur: „... es krabbelt so ... als ob Fliegenbeine auf mir herummarschieren." Vielleicht war es das Wort „herummarschieren", was die Mutter alarmierte. Sie ließ die Hand mit dem Stopfpilz sinken.

„Zeig mal, Roswitha, komm mal her!"

Nur widerstrebend folgte Roswitha der Aufforderung, und ihre Mutter begann mit misstrauischem Blick und spitzen Fingern die Untersuchung der Kopfhaut.

„Ach lass doch, Mutti!" klagte das Mädchen und „warte!" befahl die Mutter. „Da! Da ist was! – Ja, ich seh' es ganz genau!"

Roswitha wollte sich entziehen, aber die Mutter, vom Jagdfieber gepackt und vom Verdacht getrieben, hielt sie fest, suchte und fand, was sie gefürchtet hatte: „Da! Da krabbeln sie! Und hier, Nissen! Lauter weiße Eier an den Haaren!"

Roswitha fing zu heulen an. Sie wusste, was das bedeutete.

„Ich will mir die Haare nicht abschneiden lassen", schluchzte sie und die Mutter saß aufgewühlt und stumm, einen bitteren, entschlossenen Zug um den Mund, wie immer im ersten Moment, wenn sie wieder einmal auf eine Katastrophe reagieren sollte. Doch der Augenblick der Lähmung dauerte nie lange bei ihr.

„Gut", sagte sie mit schmalen Lippen, „dann bleibt nur eins, die Kur."

Und Roswitha sah durch ihren Tränenschleier, wie sich die

Mutter energisch erhob.

„... welche Kur?" fragte das Kind zaghaft.

„Na, das Läusemittel! Ich hole das Läusemittel aus der Apotheke."

„Jetzt ...?"

„Ja, was sonst. Sollen sie sich erst vermehren?"

Wenn die Mutter so entschlossen und energisch wirkte, dann gab es keinen Einwand, der sie von ihrem Vorhaben abgebracht hätte. Roswitha wusste das und fügte sich ins Unvermeidliche.

Wie schal das geliebte Märchen von den „Galoschen des Glücks" auf einmal schmeckte, als Roswitha weiter las, nachdem die Türe hinter der Mutter ins Schloss gefallen war!

Der Marktplatz lag wie ausgestorben. Roswithas Mutter hörte ihre eigenen Schritte bedrohlich hinter sich herkommen. Die Löwen-Apotheke lag wie alle Geschäfte ringsum im Dunkeln, nur eine schwache Straßenlampe in der Nähe des Rathauses beleuchtete dürftig einen Teil des Platzes. Drei Steinstufen hoch und sie stand vor der verschlossenen Glastüre. Aber links davon war der Klingelknopf der Nachtglocke durch eine schwache Beleuchtung sichtbar, und die Frau zögerte keine Sekunde, ihn zu drücken. Als sich im Haus nichts rührte, klingelte sie erneut und endlich war etwas zu hören. Im Stockwerk über der Apotheke ging das Licht an und ein Fenster wurde geöffnet.

Die Frau trat zurück.

„Was gibt's?" hörte sie den Apotheker von oben reichlich mürrisch rufen.

„Könnten Sie bitte mal in den Laden kommen?"

Dass sie es wagte, seine Apotheke einen „Laden" zu nennen, stimmte ihn nicht milder. Verdrießlich rief er hinunter:

„Sagen Sie schon, um was es geht! Ist es ein Notfall?"

„Ja, ein Notfall!" rief sie hinauf, und so leise sie konnte, „ich brauche ein Mittel! Meine Tochter hat Läuse!"

Die Empörung ließ den Apotheker eine Pause machen, ehe er – nun noch lauter – angeekelt hinunterschleuderte: „... und deswegen wagen Sie es, mich mitten in der Nacht herauszuklingeln? Scheren Sie sich zum Teufel mit ihren Läusen!"

Bruch, flog das Fenster oben zu.

Roswithas Mutter wäre nicht die gewesen, die sie war, wenn sie jetzt aufgegeben hätte. Sie ging die Stufen wieder hinauf und klingelte erneut. Keine Reaktion. Sie musste noch einmal klingeln.

Als der Apotheker diesmal das Fenster öffnete, da rief sie – um seinem Zorn zuvorzukommen – hastig hinauf, so flehend wie es ihr nur möglich war: „Herr Apotheker, bitte! Ich hätte Sie doch nicht belästigt, wenn es nicht so dringend wäre!"

„Kommen Sie morgen wieder", wollte er sie abspeisen, aber sie: „Bitte, Herr Apotheker, Sie wissen ja gar nicht, wie sich Läuse in einer Nacht vermehren!" In ihrer Erregung ungewollt lauter geworden, bemerkte sie jetzt, dass sich ringsum schon Fenster öffneten. Das wiederum – sicher nicht die Belehrung der Frau – bewegte wohl den Apotheker, schimpfend sein Fenster zu schließen. Aber im Hause ging Licht an, und kurz darauf auch unten in den Verkaufsräumen.

Sie hatte gewonnen.

In einer einzigen schlaflosen Nacht wurden Roswithas Läuse in einer bis auf die Kopfhaut brennenden Tortur vernichtet. Im Morgengrauen wusch ihr die Mutter die letzten nach Karbol stinkenden Überreste des Vernichtungsmittels mit Shampoo aus dem Haar. Roswithas Zöpfe waren gerettet. Im letzten Spülwasser kreiselten auf der Wasseroberfläche der Schüssel zwei leblose dunkle Pünktchen.

Schulalltag

Roswitha hat sich damit abgefunden, dass sie den Schulhut tragen muss, wenn sie mit dem Bus in die Schule fährt. Keiner lacht sie aus. Alle Mädchen, mit denen sie auf der Fahrt scherzt und lacht, tragen den Hut als Kopfbedeckung. Er weist auch Roswitha als Schülerin dieser ganz speziellen Privatschule aus. Der immer gleiche Busfahrer kennt die kleine Gruppe. Er nickt den Mädchen zu, wenn sie aussteigen.

Wenn sie die Schule betreten, empfängt Roswitha nun schon ein vertrauter Geruch. Ein wenig abgestanden riecht die Luft nach den Ausdünstungen des alten Holzbaues, nach Papierstaub und ranzigem Hammelfett. Hinter dem Lehrerpodest befinden sich Garderobe, Toiletten und Waschräume getrennt für Mädchen und Jungen. Zusammen mit den anderen geht Roswitha rechts in die Mädchengarderobe, hängt den Hut am für sie bestimmten Kleiderhaken auf und zieht Mantel oder Jacke aus. Dann nimmt sie ihr Pult täglich neu in Besitz.

Wenn die Lehrerin hereinkommt, ächzend unter der Last ihrer Körperfülle, verstummen die Gespräche. Mühsam erklimmt sie die beiden Stufen zum Podest, umständlich nimmt sie ihren Kathederplatz ein und begrüßt die Kinder. Sie stehen auf und rufen laut: „Good morning, Miss Woodhead!"

Roswitha hat viel Zeit zuzusehen, während Miss Woodhead die Aufgaben für die verschiedenen Jahrgangsgruppen verteilt. Zuletzt, wenn alle beschäftigt sind, ruft sie Roswitha zu sich herauf. Die Lehrerin hat die englischen Münzen vor sich ausgebreitet und erklärt der kleinen Ausländerin jedes einzelne Geldstück. Zwölf Pennies sind ein Schilling, einundzwanzig Schillinge eine Guinea. Sixpence, Farthing, Guinea, Roswitha schwirrt bald der Kopf. Immer wieder gibt ihr die Lehrerin eine Münze, sie muss sie benennen und den Wert im System angeben.

Endlich klappt es leidlich. Nun muss Roswitha ihr Rechenheft holen, und Miss Woodhead schreibt einfache Rechenaufgaben hinein, Addition, Subtraktion. Kein Problem im Dezimal-, aber eine Aufgabe mit diesem alten englischen Zahlungssystem.

Täglich brütet Roswitha nun über diesen Rechenaufgaben. Wenn sie alle gelöst hat, darf sie vorkommen zur Korrektur. Mit ihrem roten Stift setzt die schwungvolle Hand der Lehrerin entweder ein großes „R" für Right über die ganze Aufgabe, oder ein etwas kleineres „W" für Wrong. Bei „W" muss Roswitha noch einmal ran. Erst dann ist Miss Woodhead zufrieden. Und Roswitha ist stolz, als mit der Zeit immer mehr „R"s auftauchen und viel weniger „W"s.

Wenn Gedichte auswendig gelernt werden, kann Roswitha mitmachen. Von der Tafel schreibt sie sich den Text in ihr Heft. Später, wenn sie den Sinn und die Vokabeln kennt, überträgt sie die Verse in Zierschrift in ein Malbuch und ergänzt durch eigene Malereien, wie das Gedicht von W. H. Davies, mit dem in unsere Zeit vorausschauenden Text:

Leisure

What is this life, if full of care,
We have no time to stand and stare?

No time to stand beneath the boughs
And stare as long as sheep or cows.

No time to see when woods we pass
Where squirrels hide their nuts in grass.

No time to see in broad daylight
Streams full of stars, like skies at night.

No time to turn at Beauty's glance
And watch her feet, how they can dance.

No time to wait till her mouth can
Enrich that smile her eyes began.

A poor life this if, full of care
We have no time to stand and stare.

Ein kleines Paradies hat sie dazu gemalt, mit grünen Weiden, fetten Kühen, dösenden Schafen und im nahen Wald mit hoppelnden Hasen und knabbernden Eichhörnchen.

Die Lehrerin lässt ihr Zeit. Liebevoll malt Roswitha ihre kleinen Phantasiewelten aus. Sie wird gelobt, ihre Heilewelt-Gemälde werden herumgezeigt, die Osterhasen und Lämmchen zwischen bunten Blumen werden bewundert; Roswitha ist glücklich.

Währenddessen geht der Schulbetrieb um sie herum weiter, und Roswitha hat Gelegenheit zu vergleichen. Daheim hatte sie jede Stunde wechselnde Lehrkräfte, den hübschen jungen Geschichtslehrer zum Beispiel oder die ältliche, von den Mädchen verspottete Russischlehrerin mit den Löchern in den Strümpfen. Als die Klasse damals beschloss, die Tafel hinter den aufgehängten Mänteln an der Seite zu verstecken, stand die Lehrerin hilflos vor den kichernden Mädchen und wusste sich nicht zu helfen. Roswitha hatte Mitleid mit ihr, konnte es nicht ertragen, die Lehrerin vor der Klasse so erniedrigt zu sehen. Sie verriet das Versteck. Die Mädchen zahlten es der Spielverderberin auf dem Schulweg heim.

Da war auch der Biologielehrer, ein Junglehrer, der auf wippenden Fußsohlen der Klasse seine Begeisterung für Pantoffeltierchen und Chromosomen vermitteln wollte, und dessen

Goethezitat in ihrem Poesiealbum Roswitha erröten ließ,
„Nur der verdient die Freiheit und das Leben,
der täglich sie erobern muss."
weil es doch nicht so ein übliches Verschen war, mit Rosenduft
und Veilchen, wie von den Freundinnen. Auch wenn sie es nicht
ganz verstand, Freiheit und Leben, das hatte mit Erwachsensein zu
tun. Er nahm sie ernst, fast wie eine Erwachsene. Dennoch war da
Distanz. Unvorstellbar, mit den Lehrern an einem gemeinsamen
Mittagstisch zu sitzen wie hier.

Diese kleine englische Privatschule hat etwas Familiäres. Wie
in der Familie kümmert man sich umeinander, den Kindern wird
Anstand beigebracht. Fasziniert verfolgt Roswitha den Vorgang,
mit dem die Lehrerin der zehnjährigen Susan beibringen will, dass
sie keine Bonbons während des Unterrichts essen soll.

Susan wird vorgerufen. Zögernd tut sie, was man von ihr
verlangt. Unschuldig schaut sie zu Miss Woodhead auf, die hinter
ihrem erhöhten Pult thront.

„Susan", beginnt diese, „willst du mir sagen, was du da eben
in den Mund gesteckt hast?"

Die Lehrerin ist ja fast so dumm wie ihre Russischlehrerin,
denkt Roswitha, die genau gesehen hat, dass Susan sich beim
Erheben von ihren Platz leicht abgewandt und blitzschnell etwas
aus dem Mund in ihre Hand genommen hat. Auch jetzt sieht
Roswitha, dass Susan in ihrer hinter dem Rücken verborgenen
Hand etwas hält. Aber Susan antwortet tapfer:

„Nichts, Miss Woodhead."

„Du weißt, dass du keine Bonbons essen sollst während des
Unterrichtes?"

„Ja, Miss Woodhead."

„Was hältst du da in der Hand hinter deinem Rücken?"

„Nichts, Miss Woodhead." Aber ihre Hand bewegt sich
nervös und lässt etwas fallen. Unglücklicherweise fällt es seit-

wärts und die Lehrerin hat es bemerkt.

„Was hast du da fallen lassen, Susan?"

„Nichts, Miss Woodhead."

Die gleich bleibend freundliche Stimme der Lehrerin klingt nun schon etwas rauer, gepresster:

„Erzähle mir nichts, Susan. Bück dich und zeig es mir."

Susan dreht sich langsam um und hebt das zusammengeknüllte Papier auf.

„Was ist das, Susan?"

„Bonbonpapier", kommt es zögernd, leise.

„Und wo ist das Bonbon?"

„Ich weiß nicht, Miss Woodhead."

„Erzähl mir keine Märchen, Susan. Was hast du noch in der Hand?"

„Ein Bonbon, Miss Woodhead."

Susan hat es leise gesagt und dabei auf den Boden unter sich geschaut, während sich die Lehrerin befriedigt zurücklehnt und nach einer Pause verkündet: „Ich möchte, dass du das Bonbon wieder in das Bonbonpapier einwickelst. Dann legst du es auf dem Podest ab und gehst dir die klebrigen Hände waschen. Hast du das verstanden?"

„Ja, Miss Woodhead."

„Und ich möchte dich nicht noch einmal dafür tadeln. Das hast du doch auch verstanden?"

„Ja, Miss Woodhead."

„Gut. Dann darfst du jetzt gehen."

Susan verschwindet nach hinten, und Roswitha sitzt wie gebannt. Wie können die nur so lange über ein einziges Bonbon diskutieren?

Als die kleine Susan später an ihrem Pult vorbeigeht, knufft Roswitha sie leicht in die Seite und grinst hinter vorgehaltener Hand. Roswitha möchte ihr einfach beistehen im Kampf gegen eine so kleinliche Lehrerin. Aber Susan sieht sie nur erschrocken an und wirkt eher betreten. Als sich Roswitha nach ihr umschaut, sieht sie Susan an ihrem Pult sitzen und weinen. Aber weder die anderen noch Miss Woodhead scheinen es zu bemerken oder gar zu beachten.

Strafen gibt es in dieser Schule nicht, keine Strafaufgaben, kein Schimpfen, kein Nachsitzen. Nur diese endlos langen Verhöre, die Roswitha verrückt und komisch findet, weil ihr die Anlässe nichtig erscheinen.

Da ist zum Beispiel Peter, der beim Aussteigen aus dem Bus die wenigen Schritte zur Schule gerannt und dabei gestolpert und der Länge nach in eine Pfütze gefallen ist. Er wird eindringlich und lange belehrt, dass er auf dem Schulweg nicht laufen, sondern gesittet gehen soll. Überhaupt der arme Peter! Immer wieder muss er vor dem Katheder stehen. Einmal hat er die Schulmütze statt auf dem Kopfe in der Hand getragen, ein anderes Mal hat er seine Handschuhe vergessen. Handschuhe, jetzt im Frühling! Verrücktes, komisches, einmaliges England!

Helens Tod

Der Abend, an dem Maureen Maunders beim Heimkommen aus der Klinik auf Roswitha zustürzt und sich aufschluchzend an ihr festklammert, verwirrt das Kind.

„Meine Freundin ist gestorben. Helen ist tot!" Und sie drückt Roswitha an sich, wie sie das noch nie getan hat.

Tot. Tot. Roswitha erinnert sich schon kaum mehr an die Kranke, die sie einmal in der Klinik gesehen hat und dann nicht mehr. Nun ist sie tot. Gestorben. Wirklich tot. Da ist sie wieder, die Angst, die Roswitha schon fast vergessen hatte.

Es ist die Angst vor dem Tode des Vaters, wenn die Mutter mit ihr die Bibel befragte, Roswitha immer ein wenig widerwillig, denn „eigentlich darf man es nicht tun", sagte die Mutter, wenn sie die schwere Familienbibel hervorholte.

„Warum nicht?" fragte Roswitha. Es gab so vieles, das man eigentlich nicht tun durfte, aber es musste doch sein. Nicht immer hatte die Mutter auf Roswithas Fragen eine Antwort gehabt, und das Mädchen hatte früh begriffen, dass es auf manche Fragen eben keine Antwort gab. Das Wort „gefährlich" lag in der Luft. Und wenn ihre Mutter zischte, „dafür kann die Mutti ins Gefängnis kommen!", dann war es besser, nicht weiter nachzufragen. Diesmal gab sie Auskunft: „Weil es Gotteslästerung ist."

„Was ist Gotteslästerung?"

„Herrgott, eben das Bibeldrehen!" Wenn die Mutter so barsch antwortete, verstummte das Kind.

Die schwere Bibel wurde aufgeschlagen und der große eiserne Kellerschlüssel so hineingelegt, dass der Griff gerade noch herausragte. Nun wurde das Buch wieder zugeklappt und fest mit einem Strick umwickelt. Dann setzten sich Mutter und Tochter gegenüber auf Küchenstühle, die schwere Bibel frei schwebend zwischen ihnen, nur gehalten von der Innenseite der ausgestreckten Zeigefinger, auf denen jeweils eine Seite des Schlüsselgriffes ruhte. Unbeweglich und ganz ruhig musste dieser gehalten werden. Das war anstrengend und fast zu schwer für Roswithas kleinen Finger; aber „ich habe ja nur dich", sagte die Mutter und so musste sie ran.

„Liebe Bibel, ich frage dich:
lebt mein Mann oder lebt er nicht?"

Beschwörend klang das, feierlich. Kaum wagte das Kind zu atmen.

„Wenn er noch lebt, dann dreh dich rechts herum."

Bange, gespannte Sekunden, bis sich die Bibel langsam, ganz

118

langsam zwischen ihnen zu drehen begann – nach rechts. Roswithas angestrengtes Schieben hatte geholfen. Die beglückte Mutter fiel ihr um den Hals, herzte und küsste sie überschwänglich. Und Roswitha blieb mit ihrer Angst allein, dass der Vater tot sein könnte. Schlimmer noch als tot! Tot durch ihre Schuld, weil sie gemogelt hatte.

Vielleicht hätte sie Miss Maunders rechtzeitig zum Bibeldrehen raten sollen, überlegt Roswitha. Dann wäre sie jetzt freilich schuldig, aber vielleicht hätte es ja auch geholfen? Die Mutter war jedenfalls nach dem Bibeldrehen immer felsenfest davon überzeugt, ihr Mann müsse noch leben.

Und auch Roswitha glaubt an die magischen Kräfte. Etwas in ihr will es nicht hinnehmen, dass die Freundin von Miss Maunders tot sein soll und man nichts dagegen tun kann. Sie fühlt sich ganz hilflos in dieser ungewohnten Umarmung und weiß nicht, wie sie trösten soll. Denn dass sie trösten soll und muss, erscheint ihr ganz gewiss. Schließlich sagt sie nach einer Pause, in der nur das heisere Schluchzen der Lehrerin zu hören ist: „Bitte nicht traurig sein, Miss Maunders, ich bin ja bei Ihnen."

„Ja", sagt diese seufzend, „du bist bei mir." Damit löst sie sich von Roswitha. Sie hat nie wieder in Gegenwart des Mädchens geweint.

Maureens Eltern

Kurz nach Helens Tod kamen Maureens Eltern für zwei Wochen zu Besuch, um ihr „beizustehen", wie die Mutter in ihrem Brief auf die Todesnachricht hin geschrieben hatte. Maureen war von dieser Aussicht zwar nicht begeistert, sie konnte aber auch nicht ablehnen. Zu sehr schien ihre Widerstandskraft gebrochen nach dem Tode der geliebten Freundin, zu mühsam erschien ihr der Kampf gegen den einmal gefassten Entschluss der Mutter, und vielleicht, wer weiß, tat ihr ein wenig Ablenkung von ihrem Schmerz sogar gut. Obwohl, wenn sie ehrlich war, fürchtete sie eher, zu ihrem Schmerz noch den Ärger mit ihrer Mutter dazu zu bekommen.

Sie hat sich nie gut mit ihr verstanden. Zu verschieden waren Mutter und Tochter. Maureen mit ihrer freien, ungebundenen Art, als Frau ihr Leben unkonventionell zu führen, die Mutter, kleinbürgerlich und unselbständig, nur auf den Ehemann bezogen, ein Frauenleben, wie sie es sich auch für die Tochter gewünscht hätte. Bei dieser Tochter aber war es ihr versagt geblieben. Ob sie nun, da die alles beherrschende Freundin auf die Tochter keinen Einfluss mehr ausüben konnte, neue Hoffnung schöpfen konnte für eine späte Änderung?

Jedenfalls saßen eines Spätnachmittags, als Roswitha von der Schule zurückkam, die beiden älteren Leute im Living-room Tee trinkend in den Sesseln. Maureen stellte Roswitha vor. Die knickste artig und gab ihnen die Hand, wobei sie ein Lächeln des weißhaarigen Mannes mit dem roten Gesicht auffing, während sie sich von der dicken, etwas streng blickenden Frau mit der graubraunen Topffrisur eher gemustert fühlte. Und mit dem untrüglichen Instinkt des Kindes spürte sie Ablehnung und erwiderte diese.

Selbstverständlich sprechen die Eltern kein Deutsch. Die Mutter hat mit ihrer Ankunft sogleich das Regiment im Haushalt übernommen, während ihr Mann scheinbar überall im Wege ist, obwohl er stundenlang nur Pfeife rauchend im Sessel sitzt. Aber gerade dann scheint er seine ständig herumwuselnde Frau am meisten zu stören. Sie fährt ihm heftig mit dem Staubsauger zwischen die Füße, scheucht ihn auf, befiehlt ihm, sich hierhin oder doch besser dahin zu setzen und scheint mit dem Ergebnis dennoch unzufrieden zu sein. Roswitha spürt die Unruhe, die von der Frau ausgeht, versucht, den Kontakt zu vermeiden und sich an den alten Mann zu halten. Der hat einen Malkasten geholt und damit begonnen, kleine Aquarelle zu malen. Roswitha schaut ihm zu. Bald gibt er ihr Papier und Pinsel, und sie malt mit. Mit argwöhnischen Blicken verfolgt seine Frau die Zweisamkeit am Tisch, die Roswitha genießt. Ganz frühe Bilder höchsten Wohlbehagens tauchen in ihr auf, der Vater malend an der Staffelei, Roswitha auf dem Teppich liegend und mit Buntstiften zaubernd, vom Vater ab und zu wohlwollend beachtet. „Witha auch malen!" hört sie sich sagen und sieht das liebe jungenhafte Lächeln des Vaters. Das ist lange her. Später, bei den wenigen Fronturlauben hat der Vater nicht mehr gemalt. Er hat auch nicht mehr jungenhaft gelächelt und gesagt: „Witha-Maus, komm zu Papa!", worauf sie ihm in die weit geöffneten Arme geflogen ist. Anders hat er ausgesehen, wenn sie ihn mit dem Leiterwagen vom Bahnhof abgeholt haben, und anders, strenger hat er gerochen, wenn er sich zum Willkommenskuss herunterbeugte und ihr übers Haar strich: „Ein großes Mädel ist meine Witha geworden." Und dann ist sie neben der Militärkiste im Leiterwagen gehockt und die Eltern haben gezogen und geredet und geredet …

Mit dem alten Mister Maunders hat sie sich zuerst nicht zu sprechen getraut. Aber er hat sie während des Malens ein paar Mal so aufmunternd angesehen, dass sie bald jede Scheu verloren hat, und nach zwei Tagen plappert sie schon munter in Englisch drauflos. Über dem „Simple-Simon-Gedicht" sind sie sich dann ganz nahe gekommen. Roswitha hat es ihm ein paar Mal aufgesagt und er fand es so anregend, dass er ihr eine wunderschöne Illustration ins Poesiealbum gemalt hat. Roswitha ist sehr stolz. Was werden die anderen daheim dazu sagen?

Da steht er, der dicke Pastetenmann mit der Pfeife im Mund

und einem mächtig vorgewölbten Bauch. Auf dem Kopf balanciert er einen großen Korb mit Pasteten. Ein Vogel hat sich schon darauf niedergelassen und pickt frech an den Pasteten herum. Der Pastetenmann kann das nicht sehen, sonst würde er nicht so gelassen dastehen und dem kleinen abgerissenen Simple Simon Rede und Antwort stehen. Der schaut unter seinem frechen grünen Hütel zutraulich zum Pastetenmann auf. Aber seine ganze Haltung drückt keinerlei Unterwürfigkeit aus, wie er so mit aufgereckter Nase, die Hände in den Taschen des armseligen Mantels vergraben, in geflickten Hochwasserhosen und mit Stroh ausgestopften Schuhen vor dem herablassend auf ihn nieder schauenden Händler steht. Die Szene findet vor einen Fish & Chips-Laden statt. Ein roter Kater mit aufgerecktem Schwanz – Mr. Maunders muss bemerkt haben, wie sehr Roswitha an Rufus hängt – schleicht sich hinter Simple Simon vorsichtig an die Ladentüre des Fischladens heran, ganz lebensecht, denn, von hinten dargestellt, hat der Maler selbst das Löchlein nicht vergessen.

In diesen Tagen des Besuches zeigt sich der Frühling von seiner nasskalten Seite. Der Kamin muss täglich beheizt werden, sehr zur Freude Roswithas, die wie die Katzen davor sitzt und sich nicht satt sehen kann am lebendigen Feuer. Aber es bleibt nicht beim Zusehen. Das Kaminbesteck reizt sie, immer wieder in der Glut zu stochern und zu beobachten, wie hier die Funken stieben und dort eine Stichflamme auflodert, hier ein Glimmen zur Flamme wird. Miss Maunders hat sie wiederholt ermahnt, damit aufzuhören. Vorübergehend hat Roswitha es gelassen, aber sie kann das Spiel nicht ganz aufgeben. Sie liebt das lodernde Feuer, und die versteckte Glut unter der weißlichen Asche, die sie mit dem Feuerhaken neu erwecken kann. Zum Glück sind die Erwachsenen viel mit sich selbst beschäftigt. Immer wieder gibt es verhalten erregte Debatten zwischen Mutter und Tochter, zumeist in der Küche, wo Maureens Mutter mit Töpfen und Pfannen hantiert. Für die Zeit des Besuches ist Mrs. Simpson abbestellt worden. Die Mutter herrscht uneingeschränkt. Roswitha meidet den Umgang mit ihr, aber es gibt köstliche abendliche Dinners, wobei appetitanregende Braten- und Küchendüfte schon lange vorher durch das Haus ziehen. Mrs. Maunders macht eine wundervolle Applepie, und ihre geschmorten Lammkoteletts mit ganzen, walnussgroßen Zwiebeln sind ein Genuss. Roswitha weiß das gute Essen zu schätzen, denn das ewig gleich schmeckende Schulessen ist für sie schon lange nicht mehr aufregend. Schade, denkt Roswitha, wenn sie Miss Maunders während des Dinners bei Käse und Tomaten sieht, dass sie nicht weiß, wie gut das von der Mutter gekochte Essen schmeckt.

Abends, wenn Miss Maunders sie zu Bett gebracht hat und sie eigentlich schlafen soll, ist Roswitha noch lange wach und liest in einem dieser spannenden Bücher aus dem Regal. Sorgfältig hat sie ihr Hemd über die kleine Nachttischlampe gehängt, so dass nur ein kleiner Lichtschein darunter hervordringt, gerade genug, um in unmittelbarer Nähe im Bett zu lesen. Vom Garten aus ist kein Lichtschein zu sehen. So liest das Mädchen stundenlang. Erst wenn sie Miss Maunders die Treppe heraufkommen hört, löscht Roswitha hastig das Licht, um sich nicht zu verraten, denn die Türen werden hier nur angelehnt. Das ist Roswitha nur recht, denn sie hofft, dass durch den Spalt einer der Kater den Weg zu ihr findet. Ein paar Mal ist sie schon mitten in der Nacht von dem Gewicht auf ihren Beinen erwacht. Es war jedes Mal Rufus, der sich als dicke, breitgedrückte Pelzkugel niedergelassen hatte. Sie war glücklich, das wonnige Tier bei sich zu haben. Entsprechend vorsichtig verhielt sie sich, wagte kaum zu atmen und vermied jede Bewegung. Sie wusste, dass er aufsprang und verschwand, sobald sie sich anschickte, ihn zu streicheln. Doch lange konnte sie nicht so unbeweglich liegen. Schon begann es da und dort in den Beinen zu zwicken und zu jucken. „Bitte, lieber Gott, lass das aufhören!" flehte sie. Im nächsten Augenblick schämte sie sich dafür, denn Gott hatte gewiss Wichtigeres zu tun als ihre Beine zur Ruhe zu bringen. Sie musste sich schon selbst beherrschen, versuchte es auch heldenhaft und scheiterte jedes Mal kläglich. Vorsichtiges, ganz behutsames Schieben und Ziehen … aber der sensible Kater entzog sich schnell. Und Roswitha musste auf eine neue Gelegenheit warten. Dafür konnte sie sich nun räkeln und strecken, ohne auf den Kater Rücksicht nehmen zu müssen.

An diesem kühlen Maiabend, als Miss Maunders Eltern da waren und Roswitha mit einer kleinen Verstimmung zu Bett geschickt worden war – dieses Mal hatte sie sogar der Vater zurechtgewiesen, weil sie im Kaminfeuer herumgestochert hatte – spürte sie kein Verlangen zu lesen. Sie fühlte eine unbestimmte Traurigkeit in sich aufsteigen. Vor dem Fenster stand noch graue Dämmerung und Roswitha hörte den schwermütigen Gesang einer Amsel. Wie daheim, dachte sie, genauso sang die Amsel auf dem First des Nachbarhauses.

Zum ersten Mal seit ihrem Aufenthalt in England fühlte sie Heimweh. Und noch während sie erkannte, dass sie sich nach Hause sehnte, überschwemmte es sie wie eine große Woge, der sie nicht ausweichen konnte und die sie unter sich begrub. Nichts konnte sie trösten, nicht einmal das an die Wange gedrückte Porzellannilpferd. Dicke Tränen tropften auf das kühle Porzellan und auf das Bettzeug.

Warum nur war der alte Mann so gemein, wo er doch am Nachmittag noch „Froschrennen" mit ihr gespielt hatte? Gemeinsam hatten sie die beiden handtellergroßen Frösche aus Pappe ausgeschnitten und mit Begeisterung bemalt. Mr. Maunders fädelte die beiden Frösche auf eine lange Schnur und befestigte diese am Tischbein. Auf dem Teppich liegend, das andere Ende der Schnur in der Hand, brachten sie durch sanftes Ziehen die

Frösche zum Laufen. Der Besitzer des Frosches, der als erster am Tischbein ankam, hatte gewonnen. Und anders als beim Schachspiel mit Miss Maunders zeigte sich Roswitha recht geschickt und gewann öfter als ihr Spielpartner, was Beiden großen Spaß zu machen schien. Es war ein so schöner Nachmittag gewesen, bis er sie dann am Abend zurechtwies und ihr Glück damit verdunkelte. Denn sie mochte den alten Herrn und hatte kein strenges Wort von ihm erwartet. Der gleiche Tadel von seiner Frau hätte sie nicht erschüttern können. Ihre Missbilligung traf Roswitha mit Blicken, die sie übersah. Das machte ihr nichts aus, solange nur er ihr gewogen blieb. Und nun das! Er stieß sie von sich. Nichts konnte mehr so sein wie zuvor.

Von unten hört sie plötzlich Stimmen, lauter als gewohnt, anhaltend.

Roswithas Tränen versiegen, während sie angestrengt lauscht. Aber sie kann nichts verstehen. Neugierig steht sie auf, schleicht im Nachthemd und auf bloßen Sohlen zur Treppe, bleibt auf dem Treppenabsatz stehen und spitzt die Ohren. Ihr Name wird genannt.

Die Tür zum Wohnzimmer muss einen Spalt geöffnet sein; ein Streifen Licht fällt unten quer über den Fußboden. Was reden die im Wohnzimmer über sie? Mit angehaltenem Atem steht Roswitha und lauscht. Dann lässt sie sich vorsichtig auf der Treppe nieder.

Mutter und Tochter sitzen sich vor dem Kamin, kampfbereit, gegenüber, die Teetassen in den Händen. Er sitzt etwas abseits hinter der Zeitung im Sessel. Der scharfe Dialog der Frauen zerschneidet die dicke Luft, die der alte Herr mit seiner Pfeife sichtbar zu machen versucht. Jetzt legt er die Zeitung beiseite und saugt angestrengt an seiner erloschenen Pfeife. Geduldig bearbeitet er den Pfeifeninhalt mit dem Stopfer, pult dann doch die

Reste aus dem Pfeifenkopf in den Aschenbecher auf seinem Beistelltischchen, verfolgt von den misstrauischen Blicken seiner Frau. Er versucht zu schlichten: „Jetzt streitet euch doch nicht wegen Roswitha. Ich hab's ihr gesagt. Sie wird es nicht wieder tun."

„So, meinst du?" Die Antwort seiner Frau klingt höhnisch. Zugleich bemerkt sie, dass die verbrannten Tabakreste nicht nur in den Aschenbecher, sondern auch daneben fallen. Ihr Blick wird noch strenger, als sie sieht, dass er sie mit einer raschen Handbewegung vom Tischchen fegt.

„Muss das sein?" nörgelt sie. „Deine schwarzen Krümel treten sich auf dem Teppich fest. Aber dir ist es ja egal, ob wir Frauen die Arbeit mit dem Saubermachen haben. Nicht wahr, Maureen?"

Die Tochter zündet sich, scheinbar unberührt, eine Zigarette an. Steil bläst sie den Rauch des ersten tiefen Zuges genussvoll in die Luft. Sie wird sich hüten, sich mit der putzwütigen Mutter gemein zu machen und antwortet ihr deshalb gleichgültig: „Ach Gott, Mutter, Mrs. Simpson ist es gewöhnt, etwas Zigarettenasche vom Teppich zu kehren."

„Ja ja, haltet nur zusammen!" Bitter presst Mrs. Maunders ihren Unmut zwischen schmalen Lippen heraus. Es geschieht nicht zum ersten Mal, dass sich Mann und Tochter gegen sie verbünden. Schon immer ist das so gewesen. Von klein auf! Der Vater ist alles, sie selbst nichts. Dabei hat sie die Mühe und die Plage mit dem eigensinnigen Kind gehabt. Sie hat sich sorgen und aufregen müssen. Er war ja nie aus der Ruhe zu bringen. Immer nur glätten und besänftigen und begütigen! Güte! Was hatte denn seine Nachgiebigkeit mit Güte zu tun? Nichts! Schwäche war es, weil er nicht „nein" sagen konnte. Das Neinsagen war immer ihr geblieben, auch jetzt.

„Ich will dir ja nicht vorwerfen, Maureen, dass du keine eigenen Kinder hast, aber du kannst dir von deiner Mutter ruhig sagen lassen, wie man mit einem ungehorsamen Kind wie Roswitha umgeht. Dir fehlt einfach die Erfahrung.

Maureen zieht an ihrer Zigarette und lächelt, denn sie weiß, dass ihr die Mutter genau das vorwirft, ihre Ehe- und Kinderlosigkeit. Und prompt bestätigt die Mutter das, indem sie hinzufügt: „Hättest du besser auf uns gehört, damals, dann würdest du jetzt nicht mit diesem Kind und allen diesen Problemen dastehen. Denn es war ja wohl doch Helens Idee, das Kind kommen zu lassen. Und was das kostet!"

„Mutter, es ist das wenigste, das ich jetzt noch für Helen tun kann! Und außerdem wurden die Kosten von ihrem Geld bestritten." Dabei drückt sie energisch die Zigarette im Aschenbecher aus und blickt demonstrativ zur Seite.

Betretenes Schweigen.

„Mary", versucht der Mann auf seine Frau einzuwirken, „versteh doch, dass sie noch trauert."

„Dafür habe ich ja Verständnis. Aber das Kind muss besser erzogen werden. Es geht nicht, dass Maureen ihr wieder und wieder sagen muss: „Lass das! Stocher nicht im Feuer herum! Und Roswitha macht es doch immer wieder."

Jetzt hat sie sich richtig in Rage geredet. Und Maureen, scheinbar gleichmütig, aber sie ist nur angewidert von der Aufregung ihrer Mutter, antwortet beherrscht, fast klingt es ein wenig amüsiert: „Aber sie ist ein Kind, Mutter."

„Jawohl, und Kinder haben zu gehorchen."

„Roswitha ist noch sehr verspielt. Offenes Feuer fasziniert sie. In Deutschland hat man keine Kamine, jedenfalls nicht da, wo sie herkommt."

„Da sprichst du es aus. Sie ist nicht aus gutem Hause."

„Was meinst du damit? Es gibt keine Klassen da, und der Krieg hat das Unterste zu oberst gekehrt. Roswithas Vater ist

Porzellanmaler, ein Künstler also. Dort im Fenster die Keksdose, die hat er selbst bemalt."

Das Wort „Künstler" ist ihr in dem Moment eingefallen, da sie es ausspricht. Aber es erscheint Maureen durchaus passend, ihre Mutter damit einzuschüchtern. Diese hebt nur ein wenig den Kopf, um die Keksdose mit einem raschen Blick zu streifen. Dann lehnt sie sich wieder zurück und sagt: „Überhaupt, gibt es in unserem eigenen Lande keine bedürftigen Kinder, dass ihr eines aus dem Land unserer Feinde holen musstet?"

Maureen lächelt nach innen, denn nach außen mag sie ihren Triumph nicht zeigen, dass die Mutter kapituliert, dass ihre Argumente immer schwächer, lächerlicher werden.

In ihren Auseinandersetzungen gelangen Maureen und die Mutter regelmäßig an diesen Punkt, an dem die Mutter eigentlich nicht mehr weiter weiß und dann mit hilflosen Einwänden argumentiert. Dementsprechend hat Maureen Geduld und einen langen Atem zu haben erlernt. Ganz früh schon hat sie das geübt, als Kleinkind im tagtäglichen Kampf am Esstisch. Maureens Erinnerungen reichen weit zurück, bis in die Zeit, da sie drei, vier Jahre alt und ein ebenso entzückendes Geschöpf wie ihre Zeitgenossin Shirley Temple war, mit den gleichen blonden Korkenzieherlocken und mit einer ebenso ehrgeizigen Mutter. Stolz achtete diese darauf, dass die rosigen Bäckchen so rosig, und die molligen, milchweißen Ärmchen ihres Lieblings so mollig blieben, wie sie sich das vorstellte. Sie verwendete viel Zeit und Energie auf eine ausgewogene Ernährung des Kindes. Die Kleine gedieh und war ihr ganzer Stolz, bis ins Trotzalter. Da begann der Kampf. Das Kind weigerte sich, Fleisch zu essen.

In Maureens Erinnerung hatten sich die blutigen Fleischstücke festgesetzt, die sie im Fleischerladen hängen sah, aber auch, dass dies alles mit den lebendigen Tieren zusammenhing: „Von da an konnte ich kein Fleisch mehr essen", erzählte sie später allen, die es wissen wollten. Ein einfacher, klarer Satz, der nichts verriet vom gnadenlos geführten Kampf zwischen Mutter und Tochter, diesem zähen Krieg über Jahre hinweg, einem Krieg, in dem es den Kampf mit allen Mitteln gab, angefangen bei List und Tücke bis hin zu Zwang und roher Gewalt. Wie alle Glaubenskriege war es ein unerbittlicher Kampf. Der Glaube an eine ausgewogene, gesunde Ernährung stärkte die Mutter. Der Glaube an das Lebensrecht der Tiere das Kind, mehr aber noch der Glaube an das Recht, ein eigenes, unverwechselbares Wesen zu sein. Hätte die Mutter dies rechtzeitig erkannt und das vielleicht in ihre Strategie einbinden können, hätte sie den Hauch einer Chance gehabt, diesen Feldzug zu gewinnen. Doch sie machte den Fehler aller Mächtigen und stützte sich allein auf ihr Machtpotential. Sie unterschätzte den Gegner, der zwar schlecht ausgerüstet war, aber mit dem Mut dessen kämpfte, der nichts zu verlieren hat. Es entstand ein Stellungskrieg. Maureens Mutter deutete Rückzug an und arbeitete im Untergrund, indem sie das Fleisch klein geschnitten unter Gemüse und Pasteten mischte. Doch ihre anfänglichen Siege endeten mit der vollständigen Niederlage. Denn nun verweigerte das Kind jegliches Essen, das ihm zweifelhaft erschien. Es ernährte sich einseitig von Brot und Käse. Die rosigen Wangen verblassten, die molligen Ärmchen wurden dünn und das Kind schmächtig. Zuletzt bekam es Schützenhilfe vom Hausarzt, der der Mutter riet, es nicht länger mit Fleisch zu quälen. Der Krieg endete mit der totalen Kapitulation der Mutter. Und die kleine Siegerin hatte erfahren, wie man einen Krieg im zähen Widerstand gewinnt. Es gibt nichts vergleichbar Erhebenderes als gegen einen Stärkeren zu gewinnen. Vielleicht ist dieser Eindruck umso nachhaltiger, je jünger man ihn erfährt.

In der Zeit danach hatte Maureen ihre Mutter noch oft an diese Grenze geführt, an der sie ihre Machtlosigkeit erfuhr. Es gab zu viele Gelegenheiten dazu. Große, wie die mit Helen, als sich die Tochter mit ihrer ganzen Lebensführung der Mutter widersetzte, kleine, wie diese mit Roswitha, die sie vorrangig verteidigte, um der Mutter zu widersprechen. Denn Maureen fühlte sich durchaus herausgefordert durch Roswithas Ungehorsam. Doch das musste die Mutter ja nicht unbedingt erfahren.

Oben, auf dem Treppenabsatz, sitzt Roswitha mit stark klopfendem Herzen. Sie hat nicht alles, aber das wesentliche, verstanden. Die „böse Alte" hat sich über sie beklagt und Miss Maunders hat sie, das fremde Kind aus Deutschland gegenüber ihrer eigenen Mutter verteidigt. Gegenüber der eigenen Mutter! Roswitha kann es nicht fassen. Da hat jemand ihre Partei ergriffen, obwohl sie es nicht verdient hat! Roswithas Knie bewegen sich heftiger, beginnen zu schlottern, ohne dass sie es beeinflussen kann. Und so schlingt sie ihre Arme fest darum und das Zittern, von den Knien ausgehend, breitet sich über den ganzen mageren Mädchenkörper aus. Oh, sie schämt sich vor dieser wunderbaren Miss Maunders! Roswitha möchte am liebsten hinuntergehen und sich an ihre Brust werfen, sie um Verzeihung bitten und versprechen, dass sie es nie, nie wieder tun wird. Jetzt, in diesem Moment wäre sie bereit dazu. Aber es geht nicht, weil die „Alten" dabeisitzen. Und ihre ganze Edelmütigkeit verpufft nutzlos. Tränen des Mitleids fließen und machen das Mädchen ganz hilflos.
Jetzt sollte die Mutter auf wunderbare Weise erscheinen und sie wegholen von diesem Treppenabsatz. „Komm Kleines, du hast geträumt" sollte sie sagen und die Zitternde zur Toilette begleiten, wie sie es von klein auf mit dem Mädchen getan hat, wenn es tief in der Nacht schreiend erwachte. Roswitha kennt das, und sie weiß, dass es gegen schlechte Träume hilft. Könnte es nicht vielleicht auch gegen schlechte Wirklichkeit helfen? Beruhigt und

geborgen würde sie wieder einschlafen.

Aber die Mutter kommt nicht, und Roswitha ist sich auch nicht sicher, ob sie sich das wünschen sollte. Denn hätte die Mutter dann nicht ebenfalls die Klagen über sie gehört? Hatte sie die Tochter nicht beschworen, der Botschafter ihres Landes zu sein? Was immer es mit dem Botschafter auf sich hatte, Roswitha hatte begriffen, dass er untadelig zu sein hatte. Und sie? Hatte sie nun ihr Land verraten?

Das Mädchen schlich in ihr Bett zurück. Sie weinte nicht mehr, und sie wünschte sich auch die Mutter nicht herbei. Sie hatte genug Vorwürfe zu hören bekommen. Auf Vorwürfe der Mutter konnte sie verzichten. Schließlich war ihre Mutter niemals sparsam damit, und natürlich hätte sie eigentlich gehorchen sollen.

Doch hatte Miss Maunders sie nicht verteidigt? „Aber sie ist ein Kind!" Roswitha hörte es noch im gleichen leidenschaftlichen Tonfall, in dem es Maureen ausgesprochen hatte. Sie wenigstens war ihr nicht wirklich böse, sonst hätte sie doch ihrer Mutter nicht so heftig widersprochen. Sie hatte zwar das Herumspielen mit dem Feuer verboten, aber sie schien zu verstehen, dass es Roswitha Spaß machte, nahm ihren Ungehorsam nicht so tragisch. Da war jemand, der zu ihr hielt, als es ihr schlecht ging und die Welt ungerecht und gemein war.

Roswitha streckte sich erleichtert aus im Bett. Ihre ausgekühlten Füße erwärmten sich unter der Decke wie ihre Gedanken für die Frau, die für sie eingetreten war, obwohl sie es nicht verdient hatte. Nein, sie hätte nicht so ungehorsam sein dürfen. Das sollte nicht mehr vorkommen, schwor sie sich. In Zukunft wollte sie schon beim allerersten Wort von Miss Maunders gehorchen. Nein, vorher noch wollte sie ihr jeden Wunsch von den Augen ablesen. Gerührt von ihrer eigenen Reue kamen ihr die Tränen. Vielleicht galten sie aber auch nur ihrer Opferbereitschaft, die in diesem Moment ins Gigantische, ja fast bis zur Selbstaufgabe wuchs. Und das letzte, was sie vor dem Einschlafen wahrnahm, war der gütige Blick ihrer alles verstehenden, alles verzeihenden Gönnerin; ein Blick, der jetzt schon Roswithas gute Absichten würdigte.

Sommerglück

Als die Eltern abreisten, war Roswitha froh, wieder allein mit Miss Maunders zu sein. Ein neuer Abschnitt hatte in ihrem gemeinsamen Zusammenleben begonnen, denn tatsächlich stellte sich Roswitha mehr auf die Wünsche ihrer Gastgeberin ein, forschte in deren Gesicht nach Zeichen der Zustimmung oder des Unwillens und machte sich ihr so angenehm wie nur möglich. Sie besann sich auf ihre Hilfsbereitschaft, deckte den Tisch und trug nach dem Essen das Geschirr in die Küche, machte ihr Bett, das bis dahin ungemacht geblieben war, denn Miss Maunders kümmerte sich aus erzieherischen Gründen nicht darum. Bis dahin hatte Roswitha das nicht einmal bemerkt. Sie hatte sich zu Hause nie darum kümmern müssen, deshalb war es ihr auch hier nicht in den Sinn gekommen. Nun aber tat sie es, immer in der Hoffnung, Miss Maunders könnte vielleicht doch einmal einen Blick in ihr Zimmer werfen.

Aber das waren nur die kleinen Dinge; es gab auch spektakulärere, etwa wenn sich Roswitha erbot, den Hühnerstall auszumisten. Das wiederum war für sie nichts besonderes, denn zu Hause hatte sie sich auch um die Kaninchenställe gekümmert. Miss Maunders jedoch schien es eine bemerkenswerte Tat zu sein, denn Roswitha nahm stolz die hochgezogenen Brauen und das erstaunte „oh, willst du das wirklich tun?" wahr und stürzte sich mit Feuereifer in die selbst gewählte Aufgabe.

Ein feuchtkühler Frühling ging in einen lieblichen Frühsommer über. Überall im Garten war es jetzt grün und bunt. Aus allen Ecken und Ritzen begann es zu sprießen, nicht nur der zartgrüne Salat und die kräftigen Tomatenpflanzen im Gewächshaus, auch die Hecke und der teppichweiche Rasen im Vorgarten, und selbst das Unkraut zwischen den Trittsteinen. Der ausufernden Hecke rückte Miss Maunders mit einer riesigen Heckenschere zu Leibe, das abgezirkelte Rasenstück wurde jeden zweiten Tag mit dem Handmäher rasiert, und Roswitha durfte die Ränder mit einer flachen Spezialschere schneiden. Das machte Spaß, denn es war wie Haare schneiden, wobei sie mit nackten Beinen auf dem weichen Rasenteppich kniete und die kleinen überstehenden Hälmchen kupierte. Welches Kunstwerk!

Roswitha kannte nur die Wiesen daheim, auf denen sie im Sommer Margueriten sammelte, während die Gräser ihre nackten Kniekehlen kitzelten, oder die saftigeren mit Klee und Spitzwegerich und Löwenzahn, die, von denen sie das Futter für die Karnickel klaute. Einen derart zartgrünen Flor wie hier, dicht und kaum zwei Zentimeter hoch, hatte Roswitha noch nie und nirgendwo gesehen.

Das Unkraut aus den Ritzen zwischen den Trittsteinen mit dem Messer heraus zu stechen, machte weniger Spaß – Unkraut ziehen, eine auch schon zu Hause ungeliebte, aber offenbar überall bevorzugt Kindern aufgehalste Arbeit. Aber sie tat es willig, um Miss Maunders nicht zu verärgern.

Mit dem schönen Wetter kamen die Einladungen für Roswitha, da für eine Gartenparty, dort für ein Picknick im Grünen oder eine Kahnpartie. Meistens waren es Schülerinnen von Miss Maunders, die Roswitha in die Familie einluden und abholten. Sie ging gerne hin, denn immer gab es etwas Gutes zu essen, man behandelte sie bevorzugt, Spiele und Wettkämpfe wurden veranstaltet und nicht selten hatte sie abgelegte Kleidung, Schuhe und Wäsche mit im Gepäck, wenn sie abends zurückkehrte. Stolz und aufgeregt führte sie dann die schönen Sachen vor, die sie wieder bekommen hatte, und Miss Maunders, die mit Roswithas Bedürftigkeit dafür in den Familien geworben hatte, lächelte milde zurückhaltend. Aber Roswithas Freude war ungetrübt. Längst war sie gut ausstaffiert mit lauter hübschen, wenn auch getragenen Sachen, die sie so nie besessen hatte. Das war aber auch nötig, denn aus den mitgebrachten Kleidungsstücken war sie – abgesehen von deren Schäbigkeit – schon nach kurzer Zeit herausgewachsen.

Ab und zu lud Miss Maunders ein oder zwei Mädchen aus ihrer Klasse ein, und zwar immer dann, wenn etwas Besonderes geplant war, eine Wanderung auf den Chevin, ein Besuch im Schwimmbad oder eine abendliche Kahnpartie auf dem Flüsschen Wharfe. Roswitha wäre viel lieber allein mit Miss Maunders zusammen gewesen. Einmal seufzte sie altklug auf „müssen wir diese June denn mitnehmen?" worauf Miss Maunders sie entrüstet ansah und erwiderte „aber sie kommt deinetwegen, Roswitha", worauf das Mädchen betreten schwieg. Das stimmte nur teilweise. Denn die Lehrerin hatte es sich angewöhnt, ihre Einladungen als Belohnung für besondere Leistungen auszusprechen und so die Klasse anzuspornen. Auch um Roswithas starke Anlehnung an sie selbst abzuwehren, die ihr mit der Zeit unheimlich zu werden drohte, wählte sie gemeinsame Unternehmungen, wie zum Beispiel diese Kahnpartie am Abend, zu der Miss Maunders drei Mädchen eingeladen hatte.

Es war ein lauer Sommerabend. Sanft schaukelnd glitt der Kahn unter den Brücken hindurch und an tief hängenden Trauerweiden am Ufer entlang. Als es dunkelte, begannen sie, deutsche Volkslieder zu singen. Die hellen Mädchenstimmen und

Miss Maunders tiefer Alt bildeten einen reizvollen Kontrast. „Im schönsten Wiesengrunde …" Roswitha schämte sich, denn die kleinen Engländerinnen kannten alle Strophen, sie nur die erste und die letzte. Als der Mond aufging und geradezu kitschig zwischen den Zweigen der Uferbäume schaukelte, da sangen sie „Der Mond ist aufgegangen" und Roswitha sang laut und voller Inbrunst mit, glücklich, dass sie den Text vollständig kannte.

Es wurde Zeit, zur Anlegestelle zurückzurudern. Die Mädchen waren still geworden. Zaghaft zuerst, dann lauter, stimmte ihre Lehrerin an: „Spinn nicht, liebes Mütterlein, am roten Sarafan. Nutzlos wird die Arbeit sein, drum strenge dich nicht an. – Tochter, setz dich nieder, an meine Seite hier, Jugend kehrt nicht wieder, weicht sie erst von dir. Und es kommen Jahre, wo Lust und Freude flieh'n, und die welken Wangen Falten überzieh'n …"

Roswitha kannte das Lied nicht, aber es stimmte sie unendlich traurig. Nein, faltige Wangen hatte Miss Maunders nicht, wirklich nicht. Im fahlen Mondlicht schienen sie leicht gerötet. Roswitha konnte den Blick nicht von diesem Gesicht abwenden. Sie hörte die leise glucksenden Ruderschläge, die dunkle Altstimme, das Mitsummen der Mädchen, und dann das Brüchigwerden dieser Stimme, ehe sie verstummte. Roswitha war sich sicher, Tränen gesehen zu haben. Als sie kurz darauf die Anlegestelle erreichten, war sie erleichtert.

Warum weinte Miss Maunders? Roswitha hatte ein starkes Bedürfnis zu trösten, ohne zu wissen wie. Auf dem Heimweg war die Lehrerin kühl und emotionslos wie immer. Roswitha wollte ihr eigentlich einen Witz erzählen, um sie aufzuheitern, aber sie hatte ihn schlichtweg vergessen.

Es gibt Dinge, die unternimmt Miss Maunders mit ihr nur ganz allein. Als sie das Heu oben im hintersten Teil des Gartens zusammenrechen – Miss Maunders hat das Gras mit der Sense selbst gemäht – ergibt sich ein richtig großer Haufen in der Mitte der wild gewachsenen Wiese. Roswitha ist begeistert. Sie hüpft wie ein Frosch in den Haufen, wälzt sich darin, verkriecht sich unter dem Heu. Miss Maunders lächelt milde. Sie freut sich. Das schöne Frühsommerwetter hat das Gras an einem einzigen Tage getrocknet.

„Wenn du möchtest", sagt sie schließlich zögernd, „könnten wir heute Nacht auf dem Heu schlafen. Nach Regen sieht es nicht aus."

Roswitha glaubt, nicht richtig gehört zu haben. Zögernd kriecht sie aus dem Haufen, Heu hängt ihr im Haar.

„Hier draußen …?" fragt sie ungläubig.

„Ja."

„Oh Miss Maunders, das wär' vielleicht 'ne Wucht!" Sie führt einen richtigen Indianertanz auf, ehe sie der Älteren um den Hals fällt, aber sogleich erschrocken innehält und wieder zurücktritt.

Am Abend schleichen die Beiden mit je einer Decke und einem Kopfkissen unter dem Arm in den oberen Teil des Gartens hinauf. Roswitha stapft der hageren Gestalt hinterher. Sie ist aufgeregt, denn dies ist eine absolute Premiere: im Freien schlafen! Zu Hause wäre das undenkbar gewesen, obwohl Roswitha in lauen Nächten oft davon geträumt hat, wenn das Federbett heiß war und sie sich frei gestrampelt hat. Immer musste sie viel zu früh ins Bett, wenn es draußen noch hell war, die jungen Mädchen am Gartentor vorübergingen und ihr Schwätzen und Kichern gedämpft zum halb geöffneten Schlafzimmerfenster hereindrang, zusammen mit dem Duft der frisch gemähten Wiese und dem Froschquaken vom nahen Teich. Lange lag sie dann wach, wälzte sich unruhig in den warmen Kissen hin und her und wünschte sich, aufzustehen, aufs Fensterbrett zu steigen und die Arme auszubreiten, um über den Garten in der Dämmerung dem Walde zuzufliegen. Die entsetzte Mutter rief ihr aus dem Fenster nach: „Komm zurück!" Aber Roswitha flog mit weit ausgreifenden Bewegungen in den Wald, fand was sie suchte, einen hohen Baum, und landete sanft in der Krone in einem Blätternest, ganz allein für sie bestimmt, um beim sanften Wiegen der Zweige und dem Rauschen der Blätter endlich einzuschlafen.

Sie haben ihre Decken ausgebreitet und liegen dicht beieinander. Letztes Abendrot ist am wolkenlosen Himmel in tintenblaue Dunkelheit übergegangen, erste Sterne werden sichtbar. Das frische Heu duftet. Roswitha will es wissen: „Haben Sie schon einmal hier draußen geschlafen, Miss Maunders?" Eigentlich möchte sie von ihr die Einmaligkeit bestätigt bekommen, dass es auch für sie das erste Mal ist. Aber die Antwort lautet: „Wenn wir Heu machen und das Wetter es erlaubt, schlafen wir immer eine Nacht hier oben."

Sie hatte „wir" gesagt. Ob sie damit ihre tote Freundin gemeint hat? Und sie hat es so gesagt, als ob es immer so gewesen und niemals anders sein würde. Roswitha wagt nicht, weiter zu fragen. Sie schweigt, ihr Blick hängt am Himmel, wo für das leicht kurzsichtige Mädchen die Sterne aufblühen wie die Butterblumen auf einer Wiese.

„... die vielen Sterne!" staunt sie. „Unser Biologielehrer hat mal erzählt, die Sterne, das sind alles Sonnen. So wie unsere, nur ganz weit weg. Ich kann das gar nicht glauben!"

Die Lehrerin räuspert sich: „Nun ja. Es stimmt nicht ganz. Denn es gibt ja auch die Planeten, wie die Venus, den Jupiter und den Saturn."

„Saturn kenne ich, der hat einen Ring", wirft Roswitha ein, die sich an eine Abbildung in einem Buch erinnert. „Wo ist er denn?"

„Ich kenne mich zu wenig am Himmel aus. Aber dort, der ganz helle Stern, das ist Jupiter."

„Er ist der größte von allen!" staunt Roswitha, „alle anderen Sterne sind kleiner."

„Das sieht von der Erde aus gesehen so aus. Die Sterne weiter draußen sind viel größer. Siehst du das helle Band mit den ganz vielen Sternen? Das ist die Milchstraße mit lauter Sonnen."

„So viele!"

„Das Weltall ist groß. Unendlich groß. Wir Menschen können uns gar nicht vorstellen, wie groß es ist."

„Und alle Sterne sind Sonnen. Und um die Sterne kreisen Planeten wie unsere Erde!" ereifert sich Roswitha und Miss Maunders antwortet ihr geduldig:

„Das wissen wir nicht. Die Sterne sind nicht alle gleich. Es gibt welche, die sind viel größer als unsere Sonne, und manche sind auch kleiner. Die Sterne sind zu weit weg, um das zu erkennen."

„Wenn man aber ein ganz großes Fernrohr hat?"

„So große gibt es nicht. Noch nicht."

Roswitha gefiel, dass sie „noch nicht" hinzusetzte und ihr die Hoffnung blieb, einmal werde es sie geben.

Eine kurze Weile war sie still und schien zu überlegen. Maureen Maunders war schon am Einschlafen, als Roswithas Frage sie noch einmal aufrüttelte: „Miss Maunders, darf ich noch etwas fragen?" Sie wartete die Zustimmung gar nicht erst ab und fuhr fort: „Miss Maunders, gibt es einen Beruf, in dem man die Sterne erforschen kann?"

„Ja natürlich, Astronom."

„Glauben Sie, dass ich Astronom werden kann?"

Miss Maunders antwortete zögernd: „Wenn du Astronomie studierst …"

„Aber das will ich!"

138

„Zuvor musst du Abitur machen."

„Klar, das weiß ich doch!" Kleinigkeit, dachte sie und war dankbar, dass sie Miss Maunders nicht daran erinnerte, dass sie noch vorige Woche erklärt hatte, Tierärztin werden zu wollen. Sie hatten nämlich bei einem Ausflug einen ganzen Haufen Knochen gefunden, wohl von einem verendeten Schaf, die Roswitha alle im Picknickkorb mit nach Hause schleppen wollte. Miss Maunders hatte das energisch abgelehnt und ihr schließlich erlaubt, den Schädel mitzunehmen, weil Roswitha herzzerreißend bettelte und dringend versicherte, ihn als zukünftige Tierärztin wirklich unbedingt haben zu müssen. Seitdem stand der Schädel – ohne Unterkiefer – auf dem Bord über den Büchern in Roswithas Zimmer.

Die Lehrerin machte sich nicht lustig über ihre wechselnden Berufswünsche oder erklärte sie von vornherein für unmöglich, wie Roswitha das von ihrer Mutter kannte, oft mit dem stereotypen Argument: „Das ist kein Beruf für eine Frau!"

„Ich denke, jetzt sollten wir erst einmal schlafen, Roswitha", beendete Miss Maunders schließlich das Gespräch und sie wünschten sich gegenseitig eine gute Nacht. Roswitha fühlte sich geborgen im Glück unbegrenzter Möglichkeiten. Schon schläfrig blickte sie weiter angestrengt zu den Sternen. Einmal dort hinaufreisen zu können, oder wenigstens durch das größte Fernrohr der Welt zu blicken, einmal … nur einmal … irgendwann …

Wie vom Blitz getroffen erwachte sie durch einen höllischen Lärm, den ihr schwerfällig reagierendes Bewusstsein nicht sofort einordnen konnte. Sekundenlang wusste Roswitha nicht, wo sie sich befand. Ach ja, sie hatten im Heu geschlafen. Der Zug! Direkt hinter dem Gartenzaun verlief die Bahnstrecke. Jetzt, im Morgengrauen, fuhr hier der Frühzug vorbei. Die hoch geschreckte Roswitha sah ihm nach, wie er mit roten Lichtern verschwand und den Lärm mitnahm. Erst jetzt entdeckte sie, dass der Platz neben ihr leer war. Wo war Miss Maunders?

Hastig stand sie auf, suchte und fand ihre Schuhe, zog sie mühsam an und raffte Decke und Kissen zusammen. Roswitha fröstelte auf dem Weg zum Haus hinunter; der Morgen war kühl. Das erleuchtete Oberlicht der Küche machte Roswitha Mut. Sie fand Miss Maunders, hüpfend auf einem Bein, wobei sie mit schief geneigtem Kopf Roswitha zurief: „Ich habe ein Tier im Ohr!"

Noch immer schläfrig, verfolgte Roswitha den ungewohnten Anblick. Sie kannte die Prozedur, wenn sie Wasser im Ohr hatte. Aber ein Tier? Was für ein Tier? Ein Ohrenkriecher? Sollte es Ohrenkriecher geben im Heu, vielleicht sogar Spinnen? Vor Spinnen hatte sie eine Heidenangst. Wenn sie schon gestern Abend daran gedacht hätte, sie hätte keine ruhige Minute gehabt auf dem Heuhaufen.

Der Ohrwurm wollte sich offenbar nicht vertreiben lassen. Erschöpft sank Maureen Maunders auf den Küchenstuhl und klopfte mit der Hand sanft auf das rechte Ohr.

„Ist es raus?" wollte Roswitha wissen.

„Nein. Kannst du mal nachsehen?"

Roswitha blieb nichts anderes übrig. Zaghaft lugte sie in Miss Maunders Gehörgang, voller Angst, die Spinne, oder was immer es war, aus dem dunklen Loch kommen zu sehen. Vergeblich. Die Gepeinigte nahm ihren Tanz wieder auf. Schließlich hielt sie inne. „Geh in dein Bett, Roswitha. Du kannst mir nicht helfen." Zögernd, unglücklich, weil sie ihr nicht helfen konnte, aber auch erleichtert, von der unangenehmen Aufgabe entbunden zu sein, schlich sie die Treppe hinauf in ihr Zimmer.

Später, als Roswitha besorgt herunterkam, war der nächtliche Spuk verflogen. Miss Maunders erklärte beim Frühstück: „Es brummt nicht mehr, das Tier muss raus sein."

„War es ein Ohrenkriecher oder eine Spinne?"

140

„Ich weiß es nicht. Vermutlich irgendein Insekt."

Roswitha strahlte und sagte: „Heute Abend möchte ich doch lieber im Bett schlafen." Maureen lachte kehlig auf: „Ich auch, Roswitha!"

Das Meer

Scarborough ist ein Badeort an der Ostküste Mittelenglands. Maureen hatte beschlossen, an einem Sonntag mit Roswitha dorthin zu fahren, um ihr das Meer zu zeigen. Roswitha, im Binnenland aufgewachsen, hatte das Meer nie gesehen. Voller Erwartung saß sie mit Miss Maunders im Zug, glücklich, dass diese nicht auf den Gedanken gekommen war, irgendein Mädchen zu diesem Ausflug einzuladen. Heute gehörte Miss Maunders ihr ganz allein. Dazu kam die Aussicht, zum ersten Mal im Leben das Meer zu sehen. Roswitha war ganz aufgeregt. Wie ein Kind im Fragealter nervte sie ihre Begleiterin ständig mit Fragen und genoss die Blicke der Mitreisenden, die die Sprache nicht verstanden: Das Meer ist doch salzig; wie salzig ist es denn? Schmeckt es wie eine versalzene Suppe? Gibt es Haie im Meer? Kann ich am Strand eine Sandburg bauen? Kann ich auch schwimmen? Ich kann nämlich gut schwimmen. So ging es pausenlos und Maureen war froh, als der Zug endlich in den Bahnhof einfuhr und sie aussteigen konnten.

Das allererste Mal! Der erste Schultag, der erste Kuss, die erste Nacht! Dem Zauber des allerersten Males kann sich keiner entziehen. Später, als sie schon lange fast in jedem Urlaub ans Meer reiste, erinnerte sie sich noch immer an dieses allererste Mal, als sie auf der Höhe der Straße angelangt waren, die hinunter zum Meer führte, und Roswitha keuchend stehen blieb, denn sie war voraus gelaufen. Da war diese hohe blaugraue Wand unter einem verhangenen Himmel und füllte den ganzen Ausschnitt zwischen den Häusern der steil hinabführenden Straße. Meer! Nichts als Meer! Der Horizont wie mit dem Lineal gezogen. Das war es also.

So geschwätzig sie im Zug gewesen war, so stumm stand sie jetzt, wie in Ehrfurcht erstarrt. Sie gingen die Straße hinab. Je näher sie der Uferstraße kamen, umso deutlicher wurde das unbestimmte Rauschen, das vom Meer hereinkam wie der feine Salznebel. Roswitha sog den Geruch von Seetang und Frische ein. Sie fühlte, wie ihre Brust sich weitete. Und dann lag die ganze Bucht vor ihnen, die der Badeort Scarborough umklammert hält. Sie standen an der Ufermauer, blickten über einen weiten gelben Strand und sahen grüne Brecher mit weißschaumigen Kronen unaufhörlich tosend hereinrollen. In der Nacht hatte es heftig gewittert und der Himmel war noch bedeckt, aber sommerliche Wärme und die feuchte Seeluft verursachten Schwüle. Es waren ein paar Leute am Strand, nicht viele, und keiner schwamm im Meer.

„Och schade“, sagte Roswitha, „wir können nicht schwimmen gehen.“

„Warum nicht?“

„Die hohen Wellen …“

„Das ist nicht so schlimm“, antwortete Miss Maunders, „und außerdem macht es Spaß, in den Wellen zu hüpfen.“

Sie gingen zum Strandbad hinunter zu den Umkleidekabinen. Roswitha, auf Sparsamkeit bedacht, wollte mit in Maureens Kabine schlüpfen, wurde aber zurückgewiesen. Sie musste mit ihrem Badeanzug eine Türe weitergehen. Eine Schülerin von Miss Maunders hatte ihr einen abgelegten Anzug geschenkt. Roswitha versuchte nun in der Dämmerung der Kabine mit den Trägern und Schnüren fertig zu werden, was nicht ganz gelang, denn als sie ins

Freie trat, waren die Träger des etwas zu großen, dunkelblauen Schwimmanzuges auf dem Rücken verdreht. Miss Maunders würde ihr helfen müssen. Aber als diese aus der Kabine trat, war Roswitha gefesselt von einem ungewöhnlichen Anblick. Die Lehrerin trug einen unmodernen dunkelgrünen, betont sportlichen Anzug, der die Hälfte ihrer sehnigen, bleichen Schenkel bedeckte und vorne bis zum Hals hochgeschlossen war. Ein schmaler, weißer Gürtel, über den knochigen Hüften durch grüne Schlaufen gezogen und so an seinem Platz fixiert, harmonierte mit der ebenfalls weißen Badekappe, die tief ins Gesicht gezogen, das Haar vollkommen verbarg. Roswitha kicherte. „Warum lachst du?" fragte Maureen. „Wir sehen so komisch aus", gluckste das Mädchen, worauf die Lehrerin zu überlegen schien, was sie darauf antworten sollte, doch dann sagte sie nur: „Deine Träger sind verdreht, Roswitha." Sie half dem Mädchen. „... und nun komm!" meinte sie ermunternd, fasste Roswitha bei der Hand und lief mit ihr zum Wasser.

Gleich die erste größere Welle zog Roswitha den Sand unter den nackten Füßen weg und warf sie um. Lachend fasste Miss Maunders nach ihr, zog sie empor und wollte sie weiter mit sich nehmen. Roswitha hatte Wasser geschluckt, ekliges, salziges Wasser, ihre Zöpfe tropften schwer, und das kalte Wasser drückte ihr fast die Luft ab.

„Come on! Come on!" verfiel Maureen in ihre Muttersprache, aber Roswitha stemmte die Füße in den Grund.

„Ich habe Angst!" heulte sie und riss sich los. Maureen zögerte nur einen Augenblick, dann ließ sie Roswitha stehen, rief ihr zu „warte auf mich!" und zog mit großen Schritten dem anrollenden Meer entgegen.

Tief sog sie beim Hineinschreiten in das Wasser den Geruch des Meeres ein, schwer und belebend zugleich legte er sich auf die Lungen. Maureen atmete dagegen an, während ihr ganzer Körper sich gegen die Strömung stemmte. Im Moment schien die Kälte ihr die Luft zu nehmen, als die erste größere Welle bis unter ihre Achseln griff und ihre Füße vom sandigen Boden abhob. Dann war sie in ihrem Element. Sie umschlang es mit den Armen, spürte das Prickeln aufgewirbelter Sandkörner auf der nackten Haut ihrer Beine, und Lust, elementare Lust ergriff sie, ganz so wie damals, als sie an einem strahlend hellen Sommertag in das hellgrüne Glitzern hineinging.

„Nein, nein, mein Herz, bitte geh schwimmen; ich sehe dir so gern zu!" hatte Helen gesagt und sich im Liegestuhl niedergelassen. Sie hatten diesen allerersten Ausflug nach Scarborough geplant und durchgeführt, obwohl Helen nicht ins Wasser konnte, weil sie plötzlich ihre Unpässlichkeit bekommen hatte. Aber Maureen sollte keinesfalls verzichten, und so zog sie los im Überschwang ihrer Jugend unter den gütigen Augen einer Gefährtin, deren liebevoller Blick ihr so viel bedeutete. Die Entdeckung ihrer Zuneigung war noch so frisch und unverbraucht. Jede Welle, die auf sie zukam, war eine Bestätigung ihrer Liebe, in die sie sich stürzte, nur um diesen kleinen Tod zu sterben und wieder aufzuerstehen. Liebt sie mich? Ja, sie liebt mich! – An diesem hellen Sommertag spielte Maureen das Frage- und Antwortspiel bis zur Erschöpfung. Von den Kräften ihrer Liebe getragen schwamm sie weit hinaus, als sie die Brandungswellen erst einmal hinter sich gelassen hatte und nur noch ein sanftes Heben und Senken von der Meeresbewegung zeugte. Schon konnte sie Helen in ihrem Liegestuhl am Strand nicht mehr erkennen. Hatte sie sich zu weit hinaustragen lassen vom Rausch ihrer Begeisterung? Schauder, nicht mehr zurückzukommen, befiel sie. Und tatsächlich musste sie sich schon sehr anstrengen, um gegen eine Kraft anzuschwimmen, die sie viel leichter hinausgetragen hätte als zurück zum Strand. Schließlich schaffte sie es doch.

Die Leichtigkeit verflog, als sie aus dem Wasser schritt. Aber

144

da war Helen. Wie ein Bild von Renoir saß sie in ihrem weich fließenden, schneeweißen Sommerkleid – lange, mit Bündchen gebändigte Flatterärmel und Bubikragen – unter einem zart geblümten Sonnenschirm im Liegestuhl. Ihre gütigen braunen Augen versuchten vorwurfsvoll zu schauen: „Du bist weit hinausgeschwommen!" sagte sie besorgt, aber Maureen sah nur ihre Schönheit, und wie über das blasse Gesicht Sonnenreflexe huschten, die von Maureens nasser Haut herrühren mochten. Sie zog die Badekappe vom Kopf, schüttelte ihr Haar und lachte: „Oh Helen, glaub mir, es ist himmlisch!" Und Helen lächelte gütig: „Jetzt aber rasch umziehen!"

Die Wellen schlugen höher als an jenem Tag vor so vielen Jahren. Drohender, düsterer stellte sich ihr die See mit steil anrollenden Brechern entgegen. Recht so! Denn Helen ist nicht mehr. Wie sollte die Sonne wohl scheinen, als wäre nichts geschehen?

Diesmal war es nicht leicht, den Brandungsgürtel zu überwinden. Gewaltsam kämpfte sie dagegen an, und auch gegen diesen verlockenden Gedanken, nachzugeben, sich fallen zu lassen und Helen nachzufolgen. Aber sie wusste auch, dass Helen sie vorwurfsvoll empfangen würde. Und draußen wartete das Kind auf sie, die ängstliche Roswitha. Was hatte sie bloß? Warum fuchtelte sie so mit den Armen in der Luft herum?

Roswitha wich zurück auf den Strand. Zitternd rannte sie zur Kabine, um das Handtuch zu holen. Voller Schrecken suchten ihre Augen das Wasser ab, fanden Maureen, schon ganz weit draußen, sahen die Gestalt kleiner werden und wie sie sich mit hoch erhobenen Armen immer aufs Neue in jede anrollende Welle warf.

„Miss Maunders! Bitte, kommen Sie zurück!" rief sie in das Tosen hinein. Ihre blau angelaufenen Lippen zitterten, die Zähne schlugen aufeinander. Angst befiel sie, eine fürchterliche, abgrundtiefe Angst. Schon suchten ihre Augen vergebens nach der vertrauten Gestalt. Das Meer war zum brüllenden, alles verschlingenden Raubtier geworden, dem sie machtlos gegenüberstand.

„Miss Maunders!" wimmerte sie, „bitte, Miss Maunders!" Was sollte sie nur tun? Da! Da war sie wieder, noch weiter draußen, und ging erneut unter in einer überschlagenden Welle. Das war das Ende. Es gab keine Rettung. Wie sollte die heiß Geliebte diesem Inferno entkommen? Ihr Schicksal, und damit Roswithas eigenes, schien besiegelt. – Und doch, sie durfte nicht aufgeben. Roswitha hatte niemals aufgeben dürfen, auch damals nicht.

„Nicht loslassen!" hatte ihr die Stimme der Mutter durch den Lärm der stampfenden Lokomotive zugerufen, als sie, kaum zehnjährig, mit ihr auf dem Trittbrett stand und sich an der Stange festklammerte, bis die Knöchel ihrer kleinen Hand weiß wurden. „Nicht loslassen!" Nein, sie hatte nicht losgelassen, auch dann nicht, als vorbeistiebende Funken die Trittbrettfahrer mit glühenden Nadeln beschossen. Aber sie hatte geschrieen, verzweifelt und in Todesangst. Ungerührt hatte der Fahrtwind ihr die Tränen vom Gesicht gewischt. Als der Zug in der Dunkelheit im zerschossenen Bahnhof von Leipzig ankam, da musste ihr die Mutter die verkrampften Hände gewaltsam von der Stange lösen. Das Kind hatte keine Tränen mehr. Still war es, so still wie die stummen Mundbewegungen der Mutter. Roswitha hatte vorübergehend das Gehör verloren.

Schreiend gegen den anbrandenden Lärm lief Roswitha am Ufer entlang. Sie heulte und brüllte, rannte ein paar Meter ins Wasser und wieder zurück. Endlich! Endlich kam Miss Maunders zurück. Roswitha lief ihr entgegen, klammerte sich an die Gerettete, die das Mädchen verdutzt, ja befremdet und schließlich sogar verärgert von sich weisen sollte. Aber Roswitha ließ nicht los.

„Roswitha! Wirst du sofort loslassen. Was hast du denn? Warum führst du dich so unmöglich auf?"

„Ich hatte solche Angst um Sie!" brachte sie schließlich hervor und ließ beschämt die Arme sinken.

„Nonsens! Wenn du selbst schon kein Vergnügen am Wellenhüpfen hast, musst du es mir ja nicht verderben." Und Roswitha war versucht „yes, Miss Maunders" zu sagen.

Ans Meer sind sie dann während Roswithas Aufenthalt nicht mehr gefahren.

Das Wunschpferd

Das Heu hinten im Garten hat Roswitha auf einen Gedanken gebracht. Zuerst ist es nur ein Gedankenspiel, abends vor dem Einschlafen. Roswitha führt ein wunderschönes Pferd am Halfter zum Heu im Garten. Es ist ein Schimmel, sanft und schön wie im Märchen und mit feucht glänzenden träumerischen Augen. Roswitha hat sich ins Gras geworfen, hat die Arme im Nacken verschränkt und sieht ihrer weißen Stute zu, die, den Hals geneigt, mit zart tastenden Samtlippen zierlich nach den Hälmchen langt. Dann wirft sie den edel geformten Kopf hoch, dass die Mähne fliegt, und der lange Schweif peitscht ihre Flanken. Ihre Nüstern blähen sich, und das Tier schnaubt mit nickendem Kopf. „Fallada" soll ihre Stute heißen, wie das Pferd der Prinzessin aus dem Märchen, denn es ist genauso schön und edel. Und keiner soll es wagen, ihm den Kopf abzuschlagen und an die Schlossmauer zu nageln. Roswitha wird es beschützen.

Warum eigentlich nicht? Warum sollte nicht ein echtes, ein leibhaftiges Pferd das Heu dort oben im Garten fressen? Sie muss Miss Maunders fragen. Sie muss ihr vielleicht nur klarmachen,

welche Vergeudung es ist, das viele schöne Heu nicht zu ver-
füttern. Mit Nützlichkeitserwägungen hatte sie doch schon so
manches Mal die Mutter umstimmen können. Auch hier erwartete
sie Widerstand, wie damals, als Roswitha unbedingt den kleinen
süßen Hund haben wollte, den eine Schulfreundin aus dem Wurf
ihrer Hündin weggeben wollte, weil die drei Welpen sonst getötet
werden sollten. Freudestrahlend brachte sie das fiepende Hunde-
kind einer undefinierbaren gefleckten Straßenmischung im Schuh-
karton nach Hause, Löcher im Deckel. Die Mutter hatte vielleicht
auf Maikäfer getippt, umso entsetzter war sie, als Roswitha den
Deckel abnahm.

„Du bringst das Tier sofort zurück!"

Nichts half. Weder der Hinweis auf den erbarmungswürdigen
Blick des Tierbabys, noch dass das Hündchen ohne Roswitha verloren wäre. Auch dass sie ihn als guten Wachhund anpries, konnte
ihre Mutter nicht umstimmen. „Wir haben selbst nicht genug zu
essen", kam es unerbittlich auf alle Einwände des Kindes, auch
auf den, zugunsten des Hundes auf alles zu verzichten. In einer
Zeit, da die Mutter sich um das eigene unterernährte Kind sorgte,
war dies kein Argument.

Wenn es um Haustiere geht, das wusste Roswitha also schon,
leisten die Erwachsenen immer Widerstand. Damit rechnete sie
auch bei Miss Maunders. Und so begann sie vorsichtig am Abend
nach dem Essen:

„Was machen Sie eigentlich mit dem vielen schönen Heu, auf
dem wir geschlafen haben, Miss Maunders?"

„Oh, wir können die Nester für die Hühner neu auspolstern."

„Aber dann ist immer noch so viel übrig."

„Einen Teil davon geben wir auf den Komposthaufen in der
Ecke."

„Und den anderen Teil?"

„Den werfen wir über den Zaun auf die Böschung."

„Aber das ist Verschwendung. Man könnte doch ein Tier davon füttern."

Maureen lachte auf. „Sollen wir vielleicht eine Kuh oder ein Schaf dort halten?"

„Nein", antwortete Roswitha ernsthaft, „aber ein Pferd." Und sie bettelte gleich weiter: „Ach Miss Maunders, ein Pferd! Ich wünsch' mir so sehr ein Pferd!"

Einen Moment lang ist es still. Die Lehrerin scheint nachzudenken, und Roswitha schöpft bange Hoffnung. Aber dann kommt die Antwort: „Hältst du mich wirklich für so begütert, dass ich dir wie einer Prinzessin ein Pferd kaufen könnte?"

Roswitha hat mit Einwänden gerechnet, aber mit solchen, die sie entkräften könnte. Diesem aber steht sie hilflos gegenüber. Klar, eine Prinzessin ist sie nicht. Und ob Miss Maunders begütert ist – was heißt eigentlich „begütert"? – das weiß sie auch nicht. Roswitha weiß nur, dass sie Tiere liebt, Katzen, und als Zweitliebstes Pferde. Sie möchte so gerne reiten können! Und sie weiß doch, dass auch Miss Maunders Tiere liebt. Warum also kein Pferd?

Sie macht noch einmal einen schwachen Versuch: „Ich dachte bloß, das Pferd könnte das Heu fressen, und das Gras, das nachwächst. Und die Pferdeäpfel könnten wir als Dünger im Garten verwenden. Pferdemist ist gut für die Tomaten!" Sie weiß das, denn zu Hause geht sie mit Eimer und Schaufel auf die Straße, und die Mutter düngt mit dem aufgelesenen Mist die Tomaten.

Aber Miss Maunders antwortet unbeeindruckt und in einem sehr bestimmten Ton: „Du musst dir das Pferd aus dem Kopf schlagen, Roswitha. Es geht wirklich nicht."

In der folgenden Nacht reitet Roswitha auf einem herrlichen Apfelschimmel durch einen Traum voller verwirrend schöner Bilder. Nicht nur, dass sie reiten kann, ohne es gelernt zu haben, sie gleitet auch durch ein Spalier jubelnder Menschen, die ihr zuwinken und laut schreien: „Prinzessin, Prinzessin!" Nur eine hagere Gestalt vor ihr jubelt nicht und wendet sich ihr nicht zu. Roswitha reitet schneller, um sie einzuholen. Und als sie die Gestalt endlich erreicht, erkennt Roswitha Miss Maunders, die den Hut tief ins Gesicht gezogen hat und stumm den Kopf schüttelt.

Da sprengt sie – mit einem Schenkeldruck das Pferd ermunternd – davon und lässt die Menge hinter sich, auch den unangenehmen stummen Vorwurf. Vor ihr weitet sich die Landschaft, Sonnenglanz auf Feldern und Wiesen und in ihrem aufgelösten Haar der Wind. Roswitha reitet barfuss ohne Sattel, und sie trägt nur das hauchdünne Nachthemd, das ihr die freundliche Lehrerin genäht hat, eine Kollegin von Miss Maunders. Es bläht sich im Wind um ihre auffliegenden Arme, sie reitet freihändig. Der Apfelschimmel setzt über einen Graben und hinein in ein wogendes Kornfeld, goldgelb die Ähren, die Grannen erzeugen ein Prickeln an den nackten Füßen der jungen Reiterin. Das Pferd scheint sie in einer schaukelnden Bewegung über das Kornfeld zu tragen, Stillstand und Bewegung zugleich, ansteigendes Gelände, einen Hügel hinauf. Das Pferd hält direkt darauf zu. Die Bewegungen werden heftiger, kraftvoller, zielgerichteter. Noch steiler geht es hinauf. Roswitha muss sich in der Mähne ihres Pferdes festklammern, ehe es abhebt, jetzt … jetzt spürt sie wie die Spannung sich überträgt, von den Muskeln und Sehnen des Pferdes hinein in ihre Schenkel, in das Becken, den Rücken hinauf in den Nacken. Zum Zerreißen gespannt erwartet sie den letzten Sprung des Pferdes … und erwacht in ihrem Bett. Höchste Erwartung schlägt um in tiefste Enttäuschung, so nah, so dicht davor. Ihr Atem fliegt noch und Roswitha spürt den eigenen Herzschlag. Ihre Hand findet den Weg in die Spalte zwischen den kindlich aufgeworfenen Lippen. Da ist es noch und scheint dem

Entzücken hinterher zu jagen. Wieder trägt sie das Pferd hinauf, und diesmal erreichen sie beide den Gipfel, Pferd und Reiterin gemeinsam.

Das Pferd versinkt, alles versinkt, nur rote Sonnenglut erfüllt sie ganz und gar, bäumt sich auf in ihr und verebbt, langsam; ans Ufer gespült bleibt sie benommen liegen, den hastigen Atem unterdrückend. Ob die Türe offen ist? Ob Miss Maunders gehört hat, was mit ihr geschehen ist? Irgendetwas sagt Roswitha, dass sie soeben ein großes Geheimnis erlebt hat, das ihr Geheimnis bleiben sollte.

So lange sie lebte, hatte sie niemals einen ähnlich wundersamen Traum gehabt. Es ist der Traum aller Träume, mit dem ihr eine ganz neue Kraft zugewachsen ist.

Roswitha schien durch den Tag zu tanzen, nur um am Abend vor dem Einschlafen den Traum herbeizuwünschen. Vergebens! Drei Tage wartete sie ungeduldig auf die Wiederkehr des Traumes; am vierten Abend steuerte ihre Hand in den Traum, holte ihn ein und zurück, und sie überließ sich ihm ganz. Augenblick der Erkenntnis! Sie musste nicht warten, bis der Traum wieder zu ihr kam. Sie selbst, sie ganz allein, konnte ihn herbeiholen, ihn bannen wie die Zauberin im Märchen, und sie brauchte nicht mal einen Zauberspruch dazu. Wer war sie, dass ihr das möglich war? Welche gute Fee hatte da ihre Hand im Spiele? Das große Geheimnis trug sie. Es trug sie durch jeden der neuen Tage. Jeden Abend bekräftigte sie es aufs neue, musste sie sich doch jedes Mal neu vergewissern, dass ihre geheimnisvolle Fähigkeit noch vorhanden war, dass nicht irgendein böser Zauber sie ihr geraubt hatte. Vielleicht würde diese ja auch nur in England gelten, um heimgekehrt, wieder verloren zu gehen.

Aufklärung

Geheimnisse zu wahren, war ihr nie leicht gefallen. Nur unter Androhung schrecklicher Folgen, wie „wenn du das jemandem erzählst, dann kommt die Mutti ins Gefängnis", hatte sie zu schweigen gelernt. Aber sie schwieg nicht gerne. Es wäre ihr lieber gewesen, sie wäre gar nicht eingeweiht worden. Was hatte sie schon davon, als ihr die Mutter kurz vor Kriegsende in einem feierlichen Ton erklärte: „Ich will dir etwas sagen, Roswitha, das du keinem weitererzählen darfst, du weißt schon, sonst kommt die Mutti ins Gefängnis." Am liebsten hätte Roswitha ihre Ohren verschlossen, aber sie musste es hören, was die Mutter da so feierlich verkündete: „Der Krieg ist bald aus." Ja und? War das nicht eine gute Nachricht? Warum durfte es keiner wissen?

Auch ihr schöner Traum, der sie so wunderbar vor allen anderen auszeichnete, war eine gute Botschaft und eigentlich hätten es die auch erfahren sollen, die von Roswithas überragender Fähigkeit nichts ahnten, die ihren Werdegang aber wohlwollend begleiteten, Miss Maunders oder die Mutter, vielleicht auch eine gute Freundin daheim. Aber wer in der Klasse stand ihr schon so nahe? Freundinnen, das wusste sie, waren oft neidisch auf Talente. Roswitha hätte sich gern gezeigt, und doch hielt sie sich dieses Mal zurück. Vielleicht lag ihr ein tief eingedrungenes „dort fasst man nicht hin!" im Ohr, das Kindern das Spiel mit sich selbst verbietet, vielleicht verbot es ihr die eigene Schamhaftigkeit. Wie viel leichter wäre es ihr gefallen, wenn das schöne Gefühl durch Reiben am Ohrläppchen hervorzurufen gewesen wäre!

Man hätte meinen können, Roswitha wäre nicht aufgeklärt worden. Das Gegenteil war der Fall. Denn die Mutter hatte sich unter dem Druck der Auslandsreise ihrer Tochter – wobei es unklar schien, welche Gefahren sie witterte – noch in allerletzter

Minute dazu entschlossen und einen Spaziergang dafür gewählt, einen Waldspaziergang ganz ohne Anspruch auf Nützlichkeit, etwas sehr Seltenes. Denn ohne Holz, Beeren oder Pilze zu sammeln, hatten sie den nahen Wald schon lange nicht mehr aufgesucht. Nun war Winter, ein schneearmer Januar. Roswitha trottete lustlos neben der Mutter her auf dem fest gefrorenen Waldweg mit den wenigen Schnee- und Eisresten. Dann wieder war sie überall und nirgends, rannte vor und lief zurück wie ein neugieriges Hündchen, fand hier und dort etwas Sehenswertes.

„Komm Roswitha, jetzt hak' dich mal bei mir ein", erwischte die Mutter das Mädchen, als es wieder vorbeirennen wollte. Etwas widerwillig gehorchte Roswitha. „Was ist denn?" maulte sie, zumal die Mutter noch nicht zu erkennen gab, was sie eigentlich von ihr wollte.

„Schau, Roswitha, du fährst jetzt bald nach England. So weit weg."

„Ja. Aber das weiß ich doch."

„Da muss ich dir noch etwas sagen."

„Was denn?" klang es unwillig. Es war ihr doch schon so viel gesagt worden, wie sie sich verhalten sollte. Was denn nun noch?

„Du wirst nun bald erwachsen. Und darüber muss man doch etwas wissen."

Was soll das, dachte Roswitha, sie und erwachsen! Mit zwölf ist man doch nicht erwachsen. Als ob sie die Mutter beruhigen wollte, versicherte sie daher: „Ach Mutti, mach dir keine Sorgen. Ich bin noch lange nicht erwachsen."

Das konnte Hedwig nicht beruhigen. Etwas ungehalten, wie immer, wenn sie gefordert war, überlegte sie, womit sie denn anfangen sollte.

„Pass auf, Roswitha", begann sie entschlossen. Bei Bienchen und Blumen wollte sie nicht beginnen, lieber sofort hineinspringen, „Mann und Frau, ja?"

„Hm". Roswitha hatte keine Ahnung, worauf die Mutter hinauswollte.

„Wenn der Mann und die Frau ein Kind wollen. Weißt du, was sie dann machen?"

„Nö", sagte Roswitha abweisend. Die Sache war ihr unbehaglich.

Hedwig seufzte, aber tapfer setzte sie erneut an, weil ihr gerade ein hilfreicher Gedanke gekommen war: „Schau her. Das mit Horst ... na du weißt schon, wie der dich auf den Boden gelockt hat, als er dir angeblich die Zuckertüte zeigen wollte. Na! Erinnerst du dich?" stieß sie ihrer Tochter den Ellenbogen leicht in die Seite. Diese gab nichts zu erkennen. Natürlich wusste sie, was die Mutter meinte, und sofort war alles wieder gegenwärtig, die kleine Kammer unter der Dachschräge, in der der Nachbarsjunge nachts mit seiner Schwester schlief, wo sich nun die beiden Siebenjährigen in der dumpfen Wärme eines Sommernachmittags gegenüberstanden.

Die Zuckertüte hatte er ihr zeigen wollen. Stattdessen zog er seine Hose herunter und grinsend forderte er das auch von ihr, der Ahnungslosen. Was Horst sagte, hatte sie immer getan. Wasser herbeigeschafft, wenn sie im Sandkasten eine Burg bauen wollten, oder das Butterbrot gegen einen schönen Stein eingetauscht, wenn er ihr nur den Wert des Steines recht einsichtig machen konnte. Horst wusste einfach mehr, konnte mehr, und ihm fiel bei weitem mehr ein als der kleinen wohlbehüteten Roswitha. „Das ist ein Geheimnis", sagte Horst, „das darfst du deiner Mutti nicht sagen." Dabei versuchte er sein kindlich schlaffes Etwas mit den Fingern in den Spalt ihrer nackten Muschel zu zwängen. Interessiert sah das kleine Mädchen an sich herab, mit den Händen Kleid und Leibchen hochhaltend, verwundert über die seltsamen Bemühungen des Spielkameraden. „Das kitzelt so!" Aber der Kleine ließ enttäuscht von ihr ab „Mit dir is' Mist. Mit meiner Schwester geht

154

das viel besser!"

Sie war gekränkt. Seine kleine fünfjährige Schwester konnte sie sowieso nicht leiden. Die war doof und zu nichts zu gebrauchen. Und er sagte, mit ihr ginge es viel besser! Er war so gemein. Deshalb verriet sie das Geheimnis, und auch, weil er ihr die Zuckertüte nicht gezeigt hatte.

Die Mutter erschrak fürchterlich. Ihre kleine behütete Tochter und nun dies! Voller Empörung beschwerte sie sich bei der Nachbarin. Die verdrosch ihren Sohn und der verdrosch die Petze Roswitha. Der eigenen Tochter gegenüber war die Mutter ratlos. Die ahnungslose, unschuldige Roswitha zu schlagen, nein, das kam nicht infrage. Aber sie musste erfahren, dass sie sich auf eine kaum sagbare Schweinerei eingelassen hatte. Es hagelte Beschwörungen und Verbote. Das eingeschüchterte Kind versprach alles und verinnerlichte gehorsam.

Und nun erinnerte die Mutter wieder daran, in diesem Moment. Roswitha fühlte sich unbehaglich. Sie wollte nicht mehr daran erinnert werden, wusste kaum mehr die Einzelheiten. Waren sie und der Nachbarjunge nicht ertappt worden bei etwas Schmutzigem, Verbotenem? Was hatte das denn mit Erwachsenwerden und mit Mann und Frau zu tun? Doch die Mutter war froh, einen passenden Vergleich gefunden zu haben:

„Also hör zu, Roswitha, das, was damals der Horst mit dir machen wollte, das machen Mann und Frau, wenn sie ein Kind wollen."

Nun war es heraus, Hedwig war erleichtert. Aber Roswitha schwieg und sah geradeaus auf den Weg. Nichts schien darauf hinzudeuten, dass sie die Worte der Mutter überhaupt verstanden hatte, so dass diese einen besorgten Blick auf das unbewegte Gesicht des Mädchens warf. Gewöhnlich konnte sie in diesem Gesicht lesen wie in einem offenen Buch. Dieses Mal nicht. Nur der Schritt des Mädchens verlangsamte sich unmerklich, und ihr

Arm schien sich ein wenig in dem der Mutter zu lockern.

„Habt ihr das ... wegen mir auch gemacht?" fragte Roswitha leise und die Mutter, froh, dass sie nur wieder sprach, dankbar, dass sie überhaupt reagierte, sagte lebhaft: „Ja, natürlich!"

Nun blieb die Tochter stehen, machte sich frei vom Arm der Mutter. Ihre Nasenflügel bebten, um den Mund zuckte es, als ob sie zu weinen beginnen wollte, aber es gelang ihr nicht. Stattdessen würgte sie hervor: „Ihr Schweine!" Und dann rannte sie los, rannte dem ganzen Ungeheuerlichen, dieser Schweinerei und der Mutter davon. Als diese endlich die keuchende Tochter am Ende des Weges einholte, warf sich das Mädchen heulend an ihre Brust. Hedwig, ratlos und verstört, streichelte und drückte sie, aber um ihren Mund war ein bitterer Zug, wie immer, wenn sie auf sich allein gestellt war. Roswitha war froh, dass die Mutter auf dem Heimweg nicht mehr davon sprach. So musste sie nicht mehr darüber nachdenken und Hedwig wusste nicht, wie sie die missglückte Aufklärung glücklicher hätte beenden können. So tröstete sie sich einfach damit, zu warten, bis Roswitha – vielleicht gereifter – von der Reise zurückkäme. In England war sie ja in guter Obhut und vielleicht, so hoffte Hedwig, konnte die Zeit für sie arbeiten.

Kein Mensch käme ernsthaft auf die Idee, den Genuss beim Essen von der Notwendigkeit zur Nahrungsaufnahme zu trennen. Roswitha – und nicht nur sie – war genau auf diese Art und Weise aufgeklärt worden, sofern überhaupt von Aufklärung geredet werden kann, nur weil die Mutter nicht auf den zu der Zeit üblichen Bienen-Blüten-Vergleich ausgewichen war. Vielleicht wäre ein solcher Vergleich sogar hilfreicher gewesen, jedenfalls hätte er weniger Schaden angerichtet. Wäre die Mutter nicht so sehr damit beschäftigt gewesen, es möglichst schonend für sich selbst zu sagen, hätte sie ja vielleicht das Unmögliche erkannt, über die Entstehung von Leben in einem Atemzuge von etwas zu reden, wofür die Kinder bestraft worden waren.

Wie kam es nur, dass die Sache so schief gelaufen war? Eigentlich war sie sich schon großartig vorgekommen, dass sie mit der Tochter überhaupt darüber sprach. Sie wusste, dass das Thema in der 8. Klasse sowieso behandelt wurde, und die meisten Mütter – Väter gab es nicht mehr oder sie waren abwesend – überließen die Aufklärung der Straße. Das aber wollte Hedwig, die sich immer als vorbildliche Mutter sah, auf keinen Fall. Sie selbst war erst von ihrem Ehemann aufgeklärt worden. Bis dahin hatte sie bei jedem Kuss von einem Mann schon Angst gehabt, ein Kind zu bekommen. Bei Roswitha hatte sie alles ganz anders machen wollen. Weniger verschweigen, mehr Offenheit, und nun dies! Und das Schlimmste stand ihr noch bevor. Denn sie konnte das Kind doch unmöglich in die Fremde gehen lassen, ohne darauf vorbereitet zu haben, was auf Roswitha zukommen konnte. Sie selber hatte mit dreizehn Jahren bereits zum ersten Mal menstruiert. Den Schrecken darüber, so unvorbereitet und plötzlich damit konfrontiert zu werden, an den sie sich noch leidvoll erinnerte, wollte sie ihrer eigenen Tochter wirklich nicht zumuten. Nein, damit konnte sie nicht warten, bis Roswitha aus England zurückkäme!

Energisch fuhren Hedwigs Arme in den Kübel mit den eingeweichten Binden und entluden ihre aufgestaute Wut beim heftigen Durchrubbeln. Jetzt, genau jetzt war der Moment! Sie musste mit Roswitha reden. Nicht mit schonungsvollem Herumreden! Damit hatte sie schon einmal Schiffbruch erlitten. Sie rief nach dem Mädchen, das sie bei den Schularbeiten vermutete. Roswitha erschien und blieb in der Türe des Badezimmers zögernd stehen.

„Komm mal her, Roswitha", sagte die Mutter, die über den Eimer gebeugt, heftig darin herumarbeitete, „komm! Schau mal her."

Langsam, etwas widerwillig, trat Roswitha näher.

„Weißt du, was das ist?" Dabei hoben die rot aufgequollenen Hände der Mutter eine der Binden heraus, und Hedwig sah die Tochter fragend an. Die zuckte mit den Schultern. Natürlich hatte sie den Kübel mit den eingeweichten Stoffbinden schon in der Ecke des Badezimmers stehen sehen. Sicher hatte sie den Holzdeckel darauf auch einmal neugierig beiseite gerückt und, vom Gestank zurückgestoßen, rasch wieder aufgesetzt. Sie wusste sogar, dass es Binden waren, die die Mutter schließlich nach vielen Wasch- und Spülgängen im Gras in einer Ecke auf dem Hof zum Bleichen auslegte, denn sie hatte einmal nach diesen komischen Wäschestücken gefragt, die an jedem Ende eine Lasche mit Knopfloch hatten und in der Mitte ein dreischichtiges Trikotpolster. So hatte sie den Namen erfahren, und damit war ihre Neugierde befriedigt gewesen. Niemals wäre sie auf den absurden Gedanken verfallen, dass diese Dinger auch einmal etwas mit ihr selbst zu tun haben könnten.

„Pass auf, Roswitha, es wird Zeit, dass ich dir das sage. Du bist zwölf Jahre alt und schon bald – ich weiß nicht wann – brauchst du das auch." „Warum denn ich?" Hedwig seufzte und schüttete das Wasser in die Badewanne ab. Während sie frisches Wasser zulaufen ließ, setzte sie sich auf den Wannenrand und ihre aufgeweichten Hände ruhten auf ihrer Schürze im Schoß.

„Sieh mal, du bist ein Mädchen."

„Na und", dachte Roswitha. Am liebsten wäre sie dem Gespräch ausgewichen. Sein Tenor gefiel ihr gar nicht. Dass sie ein Mädchen war, erschien ihr schlimm genug. Jungen durften mehr, das wusste sie längst. Warum bezog sich die Mutter darauf, dass sie ein Mädchen war, nur ein Mädchen? Immer hieß es, ein Mädchen darf dies und das nicht, immer lief es auf Einschränkung hinaus. Die Mutter fuhr fort: „Und aus Mädchen werden Frauen. Und Frauen sind alle vier Wochen einmal unwohl."

„Was?"

„Ja, das ist so", Hedwig sagte es tapfer, denn sie war entschlossen, die Sache durchzuziehen. „... und dabei läuft eben unten Blut heraus, verstehst du?"

„Wie denn?" warf Roswitha angewidert hin. Sie glaubte kein Wort.

Herrgott, dieses Kind ersparte ihr nichts! Und so entschloss sie sich zu sagen, „das Blut kommt aus deinem Mausel". Seit Anbeginn war das die Bezeichnung zwischen Mutter und Kind für „da unten". Offenbar hielt Hedwig das für genug Aufklärung und entschlossen kam sie aufs Praktische zurück: „Deswegen muss man eine Binde tragen. Hier, an diesem Gürtel." Widerwillig schaute das Mädchen hin und erklärte kurz und bündig: „Das will ich nicht! Und das glaube ich auch nicht."

„Du wirst es erleben!"

Wut über dieses störrische Kind und ihre eigene Rechthaberei ließen sie übersehen, dass sie nicht einmal eine biologische Begründung für das ganze Geschehen gegeben hatte. Hedwig war bekümmert. „Aber Roswitha, sieh mal, das sind doch jedes Mal nur fünf Tage ..." versuchte sie zu glätten.

„Fünf Tage! Alle vier Wochen!" kam es empört von Roswitha. Gleichzeitig war sie den Tränen nahe. Dann schien sie sich zu fangen. Matt fragte sie: „... und das hört nie mehr auf, bis ich sterbe?"

„Doch, Roswitha, in den Wechseljahren hört es wieder auf."

„Und wann kommen die Wechseljahre endlich?"

„Ach du lieber Himmel!" Jetzt musste Hedwig lachen, „wenn du fünfundvierzig oder fünfzig Jahre alt bist." Nein, ein Trost konnte das der Zwölfjährigen nicht sein, aber auf ein Ende war immerhin zu hoffen.

Roswitha schien nachzudenken, biss sich auf die Unterlippe und erklärte ernsthaft: „Weißt du was? Ich mache das anders. Ich halte das immer so lange an, bis ich aufs Klo muss. Dann brauche ich die ollen Binden nicht."

Die Mutter seufzte, und wandte sich wieder dem Eimer in der Wanne zu, der längst überlief.

Die Geburtstagsparty

Maureen bestäubt im Gewächshaus die Tomaten. Mit einem kleinen Pinsel tupft sie die Borsten in jede der gelben Blüten und bringt den so gewonnenen Blütenstaub auf die nächste auf. Fasziniert sieht ihr Roswitha bei der Arbeit zu.

„Das haben wir mit unseren Tomaten nie gemacht", erklärt sie nach einer Weile, und Maureen antwortet geduldig: „Im Freien besorgen das die Insekten, im Gewächshaus muss ich es tun."

„Darf ich es auch mal probieren?"

Roswitha bekommt einen zweiten Pinsel. „Nimm diese Pflanze", sagt Miss Maunders, „dann gibst du mir deinen Pinsel und ich übertrage es hier."

Ernsthaft geht Roswitha an die Arbeit. „Jetzt bin ich eine Hummel", lacht sie. Das macht ihr Spaß.

Auch sonst ist sie überall dabei.

Anfang Juli hängen die Johannisbeersträucher ganz oben im hinteren Garten, dort, wo sie auf dem Heuhaufen geschlafen haben, voll schwarzer Trauben. Gemeinsam ernten sie, schleppen schwere Schüsseln in die Küche. Später steht Maureen stundenlang am Herd und kocht Black currant jam. Auf Toast und Butter schmeckt es zum Frühstück einfach köstlich.

Roswitha ist zu einer Geburtstagsgartenparty eingeladen. Patricia Leigh, eines der Mädchen aus Maureen Maunders Klasse, wird zusammen mit ihrem Zwillingsbruder William dreizehn Jahre alt. Das Wetter scheint wie bestellt für diesen Tag, Geburtstagswetter. Als Roswitha ankommt, drängeln sich schon viele Gäste unter den Sonnenschirmen. Patricia hat die halbe Klasse eingeladen, William fast ebenso viele Jungen. Mitten auf dem Rasen unter den Schirmen ist ein riesiges Kuchenbüfett aufgebaut, dazu Getränke in allen Farben in Glaskrügen. Auf weiß behängten Tischen, verziert mit rosa Schleifchen und Polyantharosen, türmen sich die Köstlichkeiten und die Geschenke. Roswitha ist beeindruckt.

Geburtstag. Das waren immer nur ein paar Blumen aus dem Garten, die letzten Chrysanthemen, und oft waren auch die schon erfroren oder vom ersten Schnee zugeschüttet. Aber nicht ohne die „Moccatorte", die die Mutter aus Kaffeesatz und Moccaaroma zu zaubern verstand. Freundinnen einladen – unmöglich! Sie hätten ja bewirtet werden müssen. Die Moccatorte aber wurde von Mutter und Tochter ganz allein genossen.

Roswitha blieb keine Zeit, in Ruhe alles wahrzunehmen, den großen, sonnendurchfluteten Garten mit seinem Rasenteppich und den blühenden Stauden und Rabatten ringsum, das Haus mit dem herabgezogenen Dach und den weißsprossigen Fenstern und Terrassentüren im Hintergrund. Sie wurde lebhaft empfangen und gleich hineingezogen in den Kreis lachender, schwatzender Mädchen und Jungen, wurde den Eltern vorgestellt und gleich weiter gezogen und von einem kreuz und quer rennenden Cockerspaniel Schwanz wedelnd stürmisch begrüßt. Das Tier fiel förmlich über sie her, leckte ihr die Hände, stupste sie mit der feuchten Nase. Roswitha war entzückt, aber auch zurückhaltend. Mit Hunden hatte sie nicht viel Erfahrung, nur eine schmerzliche Erinnerung. Als kleines Mädchen hatte sie einen schwarzen Terrier streicheln wollen, der vor einer Haustüre saß und das Kind treuherzig ansah. Doch als Roswitha die Hand ausstreckte, schnappte er zu und ihre kleine Hand verschwand kurzfristig ganz in der Hundeschnauze. Alle Zähne waren danach zu sehen gewesen. Aber der Schnapper war wohl nicht ernsthaft gemeint, und so war sie mit dem Schrecken davongekommen, und einer gewissen Zurückhaltung gegenüber Hunden. Vielleicht hätte sie der kleine Welpe, den sie dann doch nicht bekommen hatte, mit Hunden vertrauter gemacht. So aber zog sie sich ängstlich zurück, als der Cockerspaniel sie bedrängte.

William, der dem Spiel eine Weile zugesehen hatte, kam näher.

„Du musst keine Angst haben vor Buster", erklärte er, breitbeinig vor Hund und Mädchen stehend. Roswitha sah nackte Füße, schaute die Beine hoch über kurze Hosen bis hinauf in ein pfiffiges Jungengesicht mit Sommersprossen auf der Nase. Das seitlich gescheitelte, rötliche Haar fiel ihm wie ein Vorhang ins Gesicht.

„Ich habe keine Angst", log Roswitha und fragte „ist das dein Hund?"

„Ja. Streichle ihn ruhig. Er beißt nicht."

Zaghaft wandte sich Roswitha Buster wieder zu, der ihre Aufmerksamkeit dankbar erwiderte. Sie kniete nieder, umschlang den Hund zärtlich mit den Armen, fühlte sein glänzendes, gewelltes Fell, streichelte die samtigen Lappen seiner Ohren und genoss es, wie er sie mit hündischer Ergebenheit anhimmelte.

William ließ sich neben ihnen nieder, umschlang seine nackten Beine mit den Händen und sagte: „Buster mag dich. Er geht sonst nicht zu jedem."

Roswitha strahlte dankbar. Sie wollte alles wissen. Wie alt ist Buster? Was frisst er und was ist sein Lieblingsessen? Wo schläft er und ob William mit ihm spazieren geht. Der gab geduldig Auskunft und sagte gönnerhaft: „Du kannst mich Bill nennen. Meine

Freunde nennen mich Bill."

Roswitha hörte es kaum, so sehr war sie mit dem Hund beschäftigt. Das blieb den ganzen Nachmittag so, nur unterbrochen vom Essen am Kuchenbüffet, wobei sie sich mit ihrem Teller etwas abseits schlich und Buster, der ihr gefolgt war, heimlich Leckerbissen zusteckte. Beim Krocket auf dem Rasen war sie nur halb bei der Sache. Immer wieder tollte Buster fröhlich dazwischen und er wäre sicher ins Haus verbannt worden, hätte Roswitha nicht für ihn ,gebittet und gebettelt'.

Als Miss Maunders erschien, um sie abzuholen, war für Roswitha kaum Zeit vergangen. Seufzend verabschiedete sie sich von Buster. Bill musste den Hund gewaltsam zurückhalten, dass er ihr nicht hinterherlief. Endlich nahm er ihn auf den Arm, und als sich Roswitha ein letztes Mal dem fiependen Hund zuwandte, steckte Bill ihr einen zerknüllten Zettel zu. Noch ganz auf den Hund konzentriert, nahm sie ihn an sich, streichelte mit der freien Rechten noch einmal über den schmalen Hundekopf und ging rasch. Den Blick in diese Hundeaugen hätte sie jetzt nicht mehr ertragen.

„Oh, Miss Maunders, das war so schön heute", schwärmte sie auf dem Heimweg neben ihr hertrippelnd, „ich habe mich richtig verliebt!"

„So?" Die Lehrerin zog die Brauen hoch. Es war ihr anzusehen, dass sie überlegte, bis sie schließlich die Frage stellte:

„Wer ist es denn, für den du da schwärmst?"

„Buster", antwortete Roswitha ernsthaft.

„Buster? Welcher von den Jungens heißt Buster?" Maureen Maunders konnte sich das nicht vorstellten. Schließlich war Buster, wenn auch ein mildes, so doch ein Schimpfwort, und hieß soviel wie „Freundchen".

Roswitha lachte: „Buster heißt doch Bills Hund!" rief sie aus.

„Ach so." Miss Maunders war beruhigt, und Roswitha musste auf dem ganzen Heimweg immer wieder darüber lachen.

Den Zettel, den ihr Bill zugesteckt hat und den sie in ihrem Zimmer beinahe achtlos in den Papierkorb werfen wollte, faltete sie nun doch auseinander, glättete ihn auf ihrem Nachttisch und las nur drei kleine Worte: I love you. Nichts weiter. Keine Anrede, kein Name.

William? Neben dem Hund war Roswitha sein Besitzer gar nicht aufgefallen. So sehr war sie von dem „süßen Buster" fasziniert, dass sie ringsum alles andere vergessen und außer Buster nichts beachtet hatte. Und nun dieser Zettel! Roswitha versuchte, sich an William oder Bill, wie sie ihn nennen sollte, zu erinnern, was ihr nicht so recht gelang. Dagegen hätte sie seinen Hund in allen Einzelheiten beschreiben können, mit Leichtigkeit! Er hatte so süße weiche Schlappohren! Und so tapsige Pfoten! Dazu dieser treue Blick! „Ach Buster!" seufzte Roswitha.

Am liebsten hätte sie sich von Miss Maunders auch so einen süßen Hund erbettelt. Aber sie wusste, dass es keinen Zweck hatte, denn sie dachte daran, dass ihr Wunsch nach einem Pferd schon nicht erfüllt worden war. Und anders als daheim war ein „Nein" von Miss Maunders wirklich ein Nein.

Da lag noch immer dieser Zettel. „I love you!" Ein wenig kribbelte das schon im Bauch. Aber nicht wegen William. Sie dachte an Klaus-Peter. Der dunkle Klaus-Peter war ihre erste geheime Liebe gewesen. Nicht die allererste. Die allererste Liebe – das Geheimnis, wie sie es nannte und sie hatte es niemandem anvertraut, nicht einmal der Mutter – dieses Geheimnis war das Illustriertenfoto eines Hitlerjungen gewesen, das sie in einer Schachtel unter dem Bett aufbewahrte. Die Schachtel – eine Schatztruhe. Sie enthielt neben dem Bildnis des blonden Hitlerjungen alles Wertvolle, das sie besaß: bunte Steine, die Feder eines Eichelhähers, einen Glückspfennig, zwei schöne Knöpfe, einen aus Perlmutt und einen mit blauem Stoff überzogen, ein vertrocknetes Rohrpfeifchen, das ihr der Nachbarsjunge Horst geschnitzt hatte und eine leere Filmspule mit einer Holzrolle. Dazu zerbröselte Blätter und Samen, wie Ahornnasen, die nur im frischen Zustand auf der Nase klebten, aber zu schade waren, um weggeworfen zu werden. Vielleicht fanden sich auch ein paar Wollfäden unter den Kostbarkeiten und ein Stück Klebfix, ein Kleidchen aus Papier für eine Anziehpuppe und ein einzelnes Bauklötzchen, das einer Brücke ähnelte, Dinge, die es jedenfalls wert waren, neben ihrem „Geheimnis" in der Schachtel zu ruhen. Wenn sie es herausnahm und ansah – sie musste dabei allein in der Wohnung sein –, fühlte sie ein Erschauern und sich wie auf wundersame Weise irgendwie erhoben. Dann war sie nicht mehr die kleine Roswitha, die ängstlich davonlief, wenn ihr der Nachbarsjunge mit einer Spinne hinterher rannte, oder die sich nachts vor dem Einschlafen vor einem möglichen Räuber unter dem Bett fürchtete. Im Gegenteil, die anderen fürchteten sich vor ihr. Sie brauchte ihn nur zu rufen, diesen Hitlerjungen auf dem Schwarzweiß-Foto. Er würde ihr schon helfen, wenn er sie auch nicht ansah, denn sein Blick schweifte in eine unbestimmte Ferne. Ein trotziger, entschlossener Blick war das. Zwischen den kindlichen Brauen stand eine steile Falte, und die Lippen, aufgeworfene und doch markante Lippen, waren fest geschlossen wie die Reihen, von denen das Horst-Wessel-Lied sang. Sein Gesicht, aufgereckt gegen einen wolkenlosen Himmel, zeigte sich im Halbprofil und der korrekt gescheitelte Schopf war im Nacken hoch geschoren, was ihm einen „musikalischen Hinterkopf" verlieh. Die kleine Roswitha hatte sich in diesen Hinterkopf vergafft. Er sah genauso aus wie der eines verehrten Cousins, den sie nicht wirklich mögen konnte, weil er sie bei jeder sich bietenden Gelegenheit ärgerte, ihr das „Wusel" auf dem Ofenrohr versteckte, sie neckte und piesackte, wo er nur konnte. Der Hitlerjunge auf dem Bild tat das nicht. Seine Hände schlugen eine vor den Bauch gehängte Trommel. Aber Roswitha interessierte sich nur für seinen blonden Kopf mit dem entschlossenen Gesichtsausdruck. Einer wie er würde sie beschützen, das wusste sie.

Mit dem Krieg hatte für Roswitha auch die Bewunderung für den Hitlerjungen ein Ende, obwohl es eine nahezu „erfüllte" Liebe gewesen war. Ihre spätere Liebe zu Klaus-Peter blieb unerfüllt, wie die zum Cousin.

Klaus-Peter besuchte regelmäßig seinen Freund Horst, den Nachbarjungen. Der elfjährige Klaus-Peter war kaum älter als Roswitha, und sie fand ihn sofort unwiderstehlich. Sie himmelte ihn an, er beachtete sie nicht, was ihre Neigung enorm steigerte. Klaus-Peter sah ein wenig exotisch aus mit einer bräunlichen Haut und schwarzlockigem Haar. Mehr noch als von seinem fremdartigen Aussehen war Roswitha angezogen von seiner Arroganz und seiner Herablassung gegenüber den Mädchen. „Weiber" quetschte er in so unnachahmlicher Art und Weise zwischen seinen weißen Zähnen hervor, wenn er sich über die Mädchen mokierte, dass es in Roswithas Ohren schon fast wie ein Kosewort klang. Von ihm damit belegt zu werden war eine Ehre. Was immer er tat oder sagte, Roswitha war hingerissen – bis zu dem Tag im Waldbad, als die Liebe ein jähes Ende fand.

Sie waren zu viert, der Nachbarsjunge Horst, seine kleine Schwester, Klaus-Peter und Roswitha. Nach dem Schwimmen lagen sie alle auf der Decke der Wiese. Roswitha war glücklich. Zwei Jungen und zwei Mädchen, das ergab zwei Pärchen, und natürlich fantasierte sie sich zu Klaus-Peter gehörig.

Irgendwann stand Roswitha von der Decke auf und ging zum Sprungbrett, das an diesem Tage niemand benutzte. Das primitive Brett ragte in den Schwimmteich hinein, nur wenig über der Wasseroberfläche. Fast konnten Roswithas Zehen das Wasser streifen, als sie sich auf dem Brett niederließ und mit den Beinen baumelte. Der Wasserspiegel schaukelte unter ihr, Libellen im Tandem tupften lautlos sich ausbreitende Ringe hinein, warme Sonne auf der Haut und Vogelgezwitscher aus dem nahen Wald.

Roswitha träumte sich ihren Prinzen herbei. Und da kam er. Ohne hinzusehen sah sie ihn aus den Augenwinkeln, wie er sich vorsichtig auf nackten Zehenspitzen an den Steg heranpirschte. Bloß nicht hinsehen! Ihr Herz schlug schneller, als sich die Vibration seiner Schritte vom Sprungbrett auf sie übertrug. Er näherte sich, unaufhaltsam. Roswitha gab sich Mühe, ihre geheuchelte Gleichgültigkeit zu unterstreichen, indem sie wie selbstvergessen vor sich hinsummte: „... jetzt kommen die lustigen Tage ..." Sie spürte es, jetzt stand er hinter ihr, lautlos, ein Schatten war auf ihre sonnenheiße Schulter gefallen. Jetzt! Was würde er tun? Sich neben sie setzen und stumm mit ihr die Wasseroberfläche beobachten? Den Arm würde er sicher nicht um sie legen. Das ging nicht vor Horst und seiner Schwester. Aber neben ihr sitzen, einfach so. Und mehr wollte sie ja auch gar nicht. Das aber wünschte sie sich sehr. Doch mit einem kurzen, heftigen Ruck stieß er sie ins Wasser. Vom ersten Glück seiner Berührung an seinen Schultern fiel sie ohne Übergang in den Schock des kalten Wassers.

Minutenlang blieb ihr die Luft weg, schluckte sie Wasser, ruderte sie hilflos mit den Armen, bis sie sich darauf besann, dass sie schwimmen konnte. Die Kur war heilsam. Mit Klaus-Peter war es aus. Wie schön wäre es gewesen, wenn sie jetzt einen großen Bruder gehabt hätte, der sie gerächt hätte!

Der rotblonde William mit den Sommersprossen auf der Nase, blassen geraden Beinen mit großen Füßen im Teppichgras – nach und nach fielen Roswitha immer mehr Einzelheiten zu ihm ein. Nein, vom Sprungbrett würde er sie nicht stoßen, das nicht. Aber nicht nur seine nackten Füße wirkten blass. Sie spürte keinen elektrischen Schlag beim Blick in seine Augen, die blassblau waren und abirrten, und längst nicht so frech wie die vom dunklen Klaus-Peter blickten. Aber „I love you", das hatte ihr noch keiner gesagt oder geschrieben. Das prickelte schon ein bisschen. Und ihm gehörte Buster. Buster, der mit seiner Schönheit leicht alle Nachteile seines Herrn aufwiegen konnte. „Ach Buster!" seufzte sie bei dem Gedanken an ihn, als sie sich an diesem Abend in ihrem Zimmer auszog. Dabei fiel ihr Blick wie zufällig in den schräg hängenden Spiegel. Nicht, dass Roswitha nicht jeden Abend dem Spiegel einen Blick geschenkt hätte. Aber an diesem Abend sah sie sich mit anderen Augen. Was fand William an ihr, was Klaus-Peter nicht gefunden hatte? Klar, sie hatte sich verändert, in letzter Zeit überhaupt, und auch im Besonderen. Sicher hatte sie zugenommen, das Spitzmausgesicht war verschwunden. Die Ohren vor den Affenschaukeln wirkten zu groß. Deshalb öffnete sie jetzt die Zöpfe und verdeckte mit dem aufgelösten Haar die Ohren. So gefiel sie sich besser. Aber die Nase! War sie in letzter Zeit nicht gröber geworden? Und der Mund breiter?

An diesem Abend schlüpfte Roswitha nicht sofort ins Nachthemd. Nackt stand sie vor dem Spiegel und betrachtete sich. Nein, eine Täuschung war das nicht. Längst waren die Rippen am Brustkorb nicht mehr sichtbar. Niemand konnte mehr sagen, „auf deinen Rippen kann man ja Klavier spielen". Aber da war noch viel mehr: kleine Polster um die Brustwarzen herum, die schon einen deutlichen Hof hatten. Wenn Roswitha eine der Brustwölbungen in die Hand nahm und sich ein wenig nach vorne beugte, fühlte sie bereits Masse und es schien ihr – und sie täuschte sich nicht – die Masse nehme von Tag zu Tag zu. Das aber war nicht alles. Kleine Härchen, alle in eine Richtung, begannen sich in ihren Achselhöhlen zu zeigen. Und auf dem Hügel ihrer Scham sah sie das gleiche Phänomen. Bald konnte sie einen dunklen Schatten an dieser Stelle wahrnehmen, auch wenn sie so weit wie möglich vom Spiegel zurücktrat. Roswitha erinnerte sich an schwarze Achselhaare, die sie bei der Mutter an ausgeschnittenen Sommerblusen gesehen hatte. Das war so, und es war in Ordnung so. Am eigenen Körper empfand sie es ganz anders, erstaunlicher, aber auch gewaltsamer. Da geschah etwas mit ihr und veränderte sie, und sie hatte keine Möglichkeit, es aufzuhalten oder anzuhalten. Ihr blieb nur, zu beobachten und zu staunen, ohne zu wissen, ob sie das nun gut finden sollte oder nicht. Alle in ihrer Klasse daheim waren noch Kinder. Jedenfalls waren sie es, als Roswitha abreiste. Sie konnte sich nichts anderes denken. Was aber, wenn nur sie sich so verändert hatte, vielleicht durch das gute Essen? Würde man sie nicht auslachen? Halb zweifelnd, halb belustigt sah sie ihr Spiegelbild an. Gewachsen war sie auch, mächtig sogar. Sie hatte es schon bemerkt, dass Röcke und Kleider die Knie nicht mehr bedeckten, und irgendwie schien bei den Kleidern die Taille nach oben verrutscht zu sein. Ob das daran lag ...? Roswitha bettete ihre kleinen Brusthügel in die Handflächen. „Komisch, wenn das immer so weiter wächst?" Die Mutter war eher flach. Roswitha konnte sich überhaupt nicht an einen richtigen Busen bei ihr erinnern, nur an Fältchen in der Bluse, so genannte Abnäher. Darunter war nichts, oder kaum etwas. Leere Bluse. „Na, die wird staunen!" dachte Roswitha, als sie sich das Nachthemd überzog.

Abschiednehmen

Immer schneller ging ihre Zeit in England nun dem Ende zu. Davon wollte Roswitha am liebsten nichts wissen, aber Miss Maunders erinnerte sie an das Poesiealbum, das sie aus Deutschland mitgebracht hatte, und dass es nun an der Zeit wäre, die Freunde und Schulkameraden einschreiben zu lassen. Roswitha hatte nichts dagegen, dass die Lehrerin das Album mitnahm in die Grammar School und dass das Lehrerkollegium und alle Schülerinnen ihrer Klassen sich eintrugen. Sie war nur verwundert, denn sie kannte das von daheim anders. Da gab es kitschige Verse und Glanzbildchen von den Schulfreundinnen, Besinnliches und Klassisches von den Lehrern, hier standen nur die Namen untereinander. Mehr Mühe machte sich der Pfarrer der Gemeinde Otley, der Roswithas Aufenthalt erst ermöglicht hatte, als er den Jammerbrief aus Germany weitergab. Einmal war Roswitha zum Tee bei dem weißhaarigen alten Herrn eingeladen gewesen, der im Beisein seiner ältlichen Haushälterin Roswitha selbst den Tee eingeschenkt und viele Fragen an sie gestellt hatte. Sie hatte so gut sie konnte geantwortet, aber zumeist endeten die Dialoge im gegenseitigen freundlichen Grinsen, denn damals – sie war erst vier Wochen im Lande – war ihr Englisch noch sehr mangelhaft. Sein Eintrag ins Poesiealbum war sogar mit einem kleinen Bildchen versehen, einer Federzeichnung „seiner" Kirche, eigenhändig von ihm gezeichnet. Der Schuldirektor Maureens klebte ein selbst gemaltes Aquarell ins Album. Es zeigte die durch Otley fließende Wharfe, dahinter den Chevin in Sonntagsmalerperspektive, denn das Wasser des Flusses schien völlig ruhig einen Berg herabzufließen. Jemand malte das eigene Portrait, andere drechselten Verse, wie

Roswitha with the nut brown hair,
Eyes aglow and dancing,
Gaily tripping here and there
In your joyful prancing;
Now that you are going from here,
Auf Wiedersehen, Roswitha dear.

170

Am besten gefiel Roswitha der Dialog zwischen Sam und Rufus:
„Rufus! Oh! Rufus!" said Sam, looking sad;
"I have some bad news for you, Rufus, my lad;
Roswitha, our Mädchen, is going in July."
"Miaow-wow", said Rufus, beginning to cry.
Then Sam joined with Rufus, and shed bitter tears;
They both loved Roswitha so well, it appears.
Said Rufus to Sam: "Come cheer up, my boy,
We can both join together in wishing her joy."

Das wog die kargen Einträge der Schulkameraden auf. Denn
auch in Roswithas kleiner Schule hatten sich alle nur mit dem
Namen verewigt, Mädchen und Buben fein säuberlich getrennt.
Am wertvollsten erschien Roswitha der Eintrag von Miss
Maunders. Sie hatte Goethe bemüht. Ehrfurchtsvoll las das
Mädchen:

Freudvoll und leidvoll, gedankenvoll sein;
Hangen und bangen in schwebender Pein;
Himmelhoch jauchzend, zu Tode betrübt;
Glücklich allein ist die Seele, die liebt!
Zur Erinnerung an Deinen Aufenthalt in Otley;
Du warst bei mir in einer schweren Zeit
und hast mich von meiner Trauer abgelenkt.
An Dich denke ich mit Dankbarkeit zurück.

Deine Maureen Maunders

Roswitha las es immer wieder. War das nicht die
Bescheinigung ihrer Wichtigkeit auch für Miss Maunders? Dass
sie für die Mutter wichtig war, das wusste sie. Die Mutter hatte es
immer wieder betont. „Mein Ein und Alles! Mein großes Mäd-

chen!" auch als sie noch ganz klein war. Diese Wichtigkeit hier war größer. Jetzt war s i e die Freundin von Miss Maunders. Sie, die kleine Roswitha, sie hatte der Mutter den Mann ersetzt, jetzt ersetzte sie Miss Maunders die tote Freundin. Ihr schien, als sei sie dazu bestimmt, den vom Schicksal Getretenen zu helfen. Nichts kam ihr daran falsch oder lächerlich vor. Sie hatte es nur nicht gewusst, welche Rolle sie auch für Miss Maunders spielte. Erst jetzt, da sie es schwarz auf weiß geschrieben sah, „Du warst bei mir in einer schweren Zeit …an Dich denke ich mit Dankbarkeit zurück", nein, so weit war es noch nicht. Warum muss sie denn jetzt schon heimfahren? Das neue Schuljahr beginnt doch sowieso erst am 1. September. So lange kann sie doch noch bleiben. Roswitha will, ja sie muss Miss Maunders die Freude machen! Das wird die Mutter doch verstehen.

Ein paar Tage lang kämpft Roswitha mit sich. Dann, als sie an einem Sonntag im Schwimmbad nahe dem Fluss auf der Wiese sitzen, sagt sie es.

„Ich kann noch länger dableiben, Miss Maunders", und eifrig setzt sie hinzu: „Das neue Schuljahr beginnt nämlich erst am 1. September."

„Das geht nicht", sagt Maureen Maunders leise und schaut Roswitha dabei nicht an. Aber diese ist sich sicher, darum sagt sie jetzt:

„Doch, Miss Maunders, ich habe es mir ganz genau überlegt, und meine Mutti wird das auch verstehen."

Maureen Maunders seufzt, und wieder deutet es Roswitha falsch, erklärt noch einmal, dass sie es sich doch ganz genau und lange überlegt habe und dass sie sich keine Sorgen machen solle, denn sie, Roswitha, bliebe gerne länger.

„Es ist doch so schön hier, Miss Maunders. Und hier gibt es das gute Essen für mich, und das ist das Wichtigste, das meint

172

meine Mutti doch auch!"

Denken Kinder eigentlich immer nur an sich? Maureen fragt sich das etwas unwillig und überlegt, was sie Roswitha sagen will. Nicht, dass sie das Ende der Zeit mit ihr schon herbeigesehnt hätte – die quirlige Roswitha hat ihr in ihrer Art auch viel Freude gemacht, vielleicht weil sie so ist, wie Maureen schon lange nicht mehr sein kann, so unbefangen und ahnungslos, so jung, wie sie selbst es nie wieder sein wird. – Aber sie hat doch schon Pläne gemacht für die Zeit danach, wenn auch in England Ferien sind. Sie möchte einige Zeit zum Wandern in den Lake District fahren, Ambleside wieder sehen, wo sie als ganz junges Mädchen zusammen mit Helen gewesen ist.

Darauf hat sie sich gefreut, das hat sie sich ausgemalt, all die schönen Stellen und Plätze von damals wieder zusehen, und dabei auch Abschied zu nehmen von Helen, was ihr längst noch nicht wirklich gelungen ist. Wenn sie an Helen und deren Ende denkt, könnte sie bitter und deshalb ungerecht werden. Sie spürt den Impuls, Roswitha hart zurechtzuweisen: „... als ob das Essen das Wichtigste wäre! Denk nicht immer nur an dich, Roswitha, und ans Essen. Du bist längst nicht mehr mager, im Gegenteil!" Aber das sagt Maureen nicht, das denkt sie nur, während ihre blassblauen Augen auf Roswithas erblühenden Rundungen ruhen. Und sie denkt daran, dass sie sich auf die Ferien gefreut hat, auf eine Reise in den Lake District. Ja, auch darauf, wieder allein zu sein. Kinder sind anstrengend, wenn man sie nicht nur unterrichten muss.

Roswitha sieht sie erwartungsvoll an, und das kindliche Mädchengesicht ist so offen auf sie gerichtet, dass Maureen nur sagen kann:

„Das geht wirklich nicht, Roswitha. Der Flug ist schon gebucht und wir können den Termin nicht ändern."

Wie wenn man eine Lampe ausknipst, erlöscht das Leuchten

auf Roswithas Zügen. Sie senkt den Blick auf das Gras zwischen ihren aufgestützten Knien und murmelt leise: „Schade!"

Plötzlich steht ein Mädchen vor ihnen, eine von Maureens Schülerinnen. Glücklich, ihre Lehrerin auf der Wiese entdeckt zu haben, sprudelt sie allerhand in Englisch heraus. Roswitha macht sich gar nicht erst die Mühe, es zu verstehen. Wenn sie nicht länger bleiben kann, will sie auch sonst nichts wissen, schon gleich gar nichts von Maureens Schülerinnen, die offenbar mehr Rechte haben als sie. Auf alle Fälle dürfen sie in ihrer Nähe bleiben, sie aber muss fort.

Doch man lässt Roswitha keine Ruhe, sich zu vergraben.

„Roswitha", sagt Miss Maunders, „das ist Rachel. Du kennst sie von deinem Besuch in meiner Klasse. Rachel möchte mit dir um die Wette schwimmen."

Eigentlich hat Roswitha keine Lust dazu, aber sie erhebt sich langsam und geht mit Rachel auf das Becken zu. Gewöhnlich ist sie von Wettspielen immer begeistert, und schwimmen kann sie gut. Aber diesmal? Nach den ersten Schritten wendet sie sich um und sagt zu Miss Maunders „...aber Sie müssen den Schiedsrichter machen!" und als diese mitgeht, macht ihr die Sache doch auf einmal Spaß.

Miss Maunders setzt sich an den Beckenrand und hängt die Beine ins Wasser: „Also aufgepasst! Eine Bahn hin und eine zurück." Die Mädchen im Wasser halten sich am Rand fest und warten auf das Kommando. Die Lehrerin schaut auf ihre Armbanduhr und zählt „one, two, three. Go!" Beide Mädchen stoßen sich ab und schwimmen los. Roswitha merkt bald, dass Rachel gut ist. Klar, sonst hätte sie sie wohl nicht herausgefordert. Ihr Ehrgeiz ist angestachelt und Roswitha rudert aus Leibeskräften. Dennoch schlägt Rachel nach der ersten Bahn früher an und grinst, als sie Roswithas Blick begegnet. O nein! Roswitha strengt sich mehr an. Aber sie bleibt im Kielwasser von Rachel. Doch sie bemerkt, dass Rachels Hinterkopf zentimeterweise langsam näher rückt und schöpft neue Hoffnung. Am Beckenrand erkennt sie schon Miss Maunders. Roswitha kann sie nicht enttäuschen. Sie will siegen. Auch bei Miss Maunders. Denn plötzlich weiß sie es: Diejenige von den beiden, die zuerst anschlägt, die wird sie lieben. Dieser Gedanke mobilisiert Roswithas Kräfte noch einmal, er trägt sie bis ins Ziel. Eine Handbreit vor Rachel schlägt sie am Beckenrand an.

Die beiden Mädchen haben sich völlig verausgabt. Ihre nassen Gesichter zu Maureen erhoben, erwarten sie das Urteil. Als diese erklärt, dass sie beide fast gleichzeitig angeschlagen haben, Roswitha aber eine Winzigkeit vor Rachel, stößt Roswitha einen Freudenschrei aus, wirft die Arme in die Luft und lässt sich im Becken absinken. Rachel zieht sich schon die Einstiegstreppe hoch, als Roswitha prustend wieder auftaucht. Sie hat Wasser in den Mund genommen und lässt es sanft wieder aussprudeln. Das hat sie jetzt gebraucht, um mit ihrem Glücksgefühl fertig zu werden.

Maureen sieht Roswitha, die sich nass glänzend die Treppe heraufhangelt und ist erstaunt über ihre weiblichen Formen. Ihr Blick bleibt an den sich im nassen Anzug deutlich abzeichnenden Brustwarzen hängen. Sie kann gar nicht wegsehen, als Roswitha aufgekratzt um sie herumtanzt: „Ich habe gewonnen, ich habe gewonnen!"

„Trockne dich lieber ab, Roswitha." Die ungenierte Siegeslust Roswitha stört sie. Deshalb dämpft sie die Freude weiter:

„Dein Schwimmstil ist etwas merkwürdig. Du solltest dir ansehen, wie man es richtig macht."

„Wie denn?" Das hat ihr noch keiner gesagt, dass sie falsch schwimmt. Außerdem glaubt Roswitha, dass es die Hauptsache ist, sich über Wasser zu halten, egal wie.

„Ich will es dir zeigen", sagt Miss Maunders und steigt ins

Wasser. „Es kommt darauf an, Arme und Beine gleichzeitig zu schließen." Maureen machte ihr ein paar Züge vor.

Als Roswitha den Schwimmstil nachzumachen versucht, gerät sie ganz durcheinander. Sie glaubt unterzugehen und kommt nicht von der Stelle. Ihr Glücksgefühl von vorhin ist versunken.

Kein Kind mehr

Es ist nicht mehr zu übersehen, auch nicht von Maureen, dass Roswitha sich zur Frau entwickelt. Bis zu dem Tag im Schwimmbad hat sie es nicht bemerkt, und eigentlich hat sie nur die sich unter dem nassen Badeanzug abzeichnenden Brustwarzen des Mädchens wahrgenommen. Einmal aufmerksam geworden, hat sie auch die neuen Wölbungen und Rundungen gesehen. Und wenn Roswitha sie jetzt im Überschwang ihrer Gefühle stürmisch umarmt, spürt sie deutlich die jungen festen Brüste. Maureen, fast knabenhaft schlank, mit wenig Busen, ist nicht unempfänglich für weibliche Fülle. Sie weiß das, wenn sie es auch stets verborgen hat, selbst vor Helen, deren bitterer Verlust der ersten Brust auch ihr eigener war. Später dann, beim zweiten Mal, als es schon ums nackte Überleben ging, war das anders. Mit der Asymmetrie hat sie sich sowieso nicht anfreunden können, und auch nicht mit diesem fleischfarbenen Polster, das die arme Helen fortan in die eine Schale ihres Büstenhalters einlegen musste.

Für Maureen war nie ein Büstenhalter infrage gekommen. Als ihre Mutter ihr als junges Mädchen so etwas aufzwingen wollte, hatte sie sich standhaft geweigert, und ihr Körper hatte ihr recht gegeben. Ihre kaum entwickelten Brüste verlangten nicht nach einer Stütze, auch wenn die Mutter überzeugt war, dass mit einem leicht ausgepolsterten BH Maureens Kleider viel besser sitzen würden. Aber auch hier hatte sich die Mutter nicht durchsetzen können. Tatsächlich konnte Maureen ihren Typ besser einschätzen. Zum Reformschnitt ihres glänzenden braunen Haares passten die knabenhaften Kostüme und die schlichten Kleider, die sie wählte. Eine gepolsterte Büste hätte die schlanke Erscheinung nur verunstaltet und Fraulichkeit karikiert, wo jugendliche Mädchenhaftigkeit wirkte, die auch zu ihrem Wesen viel besser passte.

Und doch, obwohl sie das für sich selbst ablehnt, haben üppige weibliche Formen eine gewisse Wirkung auf Maureen. Auch in der Kunst bevorzugt sie die weibliche vor der männlichen Darstellung. Nackte Männerbeine verursachen ihr Übelkeit, und am liebsten würde sie das Tragen von kurzen Hosen per Gesetz verbieten lassen. Kurze Hosen für Knaben, lange für Männer. Punktum. Da sie selbst nur Kostüme mit schlicht geschnittenen Röcken trägt – Hosen für Frauen erscheinen ihr unschicklich – findet sie, dass auch Männer Zugeständnisse machen und nur lange Hosen tragen sollten.

Roswithas sich so augenfällig entwickelnde Weiblichkeit betrachtet sie mit Verwirrung. Roswitha ist noch so offensichtlich Kind, dass sie eigentlich auch äußerlich nichts als Kind sein sollte; die Natur muss sich da irren.

Roswitha selbst kann nicht glauben, was mit ihr geschieht. Wenn sie sich abends vor dem Spiegel betrachtet, vor allem die täglich deutlicher werdenden Brüste, dann fragt sie sich, ob sie ein Treibmittel in sich habe, Hefe oder Backpulver etwa. Wie kann das so wachsen aus dem Nichts? „Ich gehe auf wie ein Hefeteig", sagt sie ernsthaft zu ihrem Spiegelbild. Die Mutter wird staunen. Und es ist nicht zu übersehen, dass Roswitha zugenommen hat. Das war immer das Wichtigste. Als sie im Krieg einmal zur Kinderlandverschickung im Thüringer Wald war, da war es das erste, was die Mutter beim Heimkommen wissen wollte, „hast du auch zugenommen?" Diesmal hat sie, ganz gewiss.

Zwei Wochen vor ihrer Heimreise passiert es dann doch, das, was Roswitha nicht wahrhaben wollte, was sie schon glaubte vergessen zu können. Jetzt holt es sie ein: Blut! Obwohl sie weiß, was das bedeutet – die Mutter hatte es ihr ja prophezeit – erschrickt sie entsetzlich. Was soll sie nur tun? All das Unbehagen kommt zurück, das sie daheim im Bad empfunden hat. Sie sieht die Hände der Mutter in dem schrecklichen Kübel arbeiten, sie hört ihre Stimme, die resigniert klingt „... so ist das eben mit uns Frauen, da kann man sich nicht dagegen wehren. Wie so vieles andere müssen wir auch das erleiden!" Keine Freude, eine Frau zu sein, Kinder gebären zu können, ausgezeichnet zu sein vor den Männern. Nur Last und Beschwernisse. Und der unausgesprochene Vorwurf an die Männer, die es besser haben.

Zum Glück erinnert sich Roswitha daran, dass die Mutter gewarnt hat: „Blut niemals mit heißem Wasser auswaschen, immer nur kalt!" Und so kann sie die verräterischen Spuren in der Wäsche beseitigen, denn mit Miss Maunders kann und will sie nicht reden. Sie weiß nicht warum, aber Roswitha glaubt einfach nicht, dass Miss Maunders auch Blutungen hat. Sie ist anders als die Mutter, irgendwie unantastbar, sie scheint der weiblichen Körperlichkeit nicht unterworfen zu sein. Lebt sie nicht ganz anders als andere Frauen? Ist Miss Maunders nicht wohltuend selbständig, von keinem Mann abhängig, geschweige denn ihm unterworfen? Könnte es da nicht sein, dass sie auch von den anderen Misshelligkeiten verschont bleibt, die einer gewöhnlichen Frau unausweichlich begegnen, und die Roswitha so schrecklich erscheinen?

Dabei sollte sie es eigentlich besser wissen, denn es gibt in ihr ja auch dieses Bild eines Blutfleckens in Miss Maunders Unterrock, als sie in einer Nacht besorgt am Bett des Mädchens erscheint, weil es im Schlaf aufgeschrieen hat. Maureen hat der spitze hohe Schrei alarmiert und an Roswithas Bett eilen lassen ohne zu zögern. Dieser rostrote Fleck in Augenhöhe Roswithas! Natürlich hatte Roswitha das beschäftigt. Aber es passte nicht in das Bild, das sie sich von Miss Maunders gemacht hatte. Eine befleckte Ikone, undenkbar! Geschickt retuschiert Roswitha das Bild, bis es wieder gerade hängt und makellos erscheint.

Es werden drei schlimme Tage und Nächte, in denen sie sich mit ihren Taschentüchern behilft, die die Mutter so sorgsam mit ihrem Monogramm versehen hat. Jetzt werden sie nach Gebrauch im Garten vergraben, ein jedes an einer anderen Stelle. Das ist keine Lösung, aber haben sich nicht die Frauen in früheren Zeiten auch nur mangelhaft beholfen, speziell die ärmeren? Gab es da nicht ein Moos – Frauenmoos genannt – das sie sich zwischen die Schenkel klemmten unter ihren langen weiten Röcken? Roswitha ist nur darauf bedacht, dass niemand etwas bemerkt, vor allem nicht Miss Maunders. Das wird ihr gelingen. Beim nächsten Mal wird sie dann schon daheim sein. Die Mutter wird ihr den Gürtel verordnen und – oh Wunder! – als Neuheit Wegwerfbinden, harte brettartige Gebilde, die die zarte Haut zwischen den Schenkeln aufscheuern und unter eng anliegenden Kleidern deutlich sichtbar sind. Doch es gibt kein Entrinnen, auch wenn sich Roswitha dagegen aufbäumt wie ein Wildpferd gegen das Zaumzeug.

Aber noch genießt sie die letzte Zeit in England, als diese erste Widerwärtigkeit vorbei und vergessen ist. Man ist freundlich zu ihr, überhäuft sie mit kleinen Abschiedsgeschenken. William kommt mit Buster vorbei, mit dem sie sich wegen der Katzen im Livingroom einsperren müssen, und Roswitha ist selig, weil der Hund sie wieder erkennt. Wieder steckt Bill ihr beim Abschied etwas zu. Später, allein in ihrem Zimmer, sieht sie, dass es ein etwas unscharfes Foto von Herr und Hund ist, und ein Zettel mit seiner Adresse, darunter kleingeschrieben: I love you. What about you? Roswitha lächelt. Sie ist sicher, dass sie ihm schreiben wird.

Heimgekehrt wird sie es nie tun. Anderes wird in den Vordergrund treten. Und so unerreichbar für sie Buster ist, so unerreichbar wird sie für William sein.

Unerfüllbarer Auftrag

Dann ist es so weit. Roswitha besteigt zusammen mit Maureen in Leeds den Zug nach London. Diesmal muss sie nicht allein fahren. Miss Maunders hat sich frei genommen. Sie wird ein paar Tage bei den Handfords in London verbringen und Roswitha selbst zum Flughafen bringen.

Das Betteln und Flehen von Roswitha, noch ein bisschen länger bleiben zu können, hat nichts genützt. Miss Maunders ist hart geblieben, genauso wie damals, als das Mädchen sich das Pferd gewünscht hatte.

„Möchtest du denn nicht gerne nach Hause?" Das Gespräch fand während des Abendessens statt, und Roswitha konnte nicht begreifen, wie Miss Maunders ungerührt ihre Salatplatte verzehrte, während sie selbst vor Enttäuschung nichts von dem anrührte, das ihr doch sonst so gut geschmeckt hatte, wie die frischen Salatblätter, die knackigen Gurkenscheiben, die Tomaten mit den hart gekochten Eihälften obenauf. Und während sie auf das farbige Gebilde starrte, antwortete sie nur mit „nein".

Die Ältere legte das Besteck ab und betupfte sich den Mund mit der Serviette: „Aber deine Mutter. Sie wartet doch schon auf dich."

Roswitha sah auf, direkt in den eisblauen Blick ihres Gegenübers. „Deine Mutter hat mir geschrieben, wie sehr sie dich vermisst."

Jetzt wäre der Punkt gewesen, es dem Kind zu sagen, was sie

nun schon seit Wochen wusste, seit diesem Brief, der ihr wie ein Mühlenstein am Hals hing, von dem sie sich nicht befreien konnte, dessen Forderung sie aber auch nicht nachgeben konnte. Es war ein verzweifelter Brief, wie alle Briefe, die von dort kamen, wie der, in dem dringend um Hilfe gebeten wurde für einen an Tbc erkrankten Cousin. „… Liebes Fräulein Maunders, ich würde Sie nicht um Hilfe anbetteln, wenn wir nicht alle in der Familie so verzweifelt wären. Er braucht Lebertran, sein Leben hängt daran …" Und Maureen hatte Lebertran geschickt, auch wenn sie sich ein wenig ausgenutzt gefühlt hatte. Wenn man diesen Ostdeutschen den kleinen Finger gibt, wollen sie die ganze Hand, ach was, den ganzen Arm! Sie haben doch nun mal den Krieg verloren. Sollte es ihnen da genauso gut gehen wie den Siegern? Freilich, dieser Brief war anders. Verzweifelt, theatralisch, ja, aber er enthielt keine Forderung, jedenfalls keine, die sie erfüllen konnte. „… Ich bin so entsetzlich verzweifelt …" begann er, „…Liebes Fräulein Maunders, eben habe ich die schreckliche Nachricht bekommen, dass mein Mann in der Gefangenschaft … er wird nicht zurückkehren, niemals! Wie soll ich das bloß Roswitha beibringen? Ich flehe Sie an …" Da war sie doch, die anmaßende Forderung.

Nein. Alles hatte sich sofort in ihr gesträubt, die Pflicht der Mutter zu übernehmen. Das musste sie der Tochter schon selbst mitteilen. In diesem Sinne hatte sie auch den Beileidsbrief verfasst. Doch darauf war nur ein neuer Jammerbrief gekommen: „…Liebes Fräulein Maunders, Sie ahnen ja nicht, in welcher Verfassung ich bin. Der Tod meines Mannes hat mich so mitgenommen, täglich habe ich Migräne …" und so ging es über zwei Seiten fort. Der Brief gipfelte in einer dringlichen Bitte: „Sie als Außenstehende können das doch besser. Ich habe zehnmal angefangen, den Brief an Roswitha zu schreiben, aber ich kann es nicht …" und schließlich „… tun Sie es einer Mutter zuliebe, die nichts mehr besitzt als diese Tochter." Wut und Empörung stiegen in Maureen auf wie Blasen im Wasser. Aber genauso zerplatzten sie auch an der Oberfläche. Maureen war eine beherrschte Natur. Das war ihre Stärke. Mit ihr würde man nicht umspringen wie mit der gefühlsbetonten Helen. Ach Helen! Hatte ihr Tod sie nicht ebenso getroffen? Hatten sie einander nicht ebenso geliebt wie ein Ehepaar? Und hatte sie diesen grausamen Krebstod nicht auch akzeptieren müssen? An einen Beileidsbrief von Roswithas Mutter konnte sie sich nicht erinnern. Wahrscheinlich hatte Roswithas Mutter gar nicht begriffen, welchen Verlust sie damals erlitten hatte, Ach, wer begriff das schon wirklich?

So kam es, dass Roswitha ahnungslos blieb. Aber Maureens geheimes Wissen war nicht ohne Auswirkungen. Oft ruhten ihre Augen nachdenklich auf dem Mädchen, wenn sie sich unbeobachtet fühlte. Roswitha schien diesen Blick zu spüren, sah sie an und ertappte Maureen dabei, dass sie erschrocken wegsah. Für den Bruchteil einer Sekunde berührten sich ihre Seelen an empfindlicher Stelle. Trauer verbindet wie Liebe. Miss Maunders ist traurig, weil ich wegfahren muss! Das schien für Roswitha so offensichtlich zu sein, dass sie nach keinem anderen Grund suchte.

An einem Abend beim Schachspiel, als sie wieder einmal diesen Blick auffing, lief es Roswitha wie ein Schauer den Rücken hinab. Eben noch war all ihre Konzentration auf die Figuren vor ihr gerichtet, und nun diese Erschütterung. Tränen und wilde Verzweiflung stiegen in ihr hoch, aber auch ein Gefühl des Triumphes, von Miss Maunders geliebt zu werden. Nie zuvor war sie sich so sicher gewesen, wie in diesem Moment. Diese Sicherheit war es, die das Mädchen aufspringen ließ, um sich der im Sessel sitzenden Gestalt, die auf einmal klein und verletzlich erschien, stürmisch an den Hals zu werfen. Sie schlang die Arme um den widerstrebenden, steifen Nacken, ihre Mädchenbrüste

bebten an der mageren Brust der Angebeteten und das nass ge-
weinte Gesicht wühlte sich in ihre Halsgrube. Undeutlich brachten
die zitternden Lippen etwas hervor, das klang wie „Miss
Maunders, ich habe Sie doch so lieb!" Alles andere ging unter im
hemmungslosen Schluchzen des Kindes, das etwas von Dableiben
und Liebhaben stammelte.

Waren es die Überraschung, der stürmische Überfall in einem
Moment der Rührung oder die Trauer um ihr geheimes Wissen,
oder mehr, jedenfalls löste sich die Starre in der Älteren. Ihre
Arme umfingen eine eben erst erblühende Weiblichkeit und
streichelten beruhigend Roswithas Rücken.

Maureen wusste um die Vergänglichkeit dieses Augenblicks.
Ein paar Minuten nur, dann musste sie das hier beenden. Aber bis
dahin wollte sie es auskosten. Nur mit Helen hatte sie das erlebt,
vor langer, langer Zeit. Schwäche überfiel sie, der sie nicht
nachgeben durfte, ein Ziehen in den eigenen Brustwarzen, das sie
einen Moment lang in der Erinnerung an Helen auskostete. Das
brachte Maureen zur Besinnung. Sie meinte ja dieses Kind gar
nicht. Und sie durfte es auch nicht. „Steh auf, Roswitha", sagte sie
mit rauer Stimme und machte sich sanft frei.

Rückkehr der Keksdose

Am anderen Tag brachte Maureen von ihren Besorgungen
einen Karton mit nach Hause. Noch in Hut und Mantel
begann sie, auf dem Esstisch am Fenster die Holzwolle darin zu
entnehmen. Neugierig kam Roswitha herbei und als sie sah, dass
Miss Maunders die Keksdose vom Fensterbrett nahm und sie in
ein Holzwollnest im Karton bettete, wurde sie laut: „Nein, das

dürfen Sie nicht!" rief sie, „Sie dürfen die Dose nicht wegschicken. Die ist nur für Sie bestimmt." Maureen ließ sich von
Roswithas Protest nicht beirren, füllte weiter den Körper der
Keksdose mit Holzwolle aus und setzte den Deckel verkehrt
herum darauf. „Ich schicke die Dose nicht weg. Du wirst sie
wieder mit nach Hause nehmen."

„Nein!" Roswitha hatte es fast geschrieen. Nun wollte sie
wieder einlenken: „Aber die hat meine Mutti doch für Sie mitgegeben."

„Ich weiß. Aber jetzt..." Maureen biss sich auf die Unterlippe. Roswitha maulte: „Sie wird schimpfen, wenn ich sie wieder
mitbringe."

„Das wird sie nicht, denn sie hat mich darum gebeten. – So."
Und Maureen füllte den Karton mit der restlichen Holzwolle auf.
Dann stülpte sie den Deckel energisch darüber. „Komm, reich mir
die Schnur herüber, Roswitha", herrschte sie das sprachlose Mädchen an und deutete auf den Stuhl, auf dem eine Rolle Schnur und
die Schere bereitlagen. Ihre wieder gewonnene Festigkeit war
wirklich das Mittel, Roswitha einzuschüchtern. Stumm reichte sie
das Verlangte. Sollte ihre Mutter tatsächlich ...? Hatte sie nur so
getan, als wollte sie die Dose Miss Maunders schenken? Wollte
sie diese wiederhaben, weil sie so wertvoll war?

Wenn das stimmte, dann war es eine ganz große Gemeinheit.
Ausgerechnet Miss Maunders, die so uneigennützig und edel nie
an sich selbst dachte, die auf Fleisch verzichtete, weil sie die Tiere
liebte! Gegen ihre materialistische Mutter erschien sie ihr wie eine
Heilige. Oh, nun verstand sie Miss Maunders' Schroffheit.
Roswitha schämte sich für ihre Mutter. Und sie schämte sich, weil
sie deren Tochter war.

Stumm sah sie zu, wie Miss Maunders den Karton ver-
schnürte, doppelt, und oben mit einer Schlaufe zum Tragen.
Roswitha bemerkte, dass es eine Qualitätsschnur war. So etwas

184

gab es daheim nicht, wo der Bindfaden nur aus gedrehtem Pack-papier bestand. Ihre Mutter würde sie aufheben und wieder ver-wenden. Ihre Mutter! Roswitha schob den Gedanken weg. Aber er kam wieder. Als sie abends im Bett lag und mit dem Porzellan-hippo schmuste, da überfielen sie Wut und Verzweiflung. Wie konnte ihre Mutter nur so habgierig sein und die Dose zurück-verlangen?

Tausend andere Sachen fielen Roswitha ein, die die Habgier der Mutter bestätigten: „Roswitha, spring, dort liegt ein Apfel!" Und Roswitha sprang ins Gras unter dem Alleebaum, um dem Sohn der Nachbarin zuvorzukommen, der ebenfalls von seiner Mutter losgeschickt worden war. Immer und in allen Dingen trachtete die Mutter nach ihrem Vorteil, oder nach einem Vorteil für das Kind. Und hatte sie Roswitha nicht sogar zum Stehlen abgerichtet? Früher hatte das Mädchen nichts dabei gefunden. Im Gegenteil, sie war stolz gewesen, der Mutter eine Hilfe zu sein, und es wäre ihr nicht in den Sinn gekommen, dass es ein Unrecht sein könnte, Karnickelfutter zu klauen oder Hafer von den reifen Rispen abzustreifen. Und wie stolz war sie gewesen, als die Mutter sie, die kleine Roswitha, zum Stehlen aufs Kartoffelfeld mitnahm, sie mit bloßen Händen nach den Knollen grub und der Mutter die erdig riechenden Kostbarkeiten brachte.

Nun war alles anders. Dass Miss Maunders Diebstahl missbilligte, hatte ihr erstaunter Blick damals deutlich gezeigt, gleich zu Anfang, als Roswitha den Busfahrer hintergehen wollte, um das Fahrgeld zu sparen. Und hatte sie nicht als ihre wichtigste Charaktereigenschaft Ehrlichkeit bezeichnet? Ein Spiel war es gewesen, nur ein Frage- und Antwortspiel. Sie hatten gelacht und gescherzt bei einer Sonntagswanderung am Fluss entlang. Was wünsche ich mir am meisten? Wovor habe ich am meisten Angst? Was ist meine wichtigste Charaktereigenschaft?

„Hier bleiben!" hatte Roswitha wie aus der Pistole geschossen auf die erste Frage geantwortet. Die Lehrerin hatte nichts darauf gesagt. Aber ihre Antwort auf die Wunschfrage beschämte Roswitha: „O, ich habe alles, was ich brauche. Für dich wünsche ich mir, dass du dein Leben meisterst."

Die Frage nach der größten Angst wollte Roswitha deshalb wie eine Erwachsene beantworten, obwohl ihr schon auf der Zunge lag, zu sagen „am meisten habe ich vor Spinnen Angst". Aber das würde Miss Maunders, die jeder Kreatur zugetan war, nicht billigen. Deshalb sagte sie tapfer: „Ich habe Angst, dass mich meine Mutter ins Büro steckt. Ich will aber auf die Oberschule gehen, damit ich studieren kann wie Sie." Miss Maunders nickte stumm, sie schien erleichtert, und ihre eigene Antwort auf diese Frage war: „Meine größte Angst war immer, einen geliebten Menschen zu verlieren."

Ohne darauf zu achten, dass Maureen in der Vergangenheit sprach, begann Roswithas Herz bei dieser Antwort zu hüpfen. Sie konnte nicht anders, sie musste sich bei der Verehrten einhaken und flüstern: „Wenn Sie es nicht wollen, müssen Sie mich doch gar nicht verlieren."

Ohne darauf einzugehen, fragte die Ältere: „Und? Was glaubst du ist für einen Menschen die wichtigste Charaktereigenschaft?"

Ohne auch nur eine Sekunde zu zögern, kam es von Roswitha: „Treue. Bis in den Tod." Dabei zerrte sie an Maureens Ärmel, um mit dem weit ausgreifenden Schritt der Älteren mitzukommen, ja, ihr ein Stück voraus zu sein, damit sie in ihr Gesicht sehen konnte. Sie suchte vergeblich darin eine Wirkung auf ihre Antwort. Dann sagte Maureen Maunders: „Für mich ist Ehrlichkeit die wichtigste Charaktereigenschaft." Roswitha glaubte jedes Wort. Und sie schämte sich für jede einzelne ihrer kleinen Lügen und Notlügen. Warum konnte sie nicht so vollkommen sein wie die verehrte Miss Maunders? Vielleicht, wenn sie sich sehr viel Mühe geben würde? Sie wollte ja gut sein, wollte diesem großen Vorbild nacheifern, auch wenn sie nun heimreisen musste.

Im nur schwach besetzten Zug saßen sie sich gegenüber. Miss Maunders, die den tief in die Stirn gezogenen Hut nicht abgesetzt hatte, sah bald unbewegt zum Fenster hinaus. Auch Roswitha hatte die draußen vorbeiflitzende Landschaft interessiert betrachtet. Aber sie war es bald leid und lehnte sich in den Sitz zurück. Ihr Schulhut, den sie mitnehmen musste, obwohl sie davon nicht begeistert war, lag im Gepäcknetz über ihr. Im gegenüberliegenden Gepäcknetz ruhten Helens großer Koffer, und der Karton mit der Keksdose.

Ich werde ihr den Karton vor die Füße knallen, dachte Roswitha und Wut und Hass gegen die habgierige Mutter stiegen in ihr hoch. Wie konnte sie nur? Wie konnte sie der so viel wertvolleren Miss Maunders die Dose wieder wegnehmen? Hatte die Mutter nicht selbst gesagt, wie dankbar sie dieser barmherzigen Lehrerin dort in England sei und dass sie ihre Güte nie vergessen werde? Nie! Bis an ihr Lebensende. Roswitha erinnerte sich noch daran, denn die Mutter hatte es nicht nur einmal, sondern immer wieder gesagt.

Doch nun saß sie im Zug, zum letzten Mal mit der geliebten und verehrten Miss Maunders. Und die Keksdose fuhr mit ihnen.

Vorgestern hatte sie noch einmal, ein letztes Mal versucht, die Reise der Keksdose abzuwenden. Dem Mädchen schossen Tränen in die Augen, als sie daran dachte, wie sie ihr Bett verlassen und vorsichtig auf nackten Füßen hinübergegangen war ins Zimmer von Miss Maunders, wie sie diese schlafend im Halbdunkel der Nacht gesehen und die Schlafende bewegungslos nur angesehen hatte, ohne sich zu rühren.

Als Maureen die Anwesenheit des Mädchens bemerkte, fuhr diese mit einem kleinen Schrei hoch und fragte: „Du, Roswitha?"

„Bitte, bitte nicht böse sein. Ich wusste nicht, dass Sie schon schlafen. Ich kann doch nicht schlafen, und ich dachte, Sie könnten auch nicht … darf ich … zu Ihnen … ins Bett?"

„Nein!" kam es streng, und Maureen zog die Decke bis zum Hals hoch. „Geh in dein Bett zurück!"

„Aber ich muss Ihnen noch etwas sagen. Bis morgen habe ich es vielleicht vergessen."

„Dann sag es, rasch!"

Roswitha drehte am Zugbändchen ihres Nachhemdes. Warum nur war Miss Maunders so abweisend, so kalt? Fast schien es ihr nun unsagbar, und als sie es sagte, klang es unbeholfen und hilflos: „Meine Mutter", begann Roswitha, und alle Empörung, die sie in die Worte legen wollte, schien verflogen, „… sie hat meine Lebensmittelkarten weiter bezogen, jetzt, in der ganzen Zeit, in der ich gar nicht daheim bin!"

So, nun war es gesagt. Das darfst du aber niemandem sagen, hatte ihr die Mutter eingeschärft. Auch wenn das Verbot wohl für daheim bestimmt war, Roswitha hatte es übertreten. Und Miss Maunders schien nicht einmal beeindruckt: „Geh ins Bett zurück, Roswitha", erwiderte sie nur müde.

„Aber das ist doch unehrlich!" hatte Roswitha noch einmal aufgetrumpft, „meine Mutter ist unehrlich, und Sie dürfen ihr die Dose nicht zurückgeben!"

„Ach Kind. Wir reden morgen darüber, ja? Geh jetzt zu Bett, es ist spät." Zögernd gehorchte Roswitha. Es wurde nie wieder darüber gesprochen.

Sie ist traurig, dachte Roswitha, während sie Miss Maunders betrachtete. Ich sehe es doch! Warum sagt sie es nicht, warum schickt sie mich zurück? Ich liebe sie doch. Und sie liebt mich auch. Wäre sie sonst so traurig, dass ich wegfahre, dass ich fahren muss? Ich sehe es ja ein, ich bin doch kein Kind mehr. Aber sagen könnte sie mir es doch, dann wäre der Abschied nicht so schwer. Ich komme wieder, ganz bestimmt. Wenn ich groß bin, komme ich wieder.

Sie sieht mich nicht einmal an. Ja, seit einiger Zeit sieht sie mich nicht mehr an. Auch wenn ihr schonungsloser Blick Roswitha oft unangenehm war, denn fast immer rügte er etwas an ihr, jetzt vermisste sie ihn.

Ich möchte so gerne, dass sie mich ansieht, denkt Roswitha. Vielleicht fällt es ihr schwer, mich anzusehen, weil sie mich auch liebt und mich doch wegschicken muss.

Roswitha forschte in diesem unbeweglich zum Fenster hinaussehenden Gesicht. Wie hatte sie dieses Gesicht nur einmal für hässlich ansehen können! Welches Klischee von Schönheit war da in ihrem noch jungen Leben verankert gewesen, damals, bei ihrer Ankunft?

Dieses Gesicht war auch jetzt nicht lieblich, aber von einer herben vertrauten Schönheit, die von Klugheit zeugte und Roswitha anzog wie das Bild eines Heiligen die Gläubigen. Miss Maunders war etwas ganz Besonderes, davon war Roswitha überzeugt.

Sie fragte sich gar nicht, ob das Liebe sei, sie wusste es. Dass diese Liebe unerwidert blieb, ja bleiben musste, hier auf der Fahrt nach London wurde es Roswitha bewusst. Plötzlich sah sie es ein, dass auch Miss Maunders keine Wahl hatte, dass sie sie heimschicken musste, weil ihre leibliche Mutter die älteren Rechte hatte. Seltsam, aber das beruhigte den Sturm in ihrem Inneren. Denn es gibt nur eines, das stärker ist als Liebe: unerfüllte Liebe. Auch wenn Roswitha noch nichts davon wusste, begann sie gerade die Tragik ihrer unerfüllbaren Liebe zu genießen. Sie lehnte sich zurück, wurde schläfrig und war kurz darauf auch schon eingeschlafen. Maureen sah es. Jetzt ruhte ihr Blick auf diesem jungen schlafenden Mädchengesicht, das sich in einem halben Jahr so verändert hatte, dass es kaum wieder zu erkennen war. Alles Kantige, Unfertige des unterernährten Kindes waren verschwunden und durch weiche Linien und rosige Rundungen ersetzt. Die weich geschwungenen Lippen waren jetzt im Schlaf leicht geöffnet und gaben den Blick auf Roswithas schief stehende Zähne frei. Die sollten korrigiert werden, dachte Maureen, und ein Gefühl wie Mitleid schlich sich bei ihr ein. Wie würde sie den Tod des Vaters verkraften? Roswitha hatte ihn kaum erwähnt. Nur einmal, als es um eine einfache Kurzhaarfrisur gegangen war – Maureen hatte ihr angeboten, das zu bezahlen – da hatte Roswitha heftig abgewehrt, weil sie den Anblick der dicken Zöpfe für den heimkehrenden Vater bewahren wollte. So lagen die braunen Zöpfe auch jetzt noch auf ihren sich mit jedem Atemzug hebenden und senkenden Mädchenbrüsten, die wie aus dem Nichts erschienen waren, wobei sich Zöpfe und Brüste irgendwie zu widersprechen schienen. Miss Maureen Maunders wasserblaue Augen ruhten lange auf diesem zum Bild gewordenen Widerspruch.

Heimkehr

Roswitha ist wieder von den Westberliner Freunden vom Flughafen abgeholt und nach einer Nacht auf deren Couch in den Zug nach Jena gesetzt worden. Auf diesem Bahnhof erwartet sie am Abend ihre Mutter.

Vom Abschied von Maureen Maunders noch mitgenommen, von den grässlichen Eindrücken einer langen beschwerlichen Bahnfahrt übermüdet, die so ganz anders war als die komfortable Fahrt im D-Zug nach London, klettert Roswitha in Jena völlig erschöpft aus dem überfüllten Zug. Sie hatte es vergessen, was Bahnfahren in der Ostzone, die sich bald stolz Deutsche Demokratische Republik nennen sollte, noch immer bedeutete: Über-füllung, das Anhalten auf freier Strecke oder lange Wartezeiten in Bahnhöfen, in denen auf Gegenzüge gewartet werden musste, weil das zweite Gleis, das die Russen nach dem Krieg abtrans-portieren ließen, noch immer nicht ersetzt worden war. Ohne die Fürsorge des Onkels hatte sie auch keinen Sitzplatz gefunden und die lange Reise auf ihrem Koffer sitzend verbracht. Ihr großer Koffer hatte in den schmalen Gepäcknetzen, die mit Rucksäcken und Paketen voll gestopft waren, keinen Platz gefunden. Nur den Karton mit der Keksdose hatte ein hilfreicher Mitreisender noch in einer Ecke untergebracht.

Roswitha fühlte sich wie ein Fremdkörper zwischen all den schlecht gekleideten Leuten, die nach billiger Seife und Schweiß rochen. Das vermischte sich mit einem widerlichen Geruch aus dem nahen Klo und den Verbrennungsgerüchen der Lokomotive zu einem nur schwer erträglichen Gestank. Roswitha zog die Nase kraus, und so oft der Zug hielt das Fenster herunter, unter dem sie saß. Einmal hatte sie versucht, es bei langsamer Fahrt zu öffnen, aber sogleich wurde sie energisch zurückgepfiffen, weil Qualm und Funkenflug hereindrangen. Wo sie auch hinfasste, überall fühlte sie Schmutz und fettigen Ruß. Wenn sie durch die blinden Scheiben starrte, war auch draußen alles schmutzig, grau und hässlich, obwohl doch noch Sommer war und die Sonne schien. Roswitha fühlte sich hier ganz und gar nicht dazugehörig, sondern eher wie eine kleine Engländerin, die plötzlich in dieses graue und triste Land versetzt worden ist und nicht weiß wie ihr geschieht.

Den ganzen Tag über war sie nun schon im Zug unterwegs. Der Abend kam und mit ihm eine spärliche, trübe Beleuchtung im Abteil. Als der Zug endlich in Jena ankam, war es bereits eine Stunde vor Mitternacht.

Unruhig war Roswithas Mutter den Bahnsteig entlang geeilt, als der Zug einlief. Als er endlich zum Stehen kam, Leute ausstiegen und sie Roswitha nicht sofort sehen konnte, rannte sie zurück. Fast stürzte sie vorbei an der Tür, aus der ein großer Koffer heraus geschoben wurde und dahinter erkannte sie … glaubte sie ihr Kind zu erkennen:

„Roswitha!"

„Mutti!"

Die Mutter zog den Koffer auf den Bahnsteig. Roswitha, den Karton in der Hand, stieg das Trittbrett herab, direkt in die mütterliche Umarmung hinein. Hedwig schluchzte. Sie ließ die Tochter nicht mehr los.

Längst hatte sich der Zug wieder in Bewegung gesetzt, war an ihnen vorbei geglitten. Längst hatten sich die Leute verlaufen, als die Mutter Roswitha endlich freigab und sich geräuschvoll ins Taschentuch schnäuzte.

Als Roswitha am Morgen erwachte, hatte sie Mühe, sich zu orientieren. Wo war sie? Sie lag in einem engen Schlafzimmer im Ehebett. Ja, das war das elterliche Schlafzimmer. Der Platz neben ihr war schon leer, die Bettdecke zum Lüften zurückgeschlagen. Durch das kleine, sprossengeteilte Fenster drang die Morgensonne herein und malte zitternde Lichtstreifen auf die gemalte Holzmaserung des Kleiderschrankes. Kuchenduft ließ Roswithas umherschweifenden Blick den Napfkuchen auf der Frisierkommode finden. Doch auch dieser konnte ihr keine Lust zum Aufstehen machen. Durch die Türe hindurch hörte sie die Mutter in der Küche hantieren. Sie war zu Hause, also musste Sonntag sein. Roswitha war wieder daheim. Doch sie vermisste ihr eigenes Zimmer, das kleine Porzellan-Nilpferd und den Blick hinunter in den Garten, aus dem auf das Blechtellerklappern hin Sam und Rufus herbeigestürzt kamen, und sie aufstand, dem Ruf mit dieser tiefen dunklen Stimme folgend: „Roswitha, aufstehen!" Ein Kloß stieg in Roswithas Kehle hoch. Sie wollte sich so gerne freuen, wieder zu Hause zu sein. Alle wollten sie das so, vor allem die Mutter, aber auch Miss Maunders, das wusste sie. Und so stand sie auf und ging in die Küche.

Die Mutter empfing sie gerührt: „Meine Kleine!" Überschwänglich schlang sie die Arme um die Tochter und zog sie an sich. Ihr praktischer Sinn erwachte, als sie die ungewohnten weiblichen Formen des Mädchens durch das dünne Nachthemd spürte.

„Oh, du brauchst als erstes einen Büstenhalter!" rief sie und nötigte Roswitha zurück ins Schlafzimmer, wo sie eifrig in einer Schublade der Frisierkommode zu kramen begann und bald ein rosa glänzendes Gebilde zutage förderte, das sie aber gleich wieder verwarf.

„Ach Gott, ach Gott, die sind ja alle viel zu klein für dich!" jammerte sie, „warte, vielleicht dieser. Den habe ich mal vor dem Krieg gekauft, extra groß gekauft, weil ich Taschentücher zum Füllen reingelegt habe. Hat aber nichts gebracht, ich habe ihn kaum getragen. Probier doch mal, das ist noch Friedensqualität!" Roswitha verzog das Gesicht:

„So was ziehe ich nicht an!" maulte sie, „das ist ja wie ein Pferdegeschirr!"

„Unsinn", erwiderte die Mutter, „du kannst doch nicht so, so mit diesen hüpfenden Bällen, da kriegen ja die Männer Stielaugen!"

Ihr, die niemals über weibliche Fülle verfügt hatte, auch nicht in Zeiten guter Ernährung, waren solche Naturphänomene wie allen Bedürftigen suspekt. Eine solche Herausforderung wollte sie der heranwachsenden Tochter nicht zugestehen.

„Ich bitte dich, probier es an. Alle anständigen Frauen tragen einen BH. Und dann mach dich fertig, wasch dich und putz dir die Zähne, damit wir frühstücken können."

Damit ergriff sie den Teller mit dem Napfkuchen. Aber Roswitha gab noch nicht auf und holte ihren Trumpf heraus:

„Das stimmt gar nicht, was du sagst! Miss Maunders trägt auch keinen Büstenhalter. Und sie ist eine anständige Frau."

Die Mutter wandte sich noch einmal um und zog die Brauen in die Höhe.

„Was, sie trägt keinen BH?"

„Nein."

„Was dann?"

„Baumwollhemden."

„Sonst nichts? – Na ja, bei ihr ist es etwas anderes. Aber du probierst diesen BH an. Er passt schon", sagte sie, ehe sie den Kuchen wieder aufnahm und ging.

Roswitha kämpfte mit dem ungewohnten Kleidungsstück tatsächlich wie ein junges Pferd, das man zum ersten Mal ins Geschirr spannt. Fatalerweise passte der BH. Als die Tochter angezogen in die Küche kam, wo der Küchentisch fürs Frühstück gedeckt war, mit dem Napfkuchen in der Mitte, lächelte die Mutter hoch befriedigt und schenkte den Malzkaffee ein. Tee mit Milch und Zucker wäre Roswitha lieber gewesen.

„Ich bin ja so froh, dass du wieder da bist", sagte die Mutter, als sie den Kuchen anschnitt und ein großes Stück davon auf Roswithas Teller legte.

„Du musst mir alles erzählen, wie es war und was du erlebt hast. Und wie ist denn diese Lehrerin so?"

„Miss Maunders", warf Roswitha ein, weil es sie ärgerte, dass die Mutter den Namen nicht nannte.

„Jaja. Spricht man es Mondes aus? Na, ist ja auch egal."

„Das ist nicht egal", beharrte Roswitha.

„Gut. Aber sag doch, ist sie nett?"

Nett – nice, das sagt doch gar nichts, dachte Roswitha. Isn't it a nice day? Die Engländer sagten das doch auch bei schlechtem Wetter, und zu jeder passenden und unpassenden Gelegenheit. Wenn es auf irgendjemanden ganz und gar nicht passte, dann auf

194

Miss Maunders. Sie war nicht einfach nett. Sie war etwas ganz Besonderes.

„Iss doch, meine Kleine. Oder schmeckt dir der Kuchen nicht?"

Die Mutter wirkte nervös, und Roswitha wollte eigentlich nicht „Kleine" genannt werden. Das hätte Miss Maunders nie gesagt. Bei ihr hätte es auch niemals Kuchen zum Frühstück gegeben. Kuchen gehörte zum Fife-o-Clock-Tea, aber doch nicht auf den Frühstückstisch. Eier und Speck ja, oder wenigstens Cornflakes. Aber Kuchen, und sonst nichts! Roswitha hatte das Gefühl, der trockene Kuchen müsste in ihrem Mund stauben. Sie legte das angebissene Stück auf den Teller zurück und sagte: „Ich hab keinen Hunger."

Die Mutter schien ratlos: „... aber ... woher ... wie hast du so zunehmen können, wenn du so wenig isst? Hast du in England denn auch so schlecht gegessen?"

Roswitha schüttelte den Kopf, dann lenkte sie ab: „Da steht ja noch der Karton mit der Keksdose." Dabei deutete sie auf den Küchenschrank.

„Ach Gott ja. Der Karton scheint ein wenig beschädigt. Ich hatte Angst, ihn zu öffnen und dass die Dose kaputt sein könnte."

„Das glaube ich nicht. Hast du eine Schere?" Roswitha war aufgestanden.

„Bitte nicht mit der Schere. Die Schnur kann man wieder verwenden."

Na klar, das ist ja wohl das Wichtigste, dachte Roswitha, und nun stieg die ganze Wut in ihr auf über die Ungerechtigkeit, Miss Maunders die Keksdose wieder weggenommen zu haben.

„Warum, warum hast du das gemacht?" fragte sie und bemühte sich, die Schnur aufzunesteln.

„Was denn? Ich weiß gar nicht, was du meinst?" Die Mutter schien tatsächlich nicht zu verstehen.

„Das hier!" Dabei zerrte das Mädchen ungeduldig an der Schnur, „dass du Miss Maunders die Dose wieder weggenommen hast. Das ist so gemein! Das hätte ich nie von dir gedacht!"

„Vorsicht!" schrie die Mutter. Doch da war Roswitha schon der Karton aus den Händen geglitten und schlug mit einem unheilvollen Geräusch unten auf.

Wortlos rutschte die Mutter vom Stuhl auf die Knie, beugte sich über den Karton, riss ihn mit ungeduldigen Händen auf, fühlte – und wühlte in Scherben. Einen Moment lang war es ganz still. Dann erschütterte ein trockenes Schluchzen ihren Oberkörper.

Roswitha stand wie versteinert. Ein anderes Bild streifte ihr geistiges Auge, damals, als ihr das kostbare Ei zu Boden gefallen war und die Mutter jammernd zu ihren Füßen lag, wie jetzt, und das Ei – um zu retten, was noch zu retten war – mit einem Löffel in einer Tasse barg. Wie hatte das Kind damals gewünscht, den Film rückwärts drehen zu können, die Eimasse in der heilen Schale verschwinden und das vollkommene Ei wie durch Zauberei aufsteigen zu sehen, zurück in ihre ungeschickten Finger. Und niemals mehr sollte ihr eine ähnliche Ungeschicklichkeit passieren.

Sie war auch diesmal erschrocken, als es geschah. Aber da war noch ein anderes Gefühl, ein Gefühl der Befriedigung über die ausgleichende Gerechtigkeit. Wenn Miss Maunders die Keksdose schon nicht haben sollte, dann sollte sie auch die Mutter nicht bekommen. Doch das Schluchzen und Weinen der Mutter wurde immer heftiger.

Hilflosigkeit überkam Roswitha: „Mutti, hör doch auf zu weinen. Es tut mir ja Leid." Und nun geht sie auch auf die Knie, betrachtet die Scherben und legt den Arm um die bebenden mageren Schultern der Mutter. Diese schluchzt umso heftiger, so dass Roswitha bittet: „Komm, hau mir eine runter!"

„Ach Kind, davon wird nichts wieder gut", stammelt sie und Roswitha versteht kaum, was sie sagt, so schüttelt die Mutter das Weinen.

„Das war das letzte Andenken an deinen Vater. Nichts ist mir geblieben von ihm, nichts! Kein Grab! Nichts! Nicht einmal die Keksdose", jammert sie.

Roswitha ärgert sich über das in ihren Augen hysterische theatralische Verhalten ihrer Mutter. Niemals hätte Miss Maunders so die Haltung verloren! Diese peinliche Art der Mutter, Unglücksfälle zu Katastrophen hoch zu stilisieren, war Roswitha schon immer verhasst, obwohl es Anzeichen für die gleiche Neigung bei ihr selbst gab.

Diese Angst, ja Panik, der Mann könnte nicht wiederkommen, hatte Roswitha bei der Mutter öfter erlebt, zuerst während des Krieges, dann während der Gefangenschaft. Jetzt, mit dem durch den Englandaufenthalt gewonnenen Abstand, tröstet die Tochter die Mutter.

„Er kommt bestimmt wieder, Mutti. Und dann malt er dir eine neue Dose, viel schöner als die hier."

Die Mutter hebt ihr tränennasses Gesicht und blickt Roswitha erstaunt an. „Aber Kind ... hat sie dir denn nichts gesagt ...?"

Nun erst überkommt eine dunkle Ahnung das Mädchen. Ihre Mutter steht auf und zieht Roswitha hoch, zieht sie an sich.

„Ich habe diese Frau so gebeten, es dir zu sagen! Er ist tot. Dein Vater ist tot. Tot und in Russland begraben", schluchzt sie, und dann gefasster: „So, nun weißt du es."

Roswitha hört die Worte. Steif und unbeweglich steht sie in der Küche vor dem Scherbenhaufen. Ihre linke Hand umfasst einen ihrer dicken Zöpfe. Ich lasse sie abschneiden, denkt das Mädchen.

Regina Schreiner, 1935 in Oberfranken
geboren, verbrachte Kindheit und Jugend
in einer thüringischen Kleinstadt, verließ
mit 19 Jahren die DDR und lebt seit 1958
in München.
Neben der Familiengründung arbeitete sie
im erlernten Beruf als kfm. Angestellte und
widmete sich die letzten zehn Jahre nur noch
dem Schreiben.
Veröffentlichungen bislang in Literaturzeit-
Schriften, Anthologien und beim Bayer.
Rundfunk. *Die Keksdose* ist ihr erster Roman.